UN SI LONG CHEMIN

Henri Troyat

de l'Académie française

UN SI LONG CHEMIN

Sélectionné par le Club Pour Vous – Hachette

La famille de mon père est originaire de la bourgade mi-arménienne, mi-circassienne d'Armavir, dans le nord du Caucase. De temps immémorial, des groupes d'Arméniens vivaient dans la montagne en étroite amitié avec des tribus de Tcherkess. De ces Tcherkess, ils avaient adopté la langue, le costume et les mœurs. Vêtus d'une tunique noire, la poitrine barrée d'un régime de douilles, un poignard d'argent à la ceinture, un bonnet d'astrakan sur le crâne, ils invoquaient à tout bout de champ le nom d'Allah, se nourrissaient de laitages et de viande séchée, mais restaient fidèles à la foi chrétienne. Ces « Tcherkess arméniens », comme on les appelait, n'avaient même pas d'église dans leurs villages. Une fois l'an, un prêtre arménien venait d'Etchmiadzine, loin dans le Sud, pour marier tous les jeunes couples et baptiser tous les nouveau-nés de la région. Après quoi, il repartait en hâte, priant Dieu pour que son convoi échappât aux attaques des brigands qui surveillaient les défilés dans la montagne. Lorsque la Russie entreprit la conquête du Caucase, un cas de conscience agita les

« Tcherkess arméniens ». Dans la guerre qui opposait les montagnards aux envahisseurs, devaient-ils aider leurs amis musulmans contre le tsar très chrétien ou le tsar très chrétien contre leurs amis musulmans ? La religion arménienne était si proche de la religion orthodoxe russe ! L'attachement au Christ fut le plus fort : les « Tcherkess arméniens » accueillirent les Russes avec transport et se rangèrent sous leurs drapeaux. Employés comme guides, interprètes et francs-tireurs contre les Tcherkess mahométans, ils rendirent de grands services aux forces impériales. En récompense, ils reçurent, en 1839, la nationalité russe et le droit de bâtir une ville administrée par leurs propres soins. Cette ville, simple assemblage de bicoques entourées d'un fossé et d'une palissade de pieux, fut Armavir. Mon ancêtre s'y établit avec sa famille. Comme il s'appelait Toros, l'administration tsariste russifia son nom et il devint Tarassoff. Tout cela, mon père me l'a raconté cent fois : il le tenait lui-même de son père. Il me dit aussi les débuts de la petite cité, constamment menacée par les razzias des Tcherkess. Dès que le guetteur signalait un rassemblement suspect dans la plaine, les hommes s'armaient et couraient aux remparts, les femmes, les enfants, le bétail se réfugiaient dans les bois. Un « western » caucasien. On faisait le coup de feu jusqu'à la tombée de la nuit. Malgré ces assauts répétés, Armavir prospérait, se fortifiait et accueillait toujours de nouveaux habitants. Quand la pacification du pays fut à peu près achevée, la bourgage était devenue un centre commercial important. Mon arrière-grand-père y avait ouvert un vaste comptoir de drap. Les revendeurs russes ambulants, les Tcherkess montagnards, les négociants arméniens du Sud se servaient chez lui, parce que, disait-on, sa marchandise était loyale et ses prix calculés au plus juste. Mais, comme tous ces gens avaient le sang chaud, les commis de magasin étaient armés à la fois d'une mesure en bois pour débiter l'étoffe et d'un pistolet pour se défendre. Enfant, mon père, qui se prénommait Aslan, parlait mieux le tcherkess que le russe (tout le monde, du reste, parlait le tcherkess à la maison). Seul garçon de la famille (il avait trois sœurs), il passait ses journées parmi les gardiens, sur les terres du domaine, où paissaient des troupeaux de moutons et de chevaux sauvages. Là, il s'initiait aux acrobaties équestres et au lancement du lasso. Éducation tout à fait insuffisante pour le futur directeur des établissements Tarassoff. Sévère et avisé, mon grand-père envoya son fils, à l'âge de neuf ans, parfaire ses connaissances de russe et apprendre les rudiments du commerce à l'Académie d'études commerciales pratiques de Moscou. Quand mon père sortit de cette école, dix ans plus tard, un solide vernis moscovite recouvrait le fond ancestral du « Tcherkess arménien ». Il parlait couramment le russe et était capable de prendre en main les destinées de l'entreprise familiale. Sa rencontre à Ekaterinodar (aujourd'hui Krasnodar) avec une jeune fille blonde d'une grande beauté, nommée Lydie Abessolomoff, devait brusquement fixer son destin. Coup de foudre, fiançailles rapides, mariage fabuleux à Armavir. On venait d'installer l'électricité dans la ville. Pour donner plus de splendeur à la cérémonie, mon père avait loué l'un des projecteurs qui avait servi lors du couronnement du tsar, à Moscou. Ce projecteur, suspendu à la façade de la maison, était alimenté directement par la dynamo des comptoirs Tarassoff. Le soir, en revenant de l'église nouvellement construite, le cortège nuptial fut soudain inondé par une clarté éblouissante. Les chevaux prirent peur; des montagnards aveuglés invoquèrent la protection d'Allah; des mendiants tendirent leurs mains vers le rayon lumineux comme vers une source d'or. Après la cérémonie religieuse, les banquets se succédèrent pendant cinq jours. Le cinquième jour, un de mes grands-oncles mourut de congestion et les fêtes furent arrêtées. Des wagons spéciaux avaient été prévus pour ramener chez eux les invités, dont certains habitaient très loin d'Armavir.

– *Et votre mère, quelles étaient ses origines?*

– La famille de ma mère (deux garçons et trois filles) était heureuse, joyeuse et unie. Ma grand-mère maternelle, d'origine allemande, ancienne pensionnaire de l'Institut Smolny, ne vivait que pour son mari et ses enfants. Mon grand-père maternel, d'origine arméno-géorgienne, était médecin à Ekaterinodar. Passionné par la culture des roses, il savait allier la gaieté et la conscience professionnelle, l'amour de la vie et le respect de son métier. Ce dernier trait de son caractère se manifesta notamment avec éclat pendant l'épidémie de choléra qui ravagea la province en 1892. Dans le faubourg de la Doubinka, refuge de mendiants, de voyous, de déclassés, la rumeur publique accusait les médecins d'avoir empoisonné les puits pour décimer le peuple. Un infirmier, envoyé pour secourir les malades, avait été massacré. Mon grand-père se rendit seul sur les lieux, harangua la foule et, pour prouver sa bonne foi, but l'eau de l'une des fontaines prétendument polluées. Impressionnés par son courage, les plus enragés parmi les protestataires le laissèrent visiter leurs taudis et soigner leurs proches. Mon grand-père échappa, par miracle, à la contagion. Cet événement, je l'ai rapporté dans mon roman, *Tant que la terre durera,* ainsi que de nombreux autres épisodes tirés de la vie de ma famille en Russie et dans l'émigration. Après leur mariage, mes parents passèrent plusieurs années à Armavir. Ma mère y dépérissait d'ennui et rêvait de l'existence brillante des grandes villes. Seules distractions, la visite de quelques voisines arméniennes médisantes et la promenade en calèche, du côté de la voie de chemin de fer. Mais une joie exceptionnelle l'attendait, la réalisation de son vœu le plus cher. Mon père, en secret, préparait l'ouverture d'une succursale des établissements Tarassoff à Moscou. Il y acheta une maison pour lui-même et pour son père, à l'angle des rues Medvejy et Skatertny (rue de l'Ours et rue des Nappes), dans le quartier de l'Arbate. C'est dans cette maison, à Moscou, que je suis né, le 1er novembre 1911 [1]. Prénommé Léon, (Lev, en russe) j'étais le cadet de trois enfants. Ma sœur, Olga, avait neuf ans

1. Ce qui, étant donné le décalage de treize jours entre le calendrier julien et le calendrier grégorien, correspondait au 14 novembre en France.

de plus que moi, mon frère, Alexandre, quatre. Ma naissance avait failli, me dit-on, coûter la vie à ma mère. Je n'ai gardé qu'un souvenir confus des lieux où se déroula ma première enfance. D'immenses pièces aux murs vaporeux, des meubles trop grands, un escalier monumental flottent dans mon esprit comme des caisses de bois, à la dérive, sur l'eau d'un fleuve. En revanche, certains visages me reviennent en mémoire avec précision. Autour de notre petit groupe familial, grouillaient une bonne douzaine de domestiques, dont chacun avait son caractère, ses fonctions, ses manies. Je me rappelle notamment ma *niania,* ma vieille nounou (était-elle si vieille que cela?) sentencieuse, geignarde, superstitieuse, pleine de dictons et de légendes, la lingère qui chantait des rengaines populaires et, de temps à autre, pulvérisait un brouillard d'eau, avec sa bouche, sur le linge qu'elle repassait, le cocher barbu, toujours jaloux du chauffeur imberbe : il s'offensait jusqu'aux larmes lorsque ma mère commandait l'auto, pour ses courses en ville, au lieu de faire atteler la calèche, comme autrefois. Il y avait aussi le portier, qui, l'hiver, édifiait dans la cour des montagnes de neige pour les glissades en traîneau, le gardien tcherkess, ramené d'Armavir et que mon frère taquinait en lui montrant un pan de son manteau plié en oreille de cochon (suprême injure pour un mahométan!), l'horloger qui venait à date fixe ausculter le mécanisme de toutes les pendules de la maison, les cireurs de parquet à l'odeur puissante et au pied véloce, le cuisinier vultueux qui faisait pleurer la plus jeune des femmes de chambre. Il y avait enfin et surtout notre gouvernante suisse, personne autoritaire, corpulente, corsetée, au teint couperosé et au menton duveteux. Elle était, auprès de moi, la rivale directe de la *niania.* Car la *niania,* c'était la Russie, la langue russe, la tradition russe, les contes de fées, l'enfance douillette et préservée, la paresse à la lueur tremblotante d'une veilleuse, tandis que ma gouvernante, c'était l'instruction, l'avenir, la discipline, le français, la France. Je devrais plutôt dire la Suisse. Elle m'apprenait des chansons de son pays : « Salut, glaciers subli-imes » et « Ah! la belle escalade! Savoyards, gare! gare! » Pour la fête nationale suisse de l'Escalade, au mois de décembre, elle faisait venir de Genève de petites casseroles pleines de légumes en massepain. Grâce à ses récits, la Suisse prenait, dans mon esprit, les dimensions d'un pays gigantesque, sans doute plus grand que la Russie. Tout de suite après, dans l'ordre de la superficie et du rayonnement, venait la France. J'aimais la France bien avant de la connaître. A la maison, je parlais le russe avec ma *niania,* avec mes parents, le français avec ma gouvernante, mon frère et ma sœur. Cela dit, mon frère et ma sœur avaient assez peu de contact avec moi. Il y avait, entre nous, une telle différence d'âge! Pour moi, ils évoluaient déjà dans le monde des grandes personnes. Ils avaient des amis à l'extérieur, ils étudiaient dans des livres. Moi, j'appartenais tout entier au royaume joyeux et fragile des jouets. Je m'amusais, je m'amusais à en perdre la tête, avec tout ce qui me tombait sous la main : des cubes, des soldats de plomb, des ours en peluche, des rubans, des osselets, des bouts de bois. Mais mon plus grand plaisir était encore, paraît-il, de me pelotonner aux pieds de ma mère et de remuer des écheveaux de laine multicolore en l'écoutant raconter des histoires. Ces histoires, toujours les mêmes, étaient tirées du vieux folklore russe : le Poulain bossu, le Poisson d'or, la sorcière Baba Yaga, dont l'isba était montée sur des pattes de poulet. Bien que connaissant d'avance toutes les péripéties du récit, je tremblais d'angoisse tandis que ma mère les relatait d'une voix étouffée. Elle avait, je crois, un réel talent de conteuse. Ajoutez à cela une gaieté pétillante, le goût des lumières, de la couleur, du mouvement, de la jeunesse. Même dans les dernières années de son existence, à Paris, malade, âgée, elle savait dominer sa souffrance pour ne pas affliger ses proches et prétendait s'ennuyer en compagnie des gens de sa génération. Autant elle était primesautière, autant mon père était réfléchi, pondéré, sérieux. Tous ses amis s'accordaient pour louer sa droiture, son sens moral, son énergie et pour le taquiner sur son pessimisme. Inquiet, anxieux même, il avait une adoration pour sa femme, pour ses enfants. Le culte de la famille revêtait chez lui une grandeur primitive. Sans doute cette disposition d'esprit lui venait-elle de ses ancêtres arméniens et tcherkess, chez qui la fidélité au clan est considérée comme l'une des principales vertus. En Russie, avant la révolution bolchevique, il occupait une place très en vue dans le monde des affaires. Outre les comptoirs de drap Tarassoff, qui avaient des succursales dans plusieurs villes de province, il dirigeait l'exploitation d'une ligne de chemin de fer entre Armavir et Touapsé, au Caucase.

Mes parents m'ont si souvent parlé de leur vie à

Moscou que, par moments, je me demande si je ne les ai pas accompagnés au théâtre, aux bals, aux dîners en ville. L'imagination aidant, je revois aussi nettement le visage ridé de ma vieille nounou que celui de Chaliapine chantant *Boris Godounov,* ma chambre d'enfant que la salle immense du restaurant Strelnia, avec ses verrières, ses palmiers, ses jets d'eau et son orchestre hongrois. Époque de faste angoissé, de fallacieuse insouciance. Bientôt, les courses en traîneau, les séances de patinage, les nuits tziganes, tout fut balayé par un ouragan. La guerre, la révolution, un drame sanglant pour les grandes personnes, un divertissement pour moi qui, en 1917, venais juste d'avoir six ans. Je me souviens de mon excitation à l'annonce des combats de rue, à Moscou. Du jour au lendemain, à cause d'individus mystérieux qu'on appelait les « bolcheviks », le souffle de l'aventure entrait dans notre existence et bouleversait les habitudes de la maison. Par crainte des éclats d'obus et des balles de mitrailleuse, on avait cloué des matelas aux fenêtres. A tout moment, on entendait des détonations, des cris, une agitation énigmatique et absurde, qui montait de la ville comme le grondement de la mer. Des amis de la famille, qui habitaient des quartiers encore plus menacés que le nôtre, venaient se réfugier chez nous et dormaient sur des lits de fortune alignés dans le couloir. Ma *niania* avait une tache grise sur le front à force de se prosterner devant les icônes. Ma gouvernante pleurait et disait qu'elle voulait retourner en Suisse. Parfois, mon frère et moi, trompant sa surveillance, soulevions un coin de matelas et jetions un regard dehors. Tournant le coin de la rue, des silhouettes avançaient pas à pas, pliées en deux, un fusil à la main. Certaines portaient un brassard sur la manche. Mon frère me disait : « Ce sont les blancs. Ils vont attaquer les rouges par surprise. » Je me demandais si les rouges étaient vraiment rouges, comme des Peaux-Rouges par exemple. Ma gouvernante affirmait que non. Mais, en tant que Suissesse, elle n'avait aucune compétence en matière de révolution. Dès que la fusillade cessait, notre gardien tcherkess se précipitait dans la rue et nous rapportait des balles de shrapnell dans le creux de sa main. « Regarde, disait-il, elles sont encore tièdes! » Brusquement, les grandes personnes furent frappées de panique. On ne parlait plus que de passeports, de laissez-passer. Les domestiques quittèrent la maison, l'un après l'autre, avec des airs rogues ou narquois. Les bolcheviks avaient conquis la ville et prenaient des otages parmi les notables. Mon père fut obligé de fuir pour ne pas être arrêté par la Tcheka [1]. Les bourgeois étaient placés hors la loi, privés de leurs droits civiques, les perquisitions se multipliaient, la famine s'installait, on manquait de pain, de médicaments, la Russie signait la paix avec l'Allemagne, à Brest-Litovsk, mais des nouvelles contradictoires arrivaient des différents fronts où les armées blanches avaient repris le combat contre les rouges. Malade d'angoisse, ma mère se préparait à quitter Moscou avec toute la famille pour tenter de rejoindre mon père, à Kharkov. Grâce à la bienveillance d'un

1. Première police politique du régime soviétique, remplacée, en 1922, par la Guépéou.

commissaire du peuple, elle obtint les papiers nécessaires. Aussitôt, elle s'employa à cacher des bijoux dans les doublures de nos manteaux. Et nous partîmes en groupe pour nous rendre à la gare : ma mère, mon frère, ma sœur, ma grand-mère et la gouvernante suisse, de plus en plus indignée. La *niania,* elle, préféra rester à Moscou. Étant fille du peuple, elle n'avait, disait-elle, rien à craindre des bolcheviks. Nous nous étions habillés pauvrement, pour ne pas éveiller les soupçons des nouvelles milices, dans la rue. J'avais conscience d'une dangereuse mascarade et gardais, en marchant, les mains plaquées contre mes poches, où quelques billets de banque avaient été dissimulés dans les coutures. La suite? Oh! ce fut un extraordinaire exode à travers la Russie. Nous courions en zig-zag, selon les fluctuations des combats entre les rouges et les blancs. La plupart du temps, nos déplacements se faisaient en wagons à bestiaux. Les itinéraires s'embrouillent dans mon souvenir. Mais certaines images, sans ordre chronologique, resteront gravées en moi à jamais. Je revois un wagon à bestiaux bondé d'hommes et de femmes aux visages hostiles. Ils nous lorgnaient du coin de l'œil et parlaient entre eux des sales bourgeois « buveurs de sang ». Et moi, à qui, l'année précédente, un médecin avait recommandé de boire du sang de bœuf pour combattre l'anémie, je me demandais si c'était cela qu'on me reprochait. Pourtant je n'avalais ce breuvage qu'avec une extrême répulsion. Au milieu de l'animosité générale, nous nous tassions, nous nous taisions, soucieux d'abord de faire oublier notre présence. Soudain, en pleine nuit, des flammes bondirent à droite, à gauche. Des étincelles, provenant des essieux mal graissés, avaient mis le feu à la paille qui passait par les interstices du plancher. Pas de signal d'alarme. Le vent de la course activait le brasier. La chaleur devenait suffocante. Certains voyageurs hurlaient de peur, d'autres s'agenouillaient et priaient. Ma mère se précipita sur mon frère et saisit le petit sifflet qu'il portait en garniture au col de son costume marin. Je la revois soufflant dans ce sifflet d'enfant, les joues gonflées, les yeux dilatés par l'épouvante. Un vacarme d'air déchiré et de fer battu couvrait cet appel lamentable. Par miracle, le train s'arrêta dans une gare secondaire et nous pûmes sauter sur la voie, à travers un rideau de fumée. D'autres épreuves nous attendaient : passage de lignes gardées par les rouges, fuites nocturnes en télègue, interception, au clair de lune, par une patrouille de uhlans prussiens, arrivée dans un camp de quarantaine organisé par les Allemands, où nous attrapâmes tous la grippe espagnole. Couchés sur des grabats, chassant d'un revers de la main les rats qui s'aventuraient entre les paillasses, nous luttions à la fois contre la faim, contre l'épuisement, contre la fièvre. Pas de médicaments. Chaque jour, des malades mouraient dans la baraque, et ceux qui tenaient encore debout emportaient les cadavres. Une paysanne, employée par les Allemands aux plus basses besognes, procura à ma mère de la vodka. C'était, disait-elle, le meilleur remède contre l'infection. Peut-être est-ce réellement l'alcool qui nous sauva tous. Une fois tirés d'affaire, nous poursuivîmes notre route, vaille que vaille, jusqu'à Kharkov. Là, nous retrouvâmes mon père. Ma mère, épuisée, lui céda la direction des opérations. Puis, tout se confond dans ma tête. Un brouillard de verstes et de villes. Je nous revois sur un quai d'embarquement, à Tsaritsyne (plus tard Stalingrad, actuellement Volgograd). L'armée rouge cernait la ville. Et il n'y avait plus une place libre sur le dernier bateau qui s'apprêtait à quitter le port pour descendre la Volga. Notre situation paraissait désespérée. Mon père ce précipita à la recherche du capitaine pour le supplier de nous prendre en surnombre. Quand il le découvrit, ils tombèrent dans les bras l'un de l'autre : le capitaine était un de ses amis de classe. Ce sont là de ces coïncidences dont un romancier doit se garder comme de la peste et dont la vie nous gratifie parfois au mépris de toute vraisemblance. Bon prince, le capitaine nous céda sa cabine. Nous nous y entassâmes et le bateau partit.

Nous fûmes, une autre fois, acculés à la mer, en mai 1919, alors que les troupes bolcheviques avançaient en Crimée. Cela se passait à Yalta. Là encore, il s'agit d'un bateau providentiel. Le dernier navire en partance était un charbonnier, du nom de *Rizeye.* Pour comprendre notre hâte à fuir, il faut savoir que la guerre civile était, en Russie, d'une sauvagerie absolue. La famille impériale avait été massacrée par les bolcheviks, à Iekaterinbourg, l'année précédente. Chaque fois qu'un parti s'emparait d'une ville, ceux que l'on soupçonnait d'avoir des opinions politiques douteuses étaient fusillés sur simple dénonciation des voisins. Mon père obtint à grand-peine des places pour lui et les siens sur le vieux rafiot. Tous les passagers se massèrent dans la cale. Assis sur leurs bagages, les yeux écarquillés dans les ténèbres et respirant une poussière de charbon, ils attendaient le premier tour d'hélice comme une délivrance. Mais, à peine le bateau eut-il quitté le port, que la tempête se leva. Une de ces terribles tempêtes de la mer Noire. Dans la cale sombre, surchauffée, les réfugiés, secoués parmi leurs valises et leurs balluchons, se cognaient, gémissaient, vomissaient. Des cuvettes circulaient de main en main. Le plus souvent, elles arrivaient trop tard. La puanteur achevait l'effet de la houle. Hommes, femmes, enfants, industriels, conseillers privés, actrices, banquiers, mères de famille, tous baignaient dans leurs déjections. Il n'y avait plus de grade ni de fortune dans ce vaisseau de la détresse. Soudain, le bruit courut, de bouche en bouche, que l'équipage s'était révolté. Un délégué des marins vint annoncer à la « racaille blanche » que le bateau allait faire demi-tour pour débarquer sa cargaison de traîtres à Sébastopol et les livrer aux bolcheviks. Terreur des passagers qui en oublient le mal de mer. On discute, dans l'obscurité, tandis que les vagues résonnent sourdement contre les flancs du navire. Un dernier espoir : acheter le comité des mutins. On se cotise. Une grosse somme. Les marins, après délibération, acceptent le marché. Le *Rizeye* continue sa route vers Novorossiisk.

De Novorossiisk, nous avons pris le train pour Kilovodsk, élégante ville d'eaux, dans le Caucase, où mes parents possédaient une maison. Toute cette région était encore tenue par les blancs. Enfin, semblait-il, un refuge sûr! L'air des montagnes, un beau parc, un horizon de cimes neigeuses, des estivants qui se promenaient dans les allées, buvaient de l'eau minérale gazeuse, et se retrouvaient, le soir, dans les restaurants. Tous les hôtels, toutes les villas étaient bondés de familles échappées de l'horreur et avides d'oubli. Les grandes personnes disaient que le sort des armes allait bientôt changer et que, pour Noël 1919, nous serions de nouveau à Moscou. Mais, démentant ces prévisions optimistes, la menace se rapprochait. Maintenant on chuchotait que les armées loyalistes, après de vifs succès, battaient en retraite, que la situation au Caucase et dans le Kouban s'aggravait, qu'il fallait songer à d'autres positions de repli. Cependant, nous, les enfants, menions notre propre guerre. Chaque jour, déjouant la surveillance de la gouvernante, nous allions dans un coin du jardin, derrière une balustrade qui surplombait la route, et nous nous battions à coups de pierres avec des gamins des rues qui passaient par là. Rarement un projectile atteignait son but. Mais notre exaltation était grande. En bas, les assaillants chantaient *L'Internationale.* Nous répondions par *Dieu protège le tsar*. Ces mêmes chants alternés retentissaient dans la ville. Le territoire sur lequel libéraux et monarchistes pouvaient se croire en sécurité rétrécissait de jour en jour, mordu par les victoires bolcheviques. Comme en Crimée, quelques mois auparavant, le prix des vivres augmentait, les banques, débordées, refusaient de faire crédit, la panique s'emparait des bourgeois. Derechef, les valises bouclées, la gare envahie par une multitude de réfugiés cossus, les wagons à bestiaux pris d'assaut par des gens du meilleur monde, le train qui rampe en soufflant, s'arrête, on ne sait pourquoi, en rase campagne... Nous retournions à Novorossiisk. Pour la première fois, j'entendais mes parents parler entre eux d'une possibilité de quitter la Russie. Pas définitivement, bien sûr! Quelques mois au plus. Le temps nécessaire pour que les bolcheviks soient vaincus et l'ordre rétabli dans le pays avec l'installation d'un nouveau régime : monarchie constitutionnelle ou démocratie libérale. « Nous reviendrons, nous reviendrons! » répétait mon père, les larmes aux yeux. Il s'était bénévolement chargé de l'évacuation des civils de Novorossiisk. En tant qu'organisateur, il se devait de partir le dernier. Ma mère se désespérait de ce périlleux dévouement. Avec cela, les formalités devenaient de plus en plus compliquées. A Novorossiisk, se trouvait une mission militaire française. J'ai encore sous les yeux le passeport russe de mes parents, établi le 14 janvier 1920, par le vice-gouverneur de gouvernement de la mer Noire, avec le visa délivré par le colonel commandant la base française de Novorossiisk. « Vu, bon pour se rendre à Constantinople. » Tout était en règle. Mon père avait obtenu des places sur le dernier bateau en partance. Un vieux paquebot russe du nom d'*Aphon*. Malheureusement, le port de Novorossiisk était pris dans les glaces. Le noroît soufflait avec rage. Aucun navire ne pouvait appareiller. Et les bolcheviks approchaient de la ville. Allions-nous, cette fois, nous laisser coiffer? Enfin, dans les premiers jours de février, le temps se radoucit. Toute la famille embarqua dans la hâte et le désordre. Je me rappelle que le bateau était couvert de neige, blanc, léger, irréel, avec des stalactites pendant à toutes les aspérités. Et, par-dessus cette construction de cristal et de sucre, un froid soleil rose. A bord, rien que des réfugiés, heureux de sauver leur peau et tristes d'abandonner la Russie. Avant même le départ, tous les enfants s'étaient groupés sur le pont. A quoi jouer? A la guerre entre rouges et blancs, parbleu! Comme d'habitude. On distribua les rôles. Certains rechignaient à être rangés parmi les bolcheviks. Mais, après de longues palabres, les deux camps se constituèrent et la bataille de boules de neige commença. Mes petits camarades, dont chacun s'était affublé du nom d'un chef militaire connu, m'avaient désigné pour être le général Wrangel. Je courus me vanter auprès de mes parents de cette distinction inespérée. Ils me renvoyèrent avec un sourire mélancolique. Pendant que nous trottions en tous sens, imitant avec la bouche le bruit des fusils, des mitrailleuses, des avions, des canons, le paquebot prit le large. Un chenal vert émeraude s'ouvrait entre les blocs de glace. D'immenses masses blanches, dérangées par le mouvement du navire, pivotaient, s'écartaient lentement. Il faisait très froid. Les côtes de Russie s'estompaient dans la brume. Mes parents, revenus sur le pont, avaient un air misérable, appauvri, perdu. Autour d'eux, des gens pleuraient. Moi, je ne comprenais pas cette tristesse. J'avais entendu dire que Constantinople ne serait pour nous qu'une étape, que, de là, nous tenterions de passer en France. Et la France, d'après ma gouvernante, était un paradis, au même titre, ou peu s'en faut, que la Suisse.

A Constantinople, nouvelles difficultés : les autorités locales renvoyaient tous les réfugiés d'origine russe sur l'île de Chypre et ne laissaient débarquer dans le port de Constantinople que les réfugiés d'origine arménienne. Or, d'après nos papiers, nous étions sujets russes d'origine arménienne. Fallait-il nous accepter ou nous refouler? Pour compliquer la situation, alors que tous les noms arméniens se terminent par « ian », la terminaison en « off », du nôtre nous désignait comme étant plutôt d'origine russe. Excédé par cet imbroglio, mon père accepta un subterfuge. Le représentant diplomatique de la nouvelle république arménienne à Constantinople nous délivra, le 19 mars 1920, un papier comme quoi le porteur du présent, « connu en Russie sous le nom de Tarassof », s'appelait en réalité « Torossian ». Ce nom de Torossian, qui n'avait jamais été le nôtre, devait demeurer accolé à notre nom de Tarassof en dépit de tous les efforts que nous tentâmes pour nous en débarrasser par la suite. Quoi qu'il en soit, nous pûmes, une fois rebaptisés, prendre pied sur la terre ferme. Mais nous ne vîmes presque rien de Constantinople, tant nous rêvions de Paris. Un bateau italien nous transporta d'abord à Venise. Le temps de souffler un peu, et nous montions dans un train à destination de la frontière française.

– Avez-vous été dépaysé à votre arrivée en France?

– A peine. Comme je vous l'ai dit, j'avais appris le français en même temps que le russe, grâce à ma gouvernante. Un français trop châtié, d'ailleurs. Je disais « plaît-il? » au lieu de « comment? » Les livres que j'avais lus, tout enfant, en Russie, étaient les mêmes, à peu de chose près, que ceux dont se composait la bibliothèque des petits Français. Dans ma tête, *Les Malheurs de Sophie, Un bon petit diable, Bécassine* faisaient bon ménage avec *Baba Yaga* ou *Le Poulain bossu.* Bref, j'étais parfaitement préparé, dès huit ans, à cette immersion dans le milieu français. J'en éprouvais même une sensation bizarre de repos. Nous ne courions plus nulle part. Nous avions posé nos bagages. Pour combien de temps? A Paris, mes parents avaient loué un appartement meublé, rue des Belles-Feuilles, dans le seizième arrondissement, et m'avaient envoyé en classe de dixième, au lycée Janson-de-Sailly. C'était ma première expérience scolaire. Ayant vécu jusqu'à ce jour entre un frère et une sœur trop grands pour moi, je découvrais l'ivresse des jeux avec des enfants de mon âge. Pour comble de chance, il se trouva qu'une famille d'émigrés russes, les Bylinine, habitait sur le même palier que nous, à Paris. J'avais connu leur fils, Volodia, sur le bateau qui nous conduisait à Constantinople. Nous nous embrassâmes en nous jurant une amitié éternelle. Il était féru de lecture et de soldats de plomb. Deux passions qui étaient également les miennes. Mes parents, de leur côté, cherchèrent d'abord à s'étourdir pour tromper leur nostalgie. Ils s'éclipsaient presque chaque soir avec des amis, rentraient tard et me remettaient, le matin, toutes sortes d'accessoires de cotillon. Poupées d'étoffe aux robes flasques, mirlitons, chapeaux de papier gaufré, j'étais émerveillé par ces étoiles de clinquants tombées d'un ciel nocturne.

J'imaginais des fêtes folles où mon père et ma mère s'enivraient de champagne et de musique. En fait, leur espoir de retourner en Russie déclinait de mois en mois. Bientôt, ils renoncèrent à leurs sorties joyeuses. L'existence, à Paris, coûtait cher, nos ressources baissaient, les bijoux apportés de Russie se vendaient mal. Il fallait songer à se restreindre. Tout à coup, j'appris que nous allions partir pour l'Allemagne et nous installer à Wiesbaden, ville de la Rhénanie, occupée par les troupes françaises à la suite de l'armistice de 1918. A Wiesbaden, la vie, pour quiconque possédait des francs – monnaie forte – était, disait-on, partiquement pour rien. De nombreux émigrés russes en avaient déjà fait l'expérience. Adieu rue des Belles-Feuilles, adieu lycée Janson-de-Sailly, adieu mes premiers camarades de classe! Toute la famille, y compris ma grand-mère et ma gouvernante, pliait bagage dans la hâte.

A Wiesbaden, je fus inscrit dans une école française, tandis que mon frère devait prendre le tramway, chaque matin, pour se rendre au lycée français de Mayence. Le mark se dévalorisant très vite, ma mère allait faire ses courses avec une petite valise pleine de billets de banque. Mon père, qui voyageait entre l'Allemagne et la France, cherchait en vain à monter une affaire qui nous permît de considérer l'avenir avec plus de sérénité. Quant à moi, j'éprouvais l'impression étrange d'un dépaysement au second degré. Il me semblait que je venais, pour la deuxième fois, de changer de patrie. Si à Paris je me sentais Russe, à Wiesbaden je me découvrais Français. Pour les petits Allemands de la rue, qui me voyaient sortir de l'école française, je faisais partie des envahisseurs exécrables qui occupaient leur pays. Béret basque sur la tête, j'affrontais vaillamment leurs quolibets au passage. Ils me traitaient de *Schwein Franzose* [1]. A Paris, le concierge, furieux contre moi pour quelque peccadille, avait grommelé, un jour : « Sale petit étranger! » A Wiesbaden, ce fut un élève de ma classe, fils d'un officier en occupation en Allemagne, qui me cria au milieu d'une récréation : « Les Russes ont lâché les Alliés pendant la guerre! Ils ont signé la paix avec les Allemands! Ce sont des traîtres! C'est papa qui l'a dit! » J'avais tenté de lui expliquer que ces Russes-là étaient des bolcheviks, alors que moi j'étais un « blanc ». Il n'avait rien voulu entendre. Nous nous étions battus. J'avais eu le dessous. Cela ne m'empêchait pas d'être très fier de la victoire française sur l'Allemagne. Chaque dimanche, j'allais, le cœur battant d'un patriotisme tout neuf, assister, avec ma gouvernante, à la relève de la garde. Sur la grand-place, les troupes bleu horizon étaient déployées avec fanfare et drapeaux. Les accents de *Sambre-et-Meuse* me secouaient les entrailles. A peine m'étais-je habitué à cette nouvelle vie que, pour des raisons mystérieuses, mon père décida de nous ramener tous à Paris.

Nous nous installâmes dans un appartement meublé, à Neully-sur-Seine, boulevard Inkermann, juste en face du lycée Pasteur, et, bien entendu, c'est dans ce lycée que mon frère et moi fûmes inscrits à notre arrivée. J'entrai en classe de sixième. Les fréquents

1. « Cochon de Français. »

changements de pays, de décor, de système pédagogique m'avaient mal préparé à l'effort scolaire. Dissipé, rêveur, je commençai par m'abandonner à la paresse. Le latin surtout m'horripilait. Quand on m'interrogeait, je lisais ma leçon sur le livre ouvert derrière le dos d'un camarade. Une fois, le professeur s'en aperçut, bondit, s'empara du bouquin et lança avec un regard de joie mauvaise : « Je suis heureux que l'enfant coupable de cette tricherie ne soit pas un petit Français! » Je reçus cette remontrance comme un soufflet et ravalai mes larmes. Autour de moi, mes camarades ricanaient. Tenaillé par la honte, la rage et le sentiment désespéré de ma solitude, je me jurai de renverser la situation dès l'année suivante. Et, en effet, en cinquième, ayant lâché le latin, je pris un si vif plaisir à l'étude que je rejoignis le petit clan, plein de vanité et d'émulation, de ceux qu'il est convenu d'appeler les bons élèves.

A mesure que le régime des Soviets s'affermissait en Russie, l'espoir de mes parents s'effritait. La gêne s'installait à la maison. Il fallut se séparer de ma gouvernante. Ayant vendu nos derniers bijoux, mon père tenta de monter plusieurs affaires en s'associant avec d'autres émigrés russes. Mal lui en prit. Cette homme qui, dans son pays, réussissait tout ce qu'il entreprenait et dont ses concurrents mêmes louaient la droiture, l'énergie et la clairvoyance, se trouva, une fois transplanté incapable d'agir. Dans ce monde nouveau, son réseau de relations ne jouait plus, la confiance attachée jadis à son nom faisait défaut, les lois commerciales étaient différentes. Désorienté, desservi par sa connaissance imparfaite de la langue française, il n'était qu'un étranger parmi des milliers d'autres. Je me rappelle qu'il participa au financement de quelques films muets, qu'il se fourvoya dans la vente des huiles, des parfums, des fleurs artificielles... Le résultat financier fut désastreux. Au milieu de cette débâcle, mon père cependant ne perdait pas tout à fait courage. Il avait transféré autrefois quelques capitaux, tant en son nom personnel qu'au titre de son entreprise, dans différentes banques étrangères, en France, en Angleterre, aux États-Unis. En bonne logique, il comptait rentrer en possession de l'argent qu'il avait déposé. Mais la France refusa de payer, l'Angleterre aussi, et les États-Unis n'accordèrent que des miettes. Fort de son droit, mon père intenta des procès. Certains durent encore, alors que mon père n'est plus. Je le revois compulsant des registres, annotant des lettres, le soir, sous la lampe. Son rêve de gain devant les tribunaux l'aidait à supporter la tristesse de la réalité quotidienne. Il commentait volontiers les transformations que cette brusque fortune apporterait dans notre vie. On dressait des listes d'achats par ordre de nécessité : vêtements, chaussures, meubles... C'était tout de même un espoir plus plausible et plus proche que celui d'un retour en Russie. Et pourtant, sur ce dernier point aussi, mon père demeurait inébranlable. Il refusait de croire que sa patrie était, pour lui, à jamais perdue, qu'il devait dire adieu à ses maisons, à ses terres, à ses tombes. Après avoir mis en ordre sa correspondance avec les avocats, il ouvrait avec précaution quelque vénérable dossier, bourré de titres de propriété hors d'usage, de vieilles reconnaissances de dettes, de passeports périmés, de comptes rendus de conseils d'administration. Pour la centième fois, il relisait et reclassait gravement ces papiers qui lui rappelaient son ancienne splendeur. Il dressait la liste des immeubles qu'il possédait là-bas. Il dénombrait ses créanciers. Il se faisait mal à évoquer son passé et, en même temps, il se justifiait à ses propres yeux. Comme pour accroître encore cette impression de décalage entre le monde où nous vivions et celui que nous avions quitté, j'avais sous mes regards l'exemple de ma grand-mère. Les péripéties de l'exode, la diversité des pays traversés, le passage du temps, rien, semblait-il, ne l'avait marquée. L'esprit fatigué par l'âge, elle continuait à se croire en Russie. Quand elle sortait se promener, elle demandait son chemin en russe ou en tcherkess et se fâchait parce que les passants ne la comprenaient pas. A son retour, elle nous parlait de l'animation des rues de Moscou. La Seine était, pour elle, la rivière Moskva. Elle ne comptait pas en francs mais en roubles. En voyant un portrait du président de la République dans *L'Illustration,* elle disait « le tsar ». Je riais sous cape de cette inconséquence, mais mon ironie était, je crois, mêlée de tristesse et même d'un certain respect.

Entre-temps, nous avions déménagé, sans quitter Neuilly. Un appartement non meublé cette fois, avenue Sainte-Foy. A peu de frais, mes parents s'étaient procuré des lits, des chaises, des tables, des armoires. Mais les inévitables malles de l'émigration s'alignaient encore dans l'entrée. Le loyer était cher. Mon père ne travaillait que par à-coups, dans des affaires créées par lui de toutes pièces et qui s'effondraient l'une après l'autre. L'argent manquait. Le moindre ressemelage posait un problème. Nous nous déplacions à pied pour économiser les tickets d'autobus et de métro. Et, les études étant payantes à l'époque, il fallait encore acquitter la note du lycée, chaque trimestre. L'économe expédiait lettre sur lettre pour se plaindre des retards dans le règlement. J'avais peur d'être renvoyé. Il me semblait que le censeur me regardait de travers parce que j'avais des parents pauvres. Grâce à quels sacrifices purent-ils, malgré tout, nous faire poursuivre, à mon frère et à moi, notre éducation scolaire? Ce fut l'époque du bœuf bouilli et des nouilles. Si le menu était sommaire, l'appétit était vif et une gaieté juvénile régnait sous la suspension de la salle à manger. On faisait la vaisselle en famille. Puis, la table débarrassée, ma mère s'installait pour ses travaux de ravaudage. Assise devant une montagne de chaussettes à raccommoder, elle se plaignait de « ses hommes » qui « usaient trop ». Mais il y avait un tel amour dans ses yeux! L'aiguille à la main, elle tirait le fil d'un geste prompt et je voyais, émerveillé, la petite grille qui se dessinait, brin à brin, à la surface de l'œuf à repriser. Une autre activité de ma mère consistait à confectionner des chapeaux pour les dames de l'émigration. Sur des formes de bois aveugle, fleurissaient d'extraordinaires bibis de feutre, de taffetas, de velours multicolore. Là-dessus, s'abattaient des garnitures de ganses et de rubans. Ma mère taillait, repassait, collait, modelait, lustrait, cousait, les doigts lestes et l'œil inspiré. Elle prenait ses exemples dans des journaux de mode et les arrangeait à sa façon. Les clientes étant des amies, on buvait le thé pendant l'essayage. Elles repartaient, coiffées d'un chef-d'œuvre. Mais, leurs moyens n'étant guère supérieurs aux nôtres, je suppose qu'elles ne devaient pas toujours payer leurs commandes. En tout cas, au bout de quelque temps, leurs visites s'espacèrent, l'« atelier » périclita, ma mère relégua les formes au fond d'une armoire. L'art n'en fut pas pour autant banni de notre maison. Ma sœur suivait des cours de danse classique. Je l'entendais discuter passionnément de « jetés battus », de « fouettés », d'« arabesques », de « pirouettes ». Pendant des heures, elle s'exerçait devant la glace, en prenant appui sur une chaise. Son effort ne me touchait pas. Ni l'élégance de ses mouvements. En tant que garçon, je ne pouvais, pensais-je, que juger sévèrement ces minauderies de fille. Je détestais les chaussons, les tutus, la musique, tout cet attirail de basse séduction, qui cachait la sueur et le halètement de la ballerine. Mais, dès qu'elle arrêtait son manège de grâce, je retrouvais avec joie la grande sœur que j'aimais. Elle dessinait très bien, elle adorait les poètes russes et me faisait partager sa passion. Pourquoi diable, me disais-je, s'obstine-t-elle à vouloir devenir danseuse? Je fus très étonné lorsqu'elle fut engagée dans une troupe théâtrale russe. Mon père allait l'attendre à la sortie des artistes. Elle rapportait un peu d'argent, de quoi arrondir nos fins de mois. Je l'enviais de gagner déjà sa vie, notre vie. Quand pourrais-je en faire autant? Jamais, me semblait-il, je ne sortirais du lycée! Même mon frère était parti pour de longues études. Il voulait être ingénieur. Les sciences exactes faisaient ses délices. Une scène isolée me revient en mémoire. Je serais incapable d'en préciser la date. Mon frère préparait je ne sais quel examen ou quel concours. Nous couchions dans la même chambre. Il travaillait tard, alors que je dormais. En pleine nuit, j'ouvre les yeux. Toutes les lampes sont allumées. Debout devant son tableau noir, mon frère, hirsute, les traits tirés, les yeux rouges, aligne d'interminables équations. La craie grince. Les « x » et les « y » se chevauchent. L'heure avancée, le silence, cette veille solitaire, ces hiéroglyphes blancs sur fond gris ardoise, tout cela renforce en moi le sentiment de l'irréalité. De temps à autre, mon frère boit une gorgée de café noir. Puis il retourne au tableau. Moi qui suis perdu hors des quatre opérations fondamentales de l'arithmétique, j'assiste, époustouflé, à cette marche d'un esprit dans l'abstraction la plus haute. Grâce à sa persévérance, mon frère connaîtra, j'en suis sûr, un grand destin. Mais moi, que puis-je espérer de la vie? J'aime bien ce frère si différent de moi. Je sais qu'il a pour son cadet une sorte de tendresse protectrice et condescendante. Il m'aide souvent lorsque je sèche sur un devoir de mathématiques. Il a beau m'expliquer les étapes de la solution, je l'entends à peine. Je m'ennuie parmi les chiffres, alors qu'il en tire une ivresse indicible. Pour un oui, pour un non, je tombe dans de longues rêveries...

– Au cours de ces rêveries, vous sentiez-vous Russe ou Français?

– Cela dépendait des circonstances. En vérité, je

changeais de peau selon l'endroit où je me trouvais. Au lycée, entouré de mes camarades, parlant la même langue qu'eux, jouant aux mêmes jeux qu'eux, je me sentais Français. Et pourtant, dès que je réfléchissais tant soit peu, je percevais, entre eux et moi, une différence indéfinissable. J'étais marqué par mon lieu de naissance, et cette originalité me gênait et m'exaltait à la fois. Tantôt j'avais honte de n'être pas « comme les autres », et tantôt j'en étais fier. Mes camarades ne changeaient pas de pays quand ils sortaient du lycée pour rentrer chez eux. Moi, en regagnant la maison, je quittais la France pour me replonger en Russie. Je vivais la moitié du jour à Paris et la moitié du jour à Moscou. Pendant longtemps, j'avançais ainsi, tant bien que mal, en boîteux, un pied sur la terre ferme française, l'autre sur les nuages russes. Autour de la table familiale, nous parlions russe. Paris, le lycée, les camarades s'éloignaient derrière les murs et basculaient dans le vide. Notre appartement de l'avenue Sainte-Foy était suspendu hors de l'espace et hors du temps. Mon père, ma mère évoquaient souvent pour nous, les enfants, leurs souvenirs de Russie. En les écoutant parler, j'imaginais une contrée de songe où la jeunesse était radieuse, la vieillesse exempte de maladies, la fortune facile et la neige propre. Jamais ils ne donnaient assez de détails à mon gré. Il fallait que ma mère me racontât, pour la centième fois, ses années de pensionnat à Ekaterinodar, les bals de l'école, la rencontre avec mon père, les fastes de son mariage à Armavir. Mon père, lui, me décrivait à mi-voix la façon dont les Tcherkess capturaient les chevaux sauvages ou la tempête de neige qui l'avait surpris, en traîneau, alors qu'il se rendait à Astrakhan. Ainsi, pour moi, les contes de ma tendre enfance se prolongeaient par des histoires plus exaltantes encore, qui avaient sur les précédentes l'insigne avantage d'être vraies. Au folklore du *Poulain bossu* s'ajoutait le folklore de la patrie disparue. Mon Petit Poucet chaussait des bottes de sept verstes. Je sortais de ces conversations la tête bourdonnante, les yeux émerveillés. Comment conserver mon équilibre en me retrouvant, au lycée, parmi des camarades qui étaient nés à Paris, ou à Brive, ou à Melun, et dont la grand-mère ne parlait certainement pas le tcherkess? Il suffisait qu'un professeur fît allusion, dans son cours, à la Russie, pour que toute la classe se tournât vers moi avec le regard qu'elle aurait eu, au jardin zoologique, devant un zèbre. On me montrait du doigt, on souriait, et j'en tirais une vanité inquiète. Disait-on devant moi que la Volga était le plus long fleuve d'Europe, et je me rengorgeais. Je me rappelle mon embarras lorsque je fus invité, pour la première fois, à déjeuner, par un ami de lycée, dans sa famille. Je devais avoir une douzaine d'années et j'ignorais tout des usages français. Tout à coup, je me trouvai dans un monde surprenant. Pas de malles dans l'entrée, mais des tableaux aux murs, de beaux meubles, des tapis, une aisance à vous couper le souffle. A table, première surprise, du melon pour commencer. Chez nous, le melon était considéré comme un fruit et servi au dessert. En revanche, le fromage qui, à la maison, était un hors-d'œuvre, paraissait ici destiné à la fin du repas. Tout en mangeant, le buste droit et les coudes au corps, comme ma gouvernante me l'avait appris, je dus répondre aux questions des grandes personnes. Elles m'interrogeaient sur la situation de mes parents en Russie, sur notre fuite, sur ce que faisait mon père, à présent. Cramoisi, le cœur battant vite, je n'osai dire notre misère. Il me semblait que la mère de mon camarade avait remarqué cet empiècement à la manche de ma veste et les craquelures de mes souliers badigeonnées d'encre de Chine. Je ne respirai qu'au moment où la conversation se détourna de moi. En me levant de table, je m'approchai de la maîtresse de maison, claquai des talons devant elle, lui baisai la main et, conformément à l'habitude russe, la remerciai pour le déjeuner. A la surprise qui se marqua sur son visage, je compris que cette coutume n'avait pas cours en France et que je venais de commettre un impair. J'aurais voulu disparaître, avalé par une bouche d'égout, et il fallut toute la gentillesse de mon camarade pour me faire oublier ma bévue.

En vérité, j'avais beau me sentir parfois dépaysé, déraciné en France, je ne voulais avoir d'amis que parmi les Français. C'était auprès d'eux que, malgré tout ce qui nous distinguait, je me trouvais le plus à l'aise. Mon frère et ma sœur, en revanche, avaient surtout des amis russes. Question d'âge, sans doute. Ayant vécu plus longtemps que moi en Russie, ils éprouvaient davantage le besoin d'un contact avec leurs compatriotes exilés. Quant à mes parents, ils ne fréquentaient pratiquement pas de Français, à Paris. Pourtant, avec les années qui passaient, ils croyaient de moins en moins à la possibilité d'un renversement de la situation politique en Russie. Je devinais leur désillusion et je souffrais de ne pouvoir la partager. Car, à mesure qu'ils voyaient s'éloigner leur rêve, je voyais se réaliser le mien. Eux, malades de nostalgie, ne pensaient qu'à partir, moi, enchanté par de nouvelles amitiés françaises, je ne pensais qu'à rester. Leur bonheur eût fait mon malheur. Nous n'étions plus exactement du même bord. Quand j'essaie d'analyser le processus de mon acclimatation en France, il me semble que c'est peu à peu, insidieusement, inconsciemment que la transmutation s'est opérée en moi. De jour en jour, par mes amitiés, par mes lectures, par l'air que je respirais, je m'imprégnais d'une culture que tout me disposait à recevoir et à aimer. En choisissant mes camarades, je devenais français, en lisant Victor Hugo ou Racine, je devenais français. Tantôt la France tantôt la Russie prenait l'avantage en moi dans un mouvement alterné, comparable à celui des marées. Puis je parvins à une sorte d'équilibre entre deux mondes dont les franges se confondaient. Ce passage d'une nationalité à l'autre se manifeste, à mon avis, par un signe qui ne trompe pas. Tant qu'un jeune émigré admire les monuments, les paysages, le ciel de France en pensant : « Ils en ont de belles choses chez eux! », c'est qu'il n'a pas encore franchi la frontière. Dès qu'il se sent fier de ce qu'il voit autour de lui, dès qu'il se surprend à penser : « Nous en avons de belles choses chez nous! » c'est que, sans le savoir, il a changé de camp. Il existe un autre présage très subtil : l'enfant qui, ayant longtemps rêvé dans sa langue natale, soudain rêve en français, est prêt, je crois, à se fondre dans son pays d'adoption.

– *Vous même, aujourd'hui, rêvez-vous en français?*

– Oui, bien sûr. Pourtant, j'ai l'impression que si quelqu'un, durant mon sommeil, me donnait un grand coup sur la tête, je crierais : « Aïe! » avec l'accent russe.

Pendant que je me francisais ainsi, mes parents continuaient à vivre enfermés dans le petit monde de l'émigration. Ils lisaient des journaux russes. Ils envisageaient les événements sous l'angle russe. Ils étaient entourés de souvenirs russes. La plupart de mes oncles et de mes tantes avaient pu fuir la Russie et s'étaient, eux aussi, installés à Paris. Cela formait un cercle très étroit et très chaleureux. On se recevait entre familles. Bien entendu, il n'était pas question de partir pour les grandes vacances. Par les temps de forte chaleur, nous, les jeunes, allions nous promener en bande, assoiffés, désœuvrés, au bois de Boulogne. Comme nous n'avions pas d'argent, fût-ce pour nous payer un demi de bière, nous nous asseyions sur l'herbe, derrière le Pavillon d'Armenonville, et écoutions la musique d'un orchestre invisible qui jouait pour les élus de la fortune. Ou bien, réfugiés dans une chambre aux volets clos, un verre d'eau fraîche à portée de la main, nous rêvions, dans l'ombre et la touffeur, au murmure des vagues léchant une plage de sable fin. Les visites qui me réjouissaient le plus étaient celles de mon oncle Constantin. C'était un bel homme à l'œil bleu et à la bouche rieuse. Vivant dans la gêne, la paresse et l'insouciance, il ne se plaignait jamais de son sort. Il avait élevé l'oisiveté à la hauteur d'une religion. Son esprit était un extraordinaire tiroir à anecdotes. Il les glanait aux quatre coins de la ville et les resservait avec une verve digne d'un chansonnier de cabaret. Dès qu'il arrivait, sa bouteille de vin sous le bras (« J'apporte mes munitions », disait-il), mon père et ma mère se déridaient, les soucis s'envolaient par la fenêtre, la vie devenait spectacle. La façon de mon oncle Constantin n'avait d'égale que son inconséquence. Il avait cent idées mirobolantes pour faire fortune et n'en menait aucune jusqu'au bout. Ainsi voulut-il successivement fabriquer du yaourt en chambre, vendre une martingale aux joueurs désargentés, lancer une nouvelle marque de parfum. Tous ces beaux projets crevaient comme bulles de savon et leur auteur les oubliait aussi vite qu'il les avait conçus. Après avoir dépeint les étapes de sa prochaine réussite, il tapait mon père de quelques francs. Mais l'essentiel de ses ressources lui venait de la figuration au cinéma. Parce qu'il avait le geste noble et le cheveu précocement blanchi, on le choisissait pour des silhouettes d'invité de marque, de prélat, d'ambassadeur. J'ai fait moi-même beaucoup de figuration au cinéma, pour gagner quelques sous. J'ai joué dans des films publicitaires. Mais jamais mon activité, dans ce domaine, n'a égalé celle, concertée, astucieuse, de mon oncle!

– *N'est-ce pas lui qui vous a inspiré le personnage de Guillaume, le mythomane, dans votre premier roman,* Faux Jour?

– Si. J'en ai fait le père du narrateur. Aucun rapport avec mon père à moi, qui était, comme je vous l'ai dit, la pondération, la discrétion et l'honnêteté mêmes.

– *A quel âge avez-vous éprouvé le besoin d'écrire?*

– Vers dix ans, je pense. A cette époque-là, j'étais très lié avec Volodia Bylinine, dont la mère écrivait des romans de cape et d'épée, en russe. Enflammés par l'exemple, Volodia et moi décidâmes d'écrire, nous aussi, des romans, mais en français. Notre unique essai, dont le titre nous enchantait : *Les Fils du Satrape* (savions-nous au juste ce que c'était qu'un satrape?), n'alla pas au-delà du premier chapitre. Cependant, la graine était semée. L'envie de raconter des histoires ne me lâchait plus. Jouant aux soldats de plomb, je ne les engageais pas anonymement dans des batailles, non, je leur donnais à chacun un nom, un visage, un caractère, et les lançais dans de sombres intrigues, dont je commentais les péripéties à haute voix pour un public imaginaire. Puis, désirant faire profiter les autres de mes inventions, je fondai, en classe de sixième, un journal entièrement écrit de ma main. J'en prêtai l'unique exemplaire, moyennant un sou, à mes camarades. Le morceau de résistance était un roman à suivre, qui ne fut jamais terminé :

L'Héroïque Mission de Jean Mouvel. Je serais bien incapable de vous dire aujourd'hui qui était ce Jean Mouvel et en quoi consistait son « héroïque mission ». Mon goût, cet âge-là, me portait vers des journaux tels que *L'Intrépide* ou *Les Belles Images.* Je me serais damné pour en acquérir la collection complète. Un jour, mes parents m'ayant envoyé faire des courses, j'avais dérobé quelques sous sur l'argent qu'ils m'avaient confié et m'étais acheté une brochure illustrée, dont le titre me fascinait : *Le Condor de la Sierra.* Après avoir fourré mon acquisition sous ma blouse, je me présentai, le front candide, à ma mère et lui rendis la monnaie, comme si de rien n'était, en majorant les prix. Revenu dans ma chambre, je voulus immédiatement me jeter dans la lecture. Horreur! la brochure avait disparu. Déjà, la voix de ma mère m'appelait dans la cuisine. Je vins à elle, les jambes flageolantes. Sur le carrelage, gisait *Le Condor de la Sierra.* Il avait glissé de sa cachette, pendant que je mentais. Confondu, je subis des reproches d'une violence telle que je me sentis d'emblée ravalé au rang des plus abjects criminels de l'humanité. Je reconnaissais la main de Dieu dans ce brutal échec de ma supercherie. Traîné devant l'icône, je fis amende honorable en pleurant. *Le Condor de la Sierra* me fut confisqué. Je me consolai de cette perte en me promettant d'écrire un jour, moi-même, les aventures d'un brigand qui porterait ce nom. L'occasion ne m'en a pas encore été donnée. En classe de quatrième, cependant, mon goût de la littérature fut stimulée par un professeur de français à l'esprit large; il avait décidé qu'une fois par semaine les élèves traiteraient, dans leur cahier, un sujet de leur choix : histoire vécue ou imaginaire. J'optai pour l'histoire vécue et racontai de mon mieux quelques épisodes de notre fuite de Russie : le wagon en flammes, la mutinerie sur le bateau, la grippe espagnole dans un camp de quarantaine... Parmi mes camarades, la plupart crurent à de l'invention. Seul mon professeur paraissait attacher quelque crédit à cette relation maladroite de la vérité. Je lui en sus gré et redoublai d'application dans mes devoirs. Mais, entre-temps, j'avais découvert la poésie. Charmé par le tintement régulier des rimes, je ne pouvais plus, me semblait-il, m'abaisser à écrire en prose. Dès l'année suivante, en troisième, je décidai de rédiger tous mes devoirs de français en vers. J'avais comme professeur l'excellent romancier et historien Auguste Bailly. Il aurait pu s'opposer à ce flot de lyrisme. Il l'encouragea. Quel que fût le thème proposé, je lui remettais des copies lourdes d'alexandrins et il les corrigeait avec le plus grand sérieux. Le dictionnaire des rimes était devenu mon livre de chevet. Je vivais entouré d'une musique de mots. J'étais Victor Hugo sur son rocher. Une demi-douzaine de camarades me rejoignirent dans ma passion de la littérature. Nous formâmes un groupe, une académie. Gravement, nous nous montrions nos productions et en discutions les mérites. Peu après, nous eûmes l'idée de fonder une revue qui s'intitulerait *Fouillis*. Abonnés d'office, les parents les plus aisés fournirent les fonds nécessaires à l'impression. Six numéros de *Fouillis* furent publiés à grand-peine. Ils contenaient, pour parts égales, des vers et de la prose. Bien entendu, ma collaboration personnelle fut strictement limitée aux vers. Il y en avait d'épiques et de badins. Je ne crachais sur aucun genre. Amusé par notre ardeur à manier la plume, Auguste Bailly nous donna deux ou trois petits poèmes de sa façon. Il venait de publier un roman, *Naples aux baisers de feu.* Je lus le livre, en secret, et fus stupéfait d'y découvrir des scènes très osées. A partir de ce moment, je considérai mon professeur d'un autre œil. Il me paraissait incroyable que cet homme à l'aspect strict, assis derrière sa chaire, à côté du tableau noir, fût celui-là même qui avait imaginé tant de débordements voluptueux. Il me fallut quelque temps pour comprendre que l'on pouvait parler d'assassinat dans un roman sans avoir, soi-même, assassiné quelqu'un. En tout cas, Auguste Bailly nous fit aimer les classiques. Il lisait admirablement. Racine, en passant par sa voix, devenait un auteur moderne.

– *Pensiez-vous déjà devenir écrivain, comme votre professeur?*

– Oui et non. J'hésitais. Je flottais au-dedans de moi-même. Je voulais, selon mon humeur, être écrivain, ou peintre, ou acteur. Depuis mon âge le plus tendre, j'étais attiré par le dessin, par la peinture. Chaque visite au Louvre m'exaltait comme une rasade de vin. Rentré à la maison, je copiais, d'après des cartes postales, *La Source* d'Ingres, ou *l'Ecce homo* de Guido Reni, ou *La Bohémienne* de Frans Hals. Ces copies, je les exécutais, je ne sais trop pourquoi, au pastel. Je me portraiturais moi-même aussi, dans la glace, la lippe crispée, le sourcil diabolique. Sans doute me voyais-je chargé d'une espèce de malédiction, comme il arrive souvent aux adolescents qui cherchent leur voie. Je ne peins plus guère, je ne dessine que rarement, mais j'ai gardé la nostalgie du dessin et de la peinture. Il m'arrive souvent de rêver à l'extraordinaire volupté du gribouillage, du barbouillage. Il y a une jouissance physique dans le contact du pinceau avec la toile, dans l'étalement d'une couleur laborieusement et finement obtenue. Cette jouissance physique, l'écrivain, poussant son stylo sur la page blanche, en est totalement privé. Nous opérons dans l'abstrait, le peintre opère dans le concret. L'écriture dévore mon temps. Un jour, peut-être, me remettrai-je à faire de la mauvaise peinture, pour le secret plaisir de tripoter des tubes, de manier des brosses, de composer une palette.

– *Et le métier d'acteur?*

– J'y pensais aussi, dans mon extrême jeunesse, mais moins sérieusement. En vérité, la scène m'attirait dans la mesure où elle me permettait d'être un autre. Je n'étais jamais aussi à l'aise que dans les rôles de composition les plus éloignés de ma vraie nature. Réflexe de timidité, sans doute, qui conduit au besoin du masque. Avec un ami de classe, Jean Shapira, épris comme moi de littérature, j'écrivis un « sixième acte du *Cid* », un « sixième acte des *Femmes savantes* », un « sixième acte de *Britannicus* ». De joyeux pastiches, des « à la manière de » rapides et facétieux. Nous rions aux larmes en alignant ces alexandrins sacrilèges. L'un d'eux m'est resté en mémoire. C'est, à l'exemple d'un vers fameux de Racine, une succession d'onomatopées sifflantes : « Sont-ce ici ces soucis que son succès suscite? » Nous représentâmes ces pièces devant un public de parents et de camarades. J'obtins un franc succès d'hilarité dans le rôle d'Agrippine, tandis que Jean Shapira s'imposait dans celui de Néron. Soirée sans lendemain, qui me laissa une impression inoubliable de trac, de fièvre, de camaraderie, de lumières, d'applaudissements, de fard gras et de bonheur facile. Quand j'y réfléchis, il me semble que tout romancier devrait être tenté à la fois par l'art du comédien et par celui du peintre. En effet, il doit pouvoir, comme le peintre, disposer les volumes et les couleurs du décor, et, comme l'auteur, se mettre dans la peau des différents personnages qui animeront son intrigue. Au fond, il est à la fois un peintre du dimanche et un acteur raté.

– *Quels sont les écrivains que vous admiriez à cette époque? Les grands Russes? Les grands Français?*

– Les uns et les autres, évidemment. Mais, en ce qui concerne les grands Russes, mes parents, avec juste raison, souhaitaient me les voir lire dans le texte original. Or, à cette époque-là, si je parlais couramment le russe, je le lisais avec difficulté, n'ayant jamais fait d'autres études que françaises. Il fut donc décidé qu'en guise d'exercice pratique je lirais à haute voix un livre russe, en famille. Le choix se porta sur *La Guerre et la Paix.* Ce fut une révélation éblouissante et définitive. Chaque soir, la table de la salle à manger débarrassée, la vaisselle rangée, je m'installais entre mon père et ma mère sous la suspension et ouvrais le roman à la page où nous nous étions arrêtés la veille. Je lisais difficilement d'abord, puis de mieux en mieux, entraîné dans un univers qui bientôt me sembla aussi familier que le nôtre. Les fantômes de Natacha, de Pierre Bézoukhov, du prince André, de Nicolas Rostov, de Marie hantaient notre modeste logis parisien. Dans mon esprit, ils rejoignaient les histoires que mes parents me racontaient sur leur propre jeunesse. *La Guerre et la Paix,* ce n'était pas seulement le temps de Napoléon et du tsar Alexandre Ier, c'était la Russie éternelle, celle que nous avions perdue, celle qui, peut-être, continuait, là-bas, au-delà des frontières. Quand j'étais fatigué, mon père me relayait, ou ma mère. Ensuite je reprenais le fil du récit. Jusque tard dans la nuit, continuaient ces lectures alternées. En retrouvant mon lit, j'avais une tête riche à éclater. Après *La Guerre et la Paix,* je me jetai dans les poésies de Pouchkine, dont la musique sobre me transporta, dans *Les Ames mortes* de Gogol, dans les romans de Dostoïevski, dans les nouvelles de Tchekhov. Tous les chefs-d'œuvre de la littérature russe y passèrent. J'éprouvais, en les lisant, l'impression d'un accord fraternel avec quelque chose de plus profond en moi que l'intelligence ou l'esprit critique. La vibration qui se communiquait de leur texte à mon cœur était un phénomène physique inexplicable. J'étais en leur pouvoir, sans savoir pourquoi. Parallèlement, bien sûr, je dévorais Balzac, Stendhal, Flaubert, Victor Hugo... Et ces deux fleuves, le russe et le français, se mariaient en moi au lieu de se heurter. Ils formaient une seule coulée, puissante et large. Je souffrais de ne pouvoir expliquer à mes parents ce qu'il y avait d'admirable, d'intraduisible dans telle phrase de Flaubert et de ne pouvoir expliquer à mes camarades français pourquoi tel vers de Pouchkine me faisait monter les larmes aux yeux.

– *Étiez-vous toujours fidèle, en ce temps-là, à votre décision de n'écrire qu'en vers?*

– Heureusement, non! Car mes vers, entre nous, étaient détestables. A partir de la classe de première, je revins à la prose, tout en élaborant, par-ci par-là, de petits poèmes sur le mode verlainien. Cette prose, je la voulais inattaquable. Je croyais avoir trouvé une bonne méthode pour me forger un style. Je lisais à haute voix un paragraphe de Flaubert, de Stendhal, de Saint-Simon, puis je le récrivais de mémoire et, comparant ma version à l'original, je m'efforçais de comprendre pourquoi ce que j'avais écrit était indigne de ce que j'avais lu. Chaque soir, en me couchant, je feuilletais le Petit Larousse illustré pour approfondir mon vocabulaire. Plus je serais riche de mots, pensais-je, plus je saurais m'exprimer avec précision. Cet amour des mots, des dictionnaires est demeuré vivace en moi malgré les années. Comme autrefois, j'éprouve une véritable griserie à me plonger dans la forêt des définitions et des exemples. Donc, j'écrivais de petits contes, des récits, en ciselant de mon mieux la forme, et en me désespérant de rester si loin de mes modèles. Ma première expérience littéraire notable, je la dois à un de mes oncles au second degré, Nikita Balieff, qui était arrivé de Russie avec la compagnie théâtrale de « La Chauve-Souris », dont il était le créateur et l'animateur. Ses spectacles, composés de courtes saynètes, de tableautins charmants, de chants russes dans des décors hauts en couleur, remportèrent, entre les années 1925 et 1930, un immense succès à Paris. Pour se renouveler et élargir son public, il eut l'idée de transposer quelques-uns de ces sketches russes en français. Et, après avoir lu deux ou trois de mes poésies, il me choisit comme adaptateur. Ébloui par ma chance, je me mis immédiatement au travail. Les premiers résultats furent décevants, car j'avais compté sans le fait que mes textes français seraient dits par des acteurs russes. Or, certains sons n'ont pas leur équivalent dans les deux langues. Ainsi, la lettre « u » n'existe pas en russe. On prononce « iou ». L'acteur russe chargé de réciter ma petite poésie s'obstinait à dire : « le miourmioure du riousseau ». Devant ce désastre, Nikita Balieff m'ordonna de récrire le tout en évitant d'employer une seule fois la voyelle « u ». Ce fut un excellent exercice. Plus tard, satisfait du résultat, il me commanda le livret d'un opéra bouffe tiré d'une nouvelle de Tchekhov : *La Contrebasse.* Cette fois, l'œuvre devait être chantée par des artistes français. Henri Sauguet en composa la musique. Une musique ravissante, spirituelle, légère. Mais la pièce, mal montée, mal distribuée, reçut, le soir de la générale, un accueil hostile. Tapi dans l'ombre de ma loge, j'entendais la rumeur de désapprobation du public et je souffrais dans mon orgueil. Quelques coups de sifflet achevèrent de me désespérer. Cela d'autant plus que, sûr du succès, j'avais invité à la représentation une jeune fille à qui je faisais la cour. Je n'osais plus lever les yeux sur elle. En fait, cet échec, comme il arrive souvent, nous rapprocha. *La Contrebasse* ne tint l'affiche que deux jours! Entre-temps, j'avais commencé à écrire un long récit : *La Clef de voûte.* C'est le journal d'un déséquilibré qui se croit responsable de la mort de sa sœur et tremble à l'idée qu'elle ne se soit glissée dans son ombre. Cette ombre, lui semble-t-il, porte jupe et chignon. Elle est animée d'une vie indépendante, maléfique. Pour bien faire, il faudrait la tuer. Mais peut-on tuer une ombre sans se tuer soi-même? Mes meilleurs amis étaient, alors, Michelle Maurois et Jean Bassan, tous deux évidemment tournés vers la littérature. Discuter avec eux était ma plus grande joie. Nous pouvions passer des heures, enfermés dans une chambre, à échanger des considérations hyperboliques sur nos auteurs préférés, à dénoncer les gloires usurpées et à échafauder de vertigineux projets de romans, de pièces, de poèmes. Je leur lus ma nouvelle et ils l'accueillirent avec enthousiasme. Michelle décida de la montrer à son père, André Maurois. Quelques jours plus tard, celui-ci me convoqua. Je me rendis chez lui, avec la sensation bizarre de sortir de ma petite vie quotidienne par un chemin de traverse pour rejoindre une voie à grande circulation. André Maurois était alors au faîte de sa gloire. En pénétrant dans son bureau, je fus émerveillé par le décor studieux, par la bibliothèque chargée de riches reliures, par l'homme surtout qui me tendait la main en me souriant avec bienveillance. Je n'osais croire, moi qui n'avais que dix-neuf ans et un bagage littéraire voisin de zéro, que je me trouvais, par chance, devant l'auteur de *Climats,* dont la pensée était tirée à des dizaines de milliers d'exemplaires. Il était ce que je rêvais d'être, mais un fossé nous séparait où coulait de l'encre d'imprimerie. Glacé de respect, j'observai, à la dérobée, ce personnage considérable et lui trouvai l'air savant, aimable, attentif, compréhensif et doux. Il me posa quelques questions pour me mettre à l'aise, ce qui eut pour effet de me rendre idiot. Je me demande encore ce qu'il a pu penser de l'adolescent rougissant et bégayant, aux manches trop courtes, debout au milieu du vaste bureau où tout semblait agencé pour des visites d'une autre importance. Il me dit que mon récit avait des qualités – ce qui me combla de joie – et me conseilla de le soumettre à Jean Paulhan, qui trônait à *La Nouvelle Revue française,* ou à Robert de Saint-Jean, qui était rédacteur en chef de *La Revue hebdomadaire.*

Jean Paulhan, à qui d'abord j'envoyai mon manuscrit, me fit venir et m'expliqua, en soupirant, l'œil vague, la lèvre désenchantée, qu'il ne savait pas s'il s'habituerait à mon style ni si mon style s'habituerait à lui, qu'il voyait dans cet essai de grands mérites et de grandes lacunes, que le plus balançait le moins, mais que le moins altérait le plus, et que, dans ces conditions, il valait mieux, peut-être, en rester là. Découragé, je me tournai vers Robert de Saint-Jean. Nouvelle attente. Puis un « pneumatique » impératif. Robert de Saint-Jean me fixait rendez-vous chez lui. Comme, dans sa lettre, il ne me donnait aucune appréciation sur mon travail, j'en conclus qu'il ne l'aimait pas et m'appelait simplement pour me restituer les dactylographies. Après ce deuxième refus, je ferais sagement, pensais-je, en renonçant à mon idée de devenir écrivain. Ce fut dans cet état d'esprit que je me rendis à l'invitation. A ma grande stupeur, je me trouvai devant un homme jeune, cordial, passionné, qui me couvrit d'éloges, m'annonça qu'il publierait *La Clef de voûte* dans *La Revue hebdomadaire* et qu'il attendait avec impatience mon premier « vrai roman ». Passant en quelques secondes de l'abattement le plus complet à la plus haute félicité, je m'étonnais que deux spécialistes de la chose littéraire, habitués à juger les manuscrits, eussent des opinions aussi opposées sur un même ouvrage. Qui devais-je croire? Celui qui m'encensait ou celui qui me montrait la porte? Cette question n'a jamais été résolue pour moi. Ni pour aucun écrivain, je pense.

– *Où en étiez-vous de vos études au moment où vous acheviez* La Clef de voûte?

– Je venais de passer mon bachot de philosophie. L'étude de la philosophie m'a apporté beaucoup. Nous avions pour professeur un homme admirable, Dreyfus-Lefoyer. Ses cours étaient des conversations, des débats passionnés, un enseignement non point magistral mais amical. Grâce à lui, j'acquis une plus grande richesse intérieure, le goût des mouvements de l'âme, l'habitude de l'interrogation permanente, du face à face avec soi-même, de la descente silencieuse dans l'ombre de l'inconscient. Tout cela en un temps record. Quelques mois de cette discipline, et on sort de classe renouvelé, ébranlé, inquiet pour le restant de ses jours. Bergson me fascinait. Freud m'ouvrait un monde. J'étais également très attiré par la psycho-pathologie. Plus tard, je suivis les cours de Georges Dumas, à l'hôpital Sainte-Anne. Mon héros de *La Clef de voûte* aurait pu être un de ses malades!

– Vos études secondaires achevées, quelle voie universitaire alliez-vous choisir? Les lettres, j'imagine...

– Eh bien, non! Je devais songer à gagner ma vie et une licence ès lettres ne menait, me semblait-il, à aucune carrière lucrative. La licence en droit, elle, offrait des débouchés intéressants : le barreau, l'administration... Et puis, les études ne duraient que trois ans. Nous étions en 1930. En 1933, si tout se passait bien, j'en aurais fini, me disais-je, avec les examens et je pourrais aider mes parents. Certes, rien ne me paraissait plus ennuyeux que l'étude des lois, mais je résolus d'avaler mes cours, aussi nombreux fussent-ils, comme on avale une mixture amère, en se pinçant le nez. Je dois reconnaître que, contrairement à mes craintes, certains de ces cours m'intéressèrent par l'élévation presque philosophique de leur propos. Très vite, cependant, je compris que je ne pourrais pas attendre la fin des études pour rapporter mon écot à la maison. Notre gêne confinait à la misère. Mon père se débattait, empruntait pour aider mon frère à terminer ses études (il préparait une licence ès sciences et se destinait à l'École supérieure d'électricité), ma sœur était loin, en tournée, avec une troupe théâtrale, et le peu d'argent qu'elle nous envoyait suffisait à peine à payer le loyer. Et toujours, dans la bouche de mes parents, ces litanies douloureuses : « Quand nous retournerons en Russie... Quand nous aurons gagné notre procès contre la banque américaine!... » La nostalgie, le rêve éveillé, les projets grandioses devant le garde-manger vide, j'ai connu cela pendant des années, des années. Souvent, mon père parlait des transformations qu'il apporterait, à notre retour en Russie, dans la maison familiale de Moscou. Il cédait son bureau à mon frère, il agrandissait le jardin, il créait une bibliothèque à côté de ma chambre... Par charité, je feignais de m'intéresser à ce jeu malsain. Mais j'en avais le cœur serré comme si j'avais assisté à un naufrage en musique. De toute évidence, il me fallait trouver une source de revenus. Je compulsai les petites annonces et me fis embaucher comme représentant dans une maison d'articles de bureau. Durant des mois, entre mes heures de cours, j'allais de porte en porte pour vendre du papier carbone et des rubans de machine à écrire. Comme je suis d'un naturel timide, l'obligation de m'introduire chez des inconnus, de les déranger dans leurs occupations, de leur imposer mon boniment me mettait au supplice. Souvent on me renvoyait avec rudesse. Je me retrouvais dans l'escalier plus humilié que si l'on m'avait coiffé la tête d'une poubelle. Les commandes que je rapportais étaient si rares et si faibles que mon patron m'accusait de ne pas savoir appâter la clientèle. Je ne pouvais que lui donner raison. Peut-être l'angoisse qui me ronge aujourd'hui encore date-t-elle de cette époque? Inconsciemment, je constatais qu'une situation aussi brillante que celle de mes parents en Russie pouvait s'écrouler sous la poussée des événements. De là à croire que rien n'est jamais gagné, que la chance tourne au gré du vent, que les grandes réussites s'achèvent souvent en catastrophes, il n'y a qu'un pas pour les esprits inquiets comme le mien. En ces années d'incertitude et de mélancolie, mon avenir m'apparaissait sous les couleurs les plus sombres. Cela ne m'empêchait pas, d'ailleurs, de penser que j'avais peut-être du talent. Tantôt je me voyais clochard et tantôt j'imaginais que *La Clef de voûte* une fois publiée (mais quand?) me vaudrait une brusque notoriété. Curieux mélange, chez le garçon que j'étais alors, de doute systématique et de fulgurant orgueil. Je me gonflais et me dégonflais selon les circonstances. L'un des événements qui m'enfonça le plus brutalement dans le pessimisme fut la saisie et la vente de nos meubles. Était-ce parce que mon père ne pouvait plus payer ses impôts ou son loyer? Je ne le sais pas au juste. Mais, un beau matin, un huissier se présenta pour dresser l'inventaire de notre mobilier. Une affiche fut apposée sur le mur de la maison : « Vente par autorité de justice. » Le concierge nous manifesta, à dater de ce jour, un mépris arrogant. Les locataires que nous croisions dans l'escalier détournaient les yeux, comme si notre vue eût blessé leur sens de l'honnêteté. Nous n'étions plus des malchanceux mais des coupables. La vente eut lieu sur place, dans l'appartement même. Le commissaire-priseur arriva avec un groupe de marchands qui, visiblement, se connaissaient tous entre eux. J'assistais, stupéfait, entre mon père et ma mère, à la dispersion de notre pauvre patrimoine. Les enchères couraient. Les chiffres volaient de bouche en bouche. « Qui dit mieux? Adjugé! » Entre deux achats à bas prix, les marchands se plaignaient qu'on les eût dérangés pour si peu de chose. Ils rôdaient dans les chambres, ils furetaient dans les coins, sans se soucier de notre honte. La gorge contractée, je voyais partir tantôt un fauteuil, tantôt une commode, tantôt un bibelot auxquels m'attachaient de charmants souvenirs. Et mon humiliation était accrue par le spectacle de mon père et de ma mère, accablés, démunis et s'efforçant encore à montrer de la dignité dans cette chiennerie. Enfin les marchands s'en allèrent. On nous laissait des lits, une table, quelques chaises. Nous nous retrouvâmes, éberlués, pillés, insultés, dans l'appartement aux trois quarts vide. J'en voulais à la terre entière. Puis, je me ressaisis, à l'exemple de mes parents. Toute expérience est bonne à vivre, me disais-je, pour un apprenti écrivain. Celle-ci, je le sentais, m'enrichissait en même temps qu'elle me poussait au chagrin et à la colère. Je me promis séance tenante, d'utiliser cette péripétie dans un prochain roman. Ce serait ma réponse au mauvais sort qui s'acharnait sur nous. Ma vengeance, en quelque sorte. Réflexe puéril, sans doute. Mais aussi réflexe professionnel. Et, en effet, j'ai décrit, dans *Faux Jour,* une scène de vente aux enchères, à domicile, en tout point semblable à celle qui m'avait tant affligé. A peu près vers la même époque, un autre fait devait m'ébranler moralement : l'assassinat du président de la République, Paul Doumer, par un Russe émigré, Gorgouloff. Ce crime d'un insensé rejaillissait, me semblait-il, sur tous ses compatriotes. « La main d'un étranger a mis le drapeau français en berne », écrivaient les journaux. J'étais un de ces étrangers. La France, qui m'avait accueilli, était en droit maintenant de me manifester sa méfiance. J'admirais le geste de Claude Farrère, qui, à la vente des Écrivains combattants au cours de laquelle avait eu lieu l'attentat, s'était précipité devant le président de la République pour le protéger et avait été blessé de deux balles de revolver au bras. J'aurais voulu être à sa place. Je ne pouvais supposer que, quelque vingt-sept ans plus tard, j'allais occuper son fauteuil à l'Académie française et prononcer son éloge funèbre en public.

Après la vente de nos meubles à l'encan, nous déménageâmes, fuyant Neuilly qui avait vu notre déconfiture, et allâmes nous réfugier dans les deux pièces d'un appartement de la Ville de Paris, près de la place de la Nation. Ayant obtenu ma licence en droit, je me trouvais à la croisée des chemins. Quelle voie choisir? Comme je devais subvenir le plus rapidement possible aux besoins de la famille, il ne pouvait être question pour moi de songer au barreau. Chacun sait qu'un avocat met des années avant de se constituer un embryon de clientèle. Je penchai donc pour une carrière administrative. Une rétribution modeste, l'avenir assuré, la possibilité, peut-être, de continuer à écrire en dehors des heures de bureau... J'épluchai la liste des concours annoncés, choisis celui de rédacteur à la Préfecture de la Seine et me mis à le préparer avec application et ennui. Là, se posa un cas de conscience. Je ne pouvais entrer dans l'Administration sans m'être d'abord fait naturaliser français. Nous en parlâmes en famille. Sans doute cette décision chagrina-t-elle quelque peu mes parents, mais ils ne me le firent pas sentir. Avec le temps, ils avaient compris que leur patrie était devenue inaccessible, qu'ils étaient les citoyens de nulle part et qu'ils devaient laisser leurs enfants s'intégrer totalement à leur pays d'adoption. Cependant, à la fin de notre conversation, mon père eut cette réflexion étrange : « Et si jamais nous retournons en Russie, quelle sera, là-bas, ta situation, puisque tu seras devenu français? » Il n'avait pas tout à fait renoncé à son rêve. Les formalités de naturalisation furent longues et fastidieuses. Je fus convoqué vingt fois dans différents bureaux, je signai trente questionnaires. On eût dit que des scribes malveillants s'acharnaient à dresser des obstacles entre moi et la France. Ne voulait-on pas de moi dans mon nouveau pays? Enfin un décret me conféra la nationalité française. J'en fus tout ensemble fier comme d'une promotion longtemps espérée et un peu honteux comme d'un reniement secret. Cela se passait en 1933. J'avais vingt-deux ans. Je présentai le concours de la Préfecture de la Seine et fus reçu dans un bon rang. Aujourd'hui encore, je ne puis penser sans émotion à la joie de mes parents en apprenant que j'étais devenu fonctionnaire. Enfin un poste fixe, un gain assuré, une sécurité pour l'avenir! Je devais toucher, pour commencer, quelque chose comme mille deux cents francs par mois. Le pactole. Nous n'étions plus que trois dans notre petit appartement. Mon frère s'était marié et avait trouvé une situation d'ingénieur. Spécialiste en télécommunications, il réussissait brillamment dans son travail et partageait son salaire avec nous. Ma sœur s'était fixé aux États-Unis. Elle y épousa bientôt un charmant garçon d'origine russe et ouvrit une école de danse classique, à New York. Quant à moi, en attendant d'être convoqué pour prendre mes fonctions à la Préfecture de la Seine, je continuais à écrire. *La Clef de Voûte* n'avait pas encore été publiée dans *La Revue hebdomadaire.* Mais, comme Robert de Saint-Jean m'y avait engagé, je m'étais attelé à mon roman, *Faux Jour.* Ce livre, j'y travaillais avec une ardeur maniaque, soupesant chaque mot, récitant mes phrases à haute voix selon l'exemple de Flaubert, recommençant dix fois les entrées et les sorties de chapitres. Le résultat me paraissait décevant. Qui pouvait s'intéresser à ces scènes intimes, où la désillusion, la pitié, le chagrin, l'indignation, la rancœur, la tendresse se partagent le cœur d'un enfant trop lucide en face d'un père trop léger? La confiance de quelques amis, Jean Bassan, Michelle Maurois, à qui j'avais montré mon manuscrit, ne suffisait pas à me convaincre de sa qualité. J'attendais le verdict de Robert de Saint-Jean. Il me rassura. C'était bon. Excellent même. Il comptait présenter le bouquin à la librairie Plon. Quand je reçus la réponse favorable de l'éditeur, avec un contrat à l'appui, je sentis que je m'élevais sur un nuage. L'incroyable devenait vrai. On allait publier ma prose. Je serais un écrivain. Moi qui, hier encore, me demandais quel était le sens de ma vie! Je signai le contrat, les yeux fermés, et attendis avec impatience les épreuves. Elles arrivèrent enfin. Je connus, pour la première fois, le petit choc de l'auteur qui découvre sa pensée mouvante coulée dans le strict alignement des caractères d'imprimerie. Tout ce qui était naguère tâtonnement, chaleur, élan, rature, maladresse devenait ici certitude et netteté. Et puis, quelle ivresse de voir mon nom en capitales sur la page de titre : « Léon Tarassof »! Malheureusement, une lettre de l'éditeur accompagnait l'envoi. Dans mon intérêt, il ne fallait pas, disait-il, que le roman fût signé d'un nom à consonance étrangère. En lisant « Léon Tarassoff » sur la couverture, le lecteur croirait à une traduction. Un pseudonyme s'imposait. Je fus désolé de cette mise en demeure, tout en reconnaissant qu'elle était raisonnable. Il me semblait qu'en publiant mon roman sous un autre nom j'en désavouerais la paternité. Le livre se séparerait de moi et deviendrait l'œuvre de n'importe qui. La moitié de mon plaisir me serait enlevée. Ce fut dans cet état d'esprit que je me mis à chercher un pseudonyme, en faisant sauter dans tous les sens les lettres de mon vrai nom. Je dressais des listes; je soumettais mes trouvailles à l'appréciation de mes amis; ils pouffaient de rire, comme si je m'étais présenté à eux avec un faux nez. Inconsciemment, je souhaitais que mon nouveau patronyme commençât par un T comme l'ancien : Tarao, Tarasseau, Troa... Je m'arrêtai à Troyat. Restait à convaincre Plon. Le temps pressait, les épreuves attendaient, je me précipitai dans une cabine téléphonique et appelai l'éditeur pour lui apprendre le résultat de mes élucubrations. Après un instant de réflexion, il accepta Troyat, mais exigea, pour des raisons de phonétique, un changement de prénom. « Léon Troyat, disait-il, ça ne colle pas, c'est lourd, c'est sourd! » Selon lui, il me fallait un prénom avec un « i » dedans, pour que la sonorité fût plus claire. Affolé, je balbutiai au hasard : « Alors, Henri! » Il acquiesça : « Henri Troyat. Ce n'est pas vilain. Eh bien, marchons comme ça! » Je raccrochai, la rage au cœur. Une cabine téléphonique avait été le lieu de ma seconde naissance. Après avoir changé de nationalité, je venais de changer de nom. Y avait-il encore quelque chose de vrai en moi? Mes parents, qui m'appelaient Léon depuis ma petite enfance, eurent beaucoup de mal à m'appeler Henri par la suite Moi-même, il me fallut longtemps pour m'habituer à mon deuxième personnage. Ce fut bien plus tard que je demandai à modifier légalement mon nom. Maintenant, sur mes papiers, je suis Henri Troyat, mais il y a toujours un Léon Tarassoff qui dort, tendrement pelotonné, au centre de moi-même. A l'époque de *Faux Jour,* cependant, les soucis qui me tourmentaient n'étaient pas uniquement d'ordre littéraire. Mon premier roman n'était pas encore sorti en librairie que je devais partir pour accomplir mon service militaire, comme deuxième classe, au 61ᵉ régiment d'artillerie hippomobile, à Metz.

– *N'avez-vous pas regretté, à ce moment-là, de vous être fait naturaliser?*

– Non. Mais j'y ai eu quelque mérite. Le service, au 61ᵉ R.A.D., était très dur pour les bleus. Heureusement, je fus bientôt versé dans le peloton des transmissions et quelques corvées me furent ainsi épargnées. *Faux Jour* fut publié alors que je me trouvais encore sous les drapeaux. Je n'eus pas la joie de voir le roman en vitrine, au lendemain de sa parution. C'est à l'infirmerie, où j'étais soigné pour une mauvaise grippe, que je reçus le premier exemplaire de mon livre. Mes voisins de lit s'étonnaient. Pour eux, j'étais un phénomène. Malgré mes explications, la plupart ne saisissaient pas très bien la différence qu'il y avait entre un écrivain et un imprimeur. Mes supérieurs me considéraient avec méfiance. La critique accueillit *Faux Jour* très favorablement. Je n'ai jamais eu, et je n'aurai sans doute jamais, des articles aussi chaleureux que pour ce livre-là. On me comparait à Radiguet, j'étais la découverte de 1935, j'avais vingt-trois ans, je portais l'uniforme. Je m'étais abonné à l'Argus et dépouillais avec stupeur ces coupures de presse qui m'arrivaient du lointain Paris. Malgré tout, je n'osais croire à ma chance et me demandais naïvement si ce n'étaient pas les bonnes relations de mon éditeur avec les journalistes qui me valaient cet encouragement unanime. Cependant, lorsque je pus obtenir une permission, je me rendis chez quelques-uns de ces thuriféraires et constatai, en les écoutant, qu'ils avaient sincèrement aimé mon bouquin. Je nageais dans le bonheur et pestais de plus en plus contre mes obligations militaires qui m'empêchaient d'être constamment à Paris pour y goûter mon triomphe. Soudain, coup de cymbales : j'apprends que je viens d'obtenir le prix du Roman populiste. Je me trouvais en permission à Paris, à ce moment-là, prêt à repartir pour Metz. Vêtu de mon uniforme bleu horizon, képi sur la tête, fourragère rouge à l'épaule et galons de laine sur la manche (je venais d'être promu brigadier), je me précipitai au restaurant Véfour où le jury tenait sa réunion. Il y avait là Jules Romains, Georges Duhamel, Robert Kemp, André Thérive, Gabriel Marcel, Antonine Coullet-Tessier, Robert Bourget-Pailleron, Frédéric Lefèvre... J'étais émerveillé de voir, réunis autour de la même table, ces grands écrivains, ces journalistes avisés qui avaient aimé mon livre, étaient tombés d'accord sur mon nom et m'accueillaient comme un des leurs. Voici qu'ils me congratulaient bruyamment, qu'ils me faisaient asseoir, qu'ils me versaient du champagne. Le fait d'avoir couronné un troufion paraissait les enchanter. On ne peut être plus populiste! Quelqu'un me demanda de chanter *L'Artilleur de Metz*. Confus, je dus avouer que je ne connaissais pas les paroles. Autour de moi, on riait, on s'interpellait, on parlait de tout sauf de littérature. Je repris le train pour Metz, le soir même, et regagnai ma chambrée, subjugué par la simplicité des grands hommes et l'aisance de mon accession parmi eux. Le lendemain, des photographes de la presse locale se présentèrent à la caserne. Je me préparais à poser pour eux, lorsque le maréchal des logis du poste de garde, ayant inspecté ma tenue d'un œil torve, me renvoya pour astiquer mes boutons et rajuster mes bandes molletières. Quand je revins, toute honte bue, les photographes étaient encore là. Ils me mitraillèrent à bout portant. Le lendemain, un écho ironique relatant cet incident parut dans un journal de Metz. Aussitôt, je fus menacé de salle de police pour avoir « apporté volontairement la perturbation dans la caserne du 61e R.A.D. » L'affaire s'arrangea avec l'intervention d'un capitaine compréhensif. J'accédai même aux fonctions enviables de garde-magasin radio. Les postes de radio du régiment étaient des engins solides : la plupart du temps, quand ils se détraquaient, il suffisait de les secouer un peu pour les remettre d'aplomb. Grâce à mes nouvelles attributions, je disposais maintenant d'un coin pour dormir hors de la bruyante chambrée. Je pouvais même, dans ce local encombré d'appareils de transmission, travailler pour moi, à la sauvette. La veille de mon départ pour l'armée, j'avais achevé un deuxième roman, *Le Vivier*, et l'avais remis à mon éditeur. J'en corrigeai les épreuves, tant bien que mal, à la caserne. Je fus libéré juste à temps pour signer, à Paris, mon service de presse.

– Le Vivier *se présente comme une étude de mœurs, dans un milieu provincial étouffant. On y voit une vieille dame, Mme Chasseglin, férue de patiences, tourmenter sa demoiselle de compagnie, Mlle Pastif, et s'attacher jalousement au neveu de celle-ci, Philippe, un garçon de vingt ans, veule, paresseux et rusé. D'où vous est venue l'idée de ce roman?*

– J'avais envie d'évoquer un univers clos de partout, faiblement éclairé, avec de gros personnages blafards qui se déplaceraient comme des poissons dans une eau épaisse. Mes parents comptaient, parmi leurs relations, une riche Américaine d'esprit très original, qui avait un faible pour les émigrés russes, la vodka et les cartes. Je laissai de côté les émigrés russes et la vodka, mais gardai les cartes. L'Américaine jouait du matin au soir à la belote avec sa dame de compagnie, mon héroïne se passionna, elle, pour les patiences. Comme l'Américaine, elle nota ses performances sur des billets qu'elle épingla au mur. Comme l'Américaine, elle fut corpulente et très blanche de peau. La lutte de la demoiselle de compagnie contre son neveu qui cherche à l'évincer de sa place me permit d'imaginer cent péripéties misérables. Je m'amusai beaucoup en écrivant *Le Vivier*. Cette fois, la critique fut plus partagée que pour *Faux Jour*. Si certains me félicitèrent pour la densité du récit et la force des caractères, d'autres me reprochèrent de me complaire dans la description de personnages horribles et de ne pas ménager un seul appel d'air dans cette atmosphère confinée. Après avoir connu la bienveillance généralisée, je découvrais la sensation désagréable de la correction infligée en public par un censeur inattaquable, adossé aux colonnes de son journal. Étonné, mon premier mouvement fut de donner raison à ceux qui m'accablaient contre ceux qui me louaient. Je n'ai pas changé à cet égard. Aujourd'hui encore, je crois plus volontiers celui qui me démolit que celui qui m'encense. Au milieu de toutes les opinions contradictoires suscitées par *Le Vivier*, l'article le mieux fait pour me remonter le moral fut celui, dithyrambique, que publia *La Revue hebdomadaire,* sous la signature d'un certain Jean Davray. Je ne connaissais pas ce chroniqueur, mais le ton péremptoire de son étude témoignait que l'auteur en était un homme d'âge, de culture et d'expérience, sûr de son fait et enclin à encourager les jeunes talents. Je lui écrivis donc pour le remercier et l'assurer de mes « respectueuses pensées ». Par retour du courrier, il m'invita à lui rendre visite. Je m'attendais à recevoir un accueil de maître à disciple et fus stupéfait de me retrouver devant un garçon de vingt ans. Les « respectueuses pensées » s'envolèrent. Nous éclatâmes de rire, face à face. Une grande amitié venait de naître. Par Jean Davray, je fis la connaissance de Claude Mauriac. Tous deux rejoignirent Jean Bassan et Michelle Maurois dans le petit groupe fraternel qui allait m'entourer de sa chaleur. Chacun, dans cette juvénile association, avait sa personnalité. Michelle Maurois (que j'avais connue par des camarades communs lorsqu'elle était élève au cours secondaire, à Neuilly) était une jeune fille secrète, effacée, songeuse, riche d'une vie intérieure qui éclairait son regard. Jean Bassan alliait l'intelligence la plus vive au scepticisme le plus souriant, la modestie la plus fine au plus profond amour des lettres et de la musique. Claude Mauriac affirmait un caractère inquiet, mystérieux, explosif, tout en interrogations et en contradictions. Jean Davray, grand dévoreur de livres, ne sortait de sa bibliothèque que pour se précipiter dans une librairie voisine et y faire une nouvelle moisson de bouquins. Anciens et modernes, romanciers et philosophes, il avalait tout avec le même appétit. Son tempérament entier le portait tantôt vers l'enthousiasme fanatique, tantôt vers le dénigrement intégral. Nerveux, étincelant et catégorique, il nous secouait de sa parole forte et cherchait à nous imposer la loi de ses préférences. Tous nous écrivions, tous nous rêvions d'un avenir d'émulation et de réussite. Bien entendu, nous nous soumettions nos manuscrits, en cours de travail. La règle du « club » était la franchise. Enragés de perfection, nous n'hésitions jamais à égratigner l'un des nôtres quand une critique nous paraissait justifiée. Nos dimanches étaient des combats d'idées. Souvent aussi, pour nous former le goût, nous lisions à haute voix des pages de nos auteurs favoris : Mauriac, Maurois, Montherlant, Colette, Gide, Giono, Martin du Gard, Valéry. J'avais un autre ami, l'écrivain Henri Poydenot, qui avait commencé sa carrière littéraire en même temps que moi. Le don d'observation, l'ingéniosité insolite, l'ironie amère de cet ancien bourlingueur me charmaient. Je recherchais son avis et il recherchait le mien. Ces entrevues exaltantes m'aidaient à supporter l'ennuyeux train-train de l'Administration. Au retour de la caserne, en octobre 1935, j'étais entré à la Préfecture de la Seine comme rédacteur. Mon rang au concours m'avait valu d'être affecté au service des budgets de la Ville de Paris. Les fenêtres de mon bureau donnaient sur la place de l'Hôtel-de-Ville. J'étais assis à une grande table avec, en face de moi, une sous-chef de bureau, personne tout ensemble aimable et stricte, à qui mon second métier d'écrivain posait un constant problème de surveillance. Elle se doutait bien qu'après avoir rédigé un rapport sur les dépenses d'éclairage de la Ville de Paris ou le déficit du Métropolitain je me cachais derrière des piles de dossiers pour prendre des notes sur mon prochain roman. Par ma faute, ces lieux réservés à d'austères considérations financières devenaient le point de rencontre de personnages extravagants. Le papier bulle de l'Administration accueillait des phrases aussi peu administratives que possible. Ma sous-chef en était, je crois, à la fois offusquée et amusée. De temps à autre, elle me rappelait doucement à l'ordre en posant devant moi un nouveau mémoire à étudier. Quittant mes héros, je me renfonçais à regret dans les recettes et les dépenses municipales. Par une étrange coïncidence, ici aussi on préparait un livre, on était en rapport avec un imprimeur. Mais ce livre se composait de colonnes de chiffres. C'était le budget de la Ville de Paris. J'appris à faire des additions de dix pages. Je jonglai avec des millions. Je m'acharnai sur des centimes. Il me semblait parfois que le budget de la Ville de Paris avait été inventé pour m'empêcher de rêver tout mon soûl à mes romans. Mais je n'envisageais pas, pour autant, d'abandonner mon poste. De quoi aurions-nous vécu, mes parents et moi? Quel que fût le succès d'estime que remportaient mes livres, ils se vendaient mal. Vivre de ma plume me paraissait aussi absurde que de prétendre gagner ma subsistance en faisant de l'équilibre sur un fil de fer. C'est à cette époque-là que je conçus mon roman *Grandeur nature.* On y trouve un père, comédien besogneux, face à son tout jeune fils. Celui-ci, engagé pour un film, y révèle un talent si frais, si vif, qu'il est aussitôt sacré vedette, ce qui précipite la déconfiture de son père.

– *Un père, un fils, comme dans* Faux Jour. *Est-ce une coïncidence?*

– Comment le savoir? Il est évident qu'à voir mes parents souffrir avec tant de décence dans un pays qui n'était pas le leur, j'ai été sensibilisé aux rapports du père et de l'enfant. Peut-être, inconsciemment, ai-je transposé cet état de tension psychologique sur un autre terrain, dans un autre décor. Ce que j'ai voulu montrer dans ce livre, c'est le combat entre l'amour paternel et la jalousie professionnelle chez l'homme, entre l'amour conjugal et l'orgueil maternel chez la femme. Au paroxysme, le père de *Grandeur nature,* humilié dans sa vie d'artiste, en arrive à détester son fils qui réussit là où il a échoué, et la mère, flattée par la gloire du petit prodige, se détache de son mari qui l'a tant de fois déçue. Parallèlement à mes romans, j'écrivais des nouvelles que publièrent les journaux de l'époque. Le style de ces nouvelles était délibérément fantastique et cocasse. Je donnais libre cours à ma fantaisie en les rédigeant. Elles étaient pour moi une sorte de récréation pleine de folie au milieu du cours régulier de mes travaux. L'un de ces récits, *M. Citrine* (histoire d'un amnésique qui se fait raconter ses journées par un « suiveur »), formait à lui seul un petit roman. Je le joignis à *La Clef de voûte,* mon premier essai littéraire, et publiai les deux en volume sous ce dernier titre. Ce livre me valut le prix

Max-Barthou de l'Académie française. Cependant, vers la même époque, je travaillais à un roman qui me donnait beaucoup de mal. Le personnage central en était Gérard Fonsèque, un garçon fragile, impuissant, un intellectuel exacerbé, incapable de goûter les joies naturelles de l'existence. Écorché vif, il ne voyait que laideur et bassesse dans les manifestations les plus banales de l'amour. Il souffrait de découvrir l'animal chez les êtres qui lui étaient le plus chers.

– *C'est le héros de* L'Araigne *que vous me dépeignez là. Quelle a été la genèse de ce livre?*

– Eh bien, au début, j'avais deux idées de roman distinctes. Une première idée, celle de ce personnage inadapté, en butte à l'intolérable pression des autres. Et une seconde idée, celle d'une famille composée exclusivement de femmes : une mère vieillissante et trois filles, dont chacune aurait ses aventures. Soudain, une illumination me frappa. Pourquoi ne pas donner à cette mère un fils, à ces trois filles un frère : le déficient, le tortueux, le douloureux Gérard Fonsèque? Je tenais mon sujet et son développement. Gérard, l'individu toujours en porte à faux, régnerait sur un univers de femmes. Il serait inconsciemment amoureux de ses sœurs. Il ne supporterait pas de les savoir exposées aux vulgaires tentations des sens. Il rêverait de les conserver toujours sous sa coupe, dans la chaleur et l'ombre de la maison familiale. Chaque fois que l'une d'elles s'éprendrait d'un homme, il s'affolerait, s'indignerait et se lancerait dans de haineuses machinations pour la retenir auprès de lui. Toute sa vie se passerait à courir ainsi de droite et de gauche pour conjurer l'inévitable. Et, bien entendu, dans ce combat égoïste, il s'octroierait l'excuse d'agir pour le bien de celles qu'il empêcherait d'être heureuses à leur façon. C'était là une donnée qui eût pu être celle d'un vaudeville et qui était celle d'une tragédie. Rien n'est plus exaltant pour un romancier que ces thèmes où le grotesque et le pitoyable se trouvent intimement mêlés. Lorsque j'eus écrit les deux tiers environ du roman, je le soumis à l'appréciation de mon groupe d'amis. Tour à tour, Jean Bassan, Michelle Maurois, Jean Davray, Claude Mauriac mirent le nez dans mon manuscrit. Leur jugement fut sévère. Ce n'était pas au point, j'avais gâché un merveilleux sujet en suivant les trois sœurs dans leurs démarches sentimentales au lieu de concentrer l'intérêt du lecteur sur le personnage du frère. Il fallait tout traiter par rapport à Gérard Fonsèque, le placer, comme une véritable « araigne », au centre de la toile. Je me rappelle que ce conseil de guerre, qui me condamnait, se tenait dans le bar jouxtant une salle de ping-pong. Le choc léger des balles de celluloïd alternait avec le choc lourd des reproches dont m'accablaient mes censeurs. Le plus sévère était, je crois bien, Jean Davray, dont l'œil de braise refusait toutes mes justifications. Le plus indulgent, Claude Mauriac. J'étais consterné. Mon livre s'écroulait sous moi. Pas question de le publier tel quel, puisque mes amis ne l'aimaient pas. Je revins chez moi en me demandant si je ne devais pas tout jeter au feu. Mais, dès le lendemain, dans un sursaut d'énergie, je me remis au travail. Je durcis mon style, je resserrai les chapitres, je m'efforçai de donner le pas à Gérard Fonsèque en toute circonstance, de vivre la plupart des scènes à travers sa sensibilité maladive. Cette besogne, je l'accomplis en partie le soir, à la maison, en partie dans mon bureau de l'Hôtel de Ville, un dossier administratif sous un coude, mon manuscrit sous l'autre. Au fur et à mesure des remaniements, je sentais le roman gagner en efficacité dramatique. Mes amis avaient eu raison. Lorsque je leur montrai cette seconde mouture, ils l'approuvèrent à l'unanimité. Nous étions en 1938. Époque de trouble et d'angoisse. La voix tonitruante de Hitler sur les ondes de la radio, son masque convulsé sur les écrans de cinéma, les titres toujours plus inquiétants des journaux préparaient l'opinion à l'idée d'une guerre imminente. Depuis 1933, notre jeunesse étouffait ainsi ses élans dans la crainte d'un cataclysme. Nos projets personnels étaient tous soumis à cette terrible inconnue, à l'Est. Nous vivions au jour le jour, les regards fixés sur une frontière redoutable, derrière laquelle s'alignaient les drapeaux à croix gammée. Écrire, publier, cela avait-il encore un sens, alors que demain, peut-être, le monde allait voler en éclats? Le plus haut degré d'inquiétude fut atteint en septembre 1938, quand l'Allemagne adressa un ultimatum à la Tchécoslovaquie. Puis, comme tout paraissait perdu, ce fut Munich, Daladier et Chamberlain chez Hitler, le démembrement de la Tchécoslovaquie, le soulagement du monde devant cette paix honteusement préservée. La menace s'éloignait. Pour combien de temps? Mon roman, *L'Araigne,* parut dans cette atmosphère de lâche sursis, de partie remise. Il choqua certains par sa violence, tandis que d'autres en louaient l'étrangeté. Marcel Prévost, qui avait publié des extraits de mon livre dans *La Revue de France,* sous le titre *Le Veuf,* avait pris soin, au préalable, d'édulcorer les scènes les plus crues, qui risquaient d'effaroucher ses lectrices. Ainsi m'avait-il demandé l'autorisation de remplacer toutes les descriptions d'ébats amoureux par la formule : « Ils s'étreignirent. » J'avais accepté par faiblesse, par gentillesse, mais, bien entendu, dans le volume, le texte original était intégralement respecté. Les remous de la politique internationale s'apaisaient à peine lorsque la campagne pour les prix littéraires de fin d'année commença. On prononçait mon nom dans les milieux littéraires « bien informés » comme celui d'un « outsider » possible pour le Goncourt. Mais le grand favori était François de Roux, pour son roman *Brune,* publié chez Gallimard. Le jury, à cette époque-là, se composait ainsi : Rosny aîné, Rosny jeune, Roland Dorgelès, Francis Carco, Léon Daudet, Lucien Descaves, Pol Neveu, Léo Larguier, Jean Ajalbert et René Benjamin. Mon éditeur, après un dernier sondage auprès de ces messieurs, me confirma que je n'avais aucune chance d'être couronné cette année. Tout au plus citerait-on mon livre au cours des débats. Ainsi renseigné et tranquillisé, j'allai déjeuner, le 7 décembre 1938, au restaurant, avec un ami. Le déjeuner fut si bon, la conversation si agréable, que j'en oubliai l'heure du bureau. Lorsque je m'en aperçus, la peur des foudres administratives me jeta dehors. J'arrivai, tout essoufflé, à l'Hôtel de Ville et m'engouffrai dans l'escalier. Au sommet des marches, deux collègues me faisaient signe de me dépêcher et criaient quelque chose que j'entendais mal. Immédiatement, je pensai que mes craintes étaient justifiées. Sans doute le directeur m'avait-il appelé en mon absence. Je n'échapperais pas aux remontrances habituelles en pareil cas. Cependant, comme j'atteignais le palier, la mine hilare des deux commis qui me guettaient me surprit. L'un d'eux me dit : « Où étiez-vous donc passé? Votre éditeur vous cherche partout depuis deux heures. Vous avez reçu le prix Goncourt! » Ma sous-chef de bureau me confirma la nouvelle. Estomaqué, je refusai encore de le croire et me ruai sur le téléphone pour appeler Plon. Pas libre. Une fois, dix fois. Enfin, au bout du fil, une voix joyeuse : « Mais oui, vous l'avez! Venez vite! » Et quelques détails : c'était au cinquième tour que *L'Araigne* l'avait emporté de justesse sur *Brune,* le vote présidentiel de Rosny aîné ayant joué en ma faveur. Dix minutes plus tard, un taxi me déposait, tout tremblant, devant le vénérable hôtel des éditions Plon, rue Garancière. Je passai le porche, traversai la cour, et, dès le hall d'entrée, me trouvai plongé dans une foule terrifiante d'inconnus de tout sexe et de tout âge, remuants et bruyants, journalistes, photographes, reporters de radio, opérateurs de Pathé-Journal. Des projecteurs m'éblouissaient, des micros me poussaient sous le nez. On me posait vingt questions à la fois auxquelles je répondais, tant bien que mal, d'une voix étranglée. Tout en parlant, je voyais, au-delà du cercle de mes tourmenteurs, les visages de mes amis, Jean Bassan, Jean Davray, Claude Mauriac, Michelle Maurois, Henri Poydenot, accourus fidèlement pour assister à mon succès. J'aurais voulu leur dire deux mots, les embrasser, les remercier d'être venus, mais une cohue compacte me séparait d'eux. J'aurais aimé aussi prévenir mes parents. Impossible : nous n'avions toujours pas le téléphone à la maison. Envoyer un message? Il arriverait après moi, pensais-je. Car je supposais pouvoir m'échapper bientôt. C'était mal connaître le tohu-bohu qui suit l'attribution d'un prix Goncourt. Pendant des heures, je subis le supplice des interviews à la chaîne : « Qu'avez-vous voulu exprimer en écrivant *L'Araigne*? Quelle est votre conception du roman? Quels sont vos projets? Quelles sont vos préférences littéraires? Que ferez-vous de cet argent? » Ce qui m'advenait avait si peu de rapport avec ma vie de fonctionnaire subalterne, d'écrivain modeste, que je ne savais si je devais me réjouir ou m'effrayer de cette publicité soudaine. Posant pour les photographes, je me disais qu'il y avait une disproportion angoissante entre ma renommée actuelle et ma vraie nature. N'allait-on pas s'apercevoir que ce prix était immérité? Assailli, assourdi, happé, bousculé, aveuglé, j'étais au bord des larmes, joie et crainte mêlées. Déjà mon éditeur m'entraînait dans son bureau et me proposait un nouveau contrat, dix fois plus avantageux que l'ancien. Je remerciais, je signais, nous buvions du champagne, je n'avais que des amis au monde. Enfin, après avoir serré beaucoup de mains, distribué beaucoup de sourires et proféré, assurément, beaucoup de sottises, je m'évadai de la multitude pour retourner à la maison. Mes parents savaient déjà, par des voisins qui avaient entendu les informations à la radio. Ils avaient un visage de solennité heureuse. L'émotion les grandissait. Sans doute, à l'instant où tant de Français inconnus fêtaient leur fils, songeaient-ils à notre fuite de Russie. Mon frère me serra dans ses bras, le regard rieur, comme si je venais de remporter un match de tennis. Je regrettai l'absence de ma sœur. Nous lui télégraphiâmes la bonne nouvelle à New York. Puis la famille, y compris l'oncle Constantin, se réunit autour de la table. Vodka, *zakouski,* toasts, projets d'avenir... Pourtant je ne pus savourer tranquillement le bonheur d'être parmi les miens, au soir d'une journée pour moi si importante. Des reporters, des photographes, ayant retrouvé ma trace, vinrent encore me relancer à domicile. En outre, j'avais inconsidérément promis ma collaboration, pour le lendemain, à différents journaux. Or, ne prévoyant pas que j'obtiendrais le Goncourt, je n'avais pas le moindre article, pas le plus petit conte en réserve dans mes tiroirs. Pour tenir parole, je dus travailler une partie de la nuit. Mes parents s'étaient endormis depuis longtemps, et moi, après tout ce bruit et tout ce mouvement, réfugié dans ma chambre, avec une obstination écœurée, je noircissais des pages. La qualité des textes que je donnai à la presse en cette occasion se ressentit, sans doute, de ma fatigue et de ma hâte. Cette même nuit, je réfléchis à mon avenir. Plus je tentais d'analyser la situation, plus il me paraissait évident que cette consécration inattendue pouvait être sans lendemain. Dès que les projecteurs de l'actualité se détourneraient de moi, je replongerais dans les ténèbres. Les cent mille lecteurs promis à *L'Araigne* ne suivraient pas son auteur pour le livre suivant. On ne construit pas une carrière littéraire sur un coup de chance. La liberté créatrice, chez un écrivain de vingt-sept ans, au début de sa route, est garantie, pour le mieux, par l'exercice d'un second métier régulier et rémunérateur. Ainsi peut-il penser à son œuvre sans se préoccuper de sa subsistance. Voilà ce que je me répétais dans ma fièvre. En conséquence, malgré l'argent qu'allait probablement me rapporter ce prix, je renonçai à quitter la Préfecture de la Seine. Ce ne fut pas sans un serrement de cœur que je pris cette décision. L'Administration m'avait accordé trois jours de congé, sur ma demande. Le quatrième jour, je retournai à mon bureau et me replongeai dans les chiffres. Mais, en dépit des apparences, quelque chose avait changé dans ma vie. Je sentais, presque physiquement, que le cercle restreint de mes lecteurs (quatre ou cinq mille pour mes précédents livres) s'élargissait dans des proportions vertigineuses. Je me trouvais, de but en blanc, placé en pleine lumière, guetté de toutes parts, revêtu d'une responsabilité nouvelle. Saurais-je me montrer digne de cette notoriété par la suite? Comme pour m'inciter à la modestie au milieu de mon succès, je fis connaissance, vers cette époque, avec plusieurs écrivains russes émigrés, à la suite de la révolution bolchevique : Merejkovsky, Zénaïde Hippius, Bounine, Remizov, Chmelov. Tous me dirent qu'ils se réjouissaient de ma distinction, mais je percevais, à travers leurs propos, la profonde tristesse des grands créateurs privés de leur audience. Ils illustraient, à mes yeux, le problème tragique des intellectuels exilés. Les épreuves subies par eux avaient encore aiguisé leur sensibilité, mûri leur talent, et exalté, dans leur âme, le culte de la patrie disparue. Cependant, en s'expatriant, ils avaient perdu le public de leurs débuts sans en acquérir un nouveau. Les éditeurs hésitaient à publier des traductions de leurs œuvres, la presse ne les soutenait pas, seul un petit cercle d'émigrés russes les encourageait à poursuivre. Tout se passait comme si, arrachés à la foule de leurs compatriotes, qui faisaient leur gloire en Russie, ils avaient brusquement perdu leur raison d'être. Comme si, aux regards mêmes de ceux qui les avaient accueillis si généreusement, ils représentaient des citoyens déracinés et, par conséquent, des valeurs sujettes à caution. Comme si les écrivains n'avaient de qualité que s'ils exerçaient leur métier dans les limites géographiques de leur pays natal. Partis de Russie, ils n'étaient arrivés nulle part, ils continuaient à vivre dans une zone intermédiaire et abstraite. C'était l'enfer glacé des apatrides.

– *Le problème est-il le même pour les écrivains soviétiques venus, depuis, se réfugier parmi nous?*

– Pas exactement. Exilés, eux aussi, pour des motifs politiques, ils nous arrivent aujourd'hui la tête haute. Leur refus d'accepter l'ordre établi en U.R.S.S. les désigne à l'estime d'une partie du public dans les pays occidentaux. Une large publicité est réservée par les journaux, par la radio, par la télévision à leur aventure. Cela ne veut pas dire, pour autant, qu'ils soient heureux de leur sort. Tout exil, même souhaité, comporte une punition. La conquête d'une renommée internationale ne peut consoler un écrivain de l'absence de renommée nationale. L'amitié de trente-six nations étrangères ne peut compenser à ses yeux l'inimitié de la majorité de ses compatriotes. Malgré le soulagement qu'un Soljénitsyne, un Siniavsky, un Nekrassov, un Maximov ou tel autre doivent éprouver à ne plus sentir sur leurs épaules le poids de la surveillance policière, ils souffrent, j'en suis convaincu, de savoir leur œuvre exclue du patrimoine littéraire russe. Ils souffrent aussi – et cela est irrémédiable – d'être privés des horizons russes, des foules russes, des nuages russes, des conversations russes qui les baignaient comme l'eau un nageur. Comment écrire quand la langue maternelle n'imprègne pas l'air autour de vous? Certes, il y a le confort, la liberté, la sécurité. Mais est-ce suffisant? En fait, ce confort, cette liberté, cette sécurité risquent même de paraître, au début, insupportables à l'exilé. Accoutumé à la gêne, à l'angoisse, il se rebiffera devant cette félicité matérielle comme devant un repas trop copieux qui vous soulève le cœur. Puis, peu à peu, il s'habituera à ce monde nouveau, tout en gardant la nostalgie de l'ancien. Cette nostalgie l'aidera à élargir son œuvre à la mesure de son tourment. L'exil grandit l'écrivain qui a du caractère et brise celui qui n'en a pas. Mais, dans l'un et dans l'autre cas, l'épreuve est horrible. Je ne souhaite à aucun de mes confrères de la connaître un jour.

– *La fréquentation des écrivains russes – je pense*

aussi bien aux vivants qu'aux morts – ne vous a-t-elle jamais fait regretter d'avoir choisi le français comme moyen d'expression?

– Je n'ai pas choisi le français. Il s'est imposé à moi. Les circonstances, mes études, ma vie m'ont fait écrire dans cette langue. Cela dit, il est possible que la connaissance du russe ait marqué mon style, en français. Si je compare le français au russe, je dois reconnaître que les mots russes sont plus proches de l'objet. Lorsque je prononce certains mots russes, l'objet s'installe brusquement dans mon cerveau, avec une sorte de violence joyeuse. Le russe est une langue primitive, juteuse, sonore comme une suite d'onomatopées, alors que le français est poli par des siècles d'usage. Le français est aussi une langue plus abstraite, de sorte que, pour rendre avec vigueur une impression en français, je ne puis me contenter du mot banal, comme je le ferais en russe, mais je dois souvent accoler à ce mot banal une épithète qui le renforce.

Je pourrais écrire une lettre en russe, mais j'aurais les plus grandes difficultés à écrire un livre. Il faudrait, pour y parvenir, que j'aille vivre en Russie pendant un assez long temps, que je m'immerge dans le bain de la langue russe, que je me forge un vocabulaire propre, un rythme propre, bref, que je refasse mon apprentissage d'écrivain. En vérité, je suis bel et bien un écrivain français.

– *Et l'arménien? Parlez-vous l'arménien?*

– Non. Personne dans notre famille n'a jamais parlé cette langue, et je le regrette, car on la dit admirable. La littérature arménienne, pour ceux qui peuvent en lire les œuvres dans le texte original, recèle, paraît-il, des merveilles. Arménien russe, je n'ai été marqué que par la culture russe. C'est un manque incontestable. Néanmoins, au moment du prix Goncourt, j'ai été fêté à la fois par les milieux arméniens et par les milieux russes de Paris. Comme je vous l'ai déjà dit, ce remue-ménage de sympathie, autour de moi, m'inquiétait. Je tremblais pour la suite. Sans doute si, à cette époque-là, j'avais été en train d'écrire un autre roman, me serais-je trouvé brusquement freiné dans mon élan. Rien de paralysant, pour un jeune écrivain, comme cette impression d'être attendu au tournant pour son prochain livre. La crainte de décevoir bride l'inspiration. On pèse chaque virgule, on n'ose plus mettre un mot devant l'autre. Par bonheur, ce n'était pas sur un roman que je travaillais, en décembre 1938, mais sur une biographie de Dostoïevski. Tâche gigantesque et bénéfique. Dans l'ombre d'un auteur de cette importance, je n'avais pas à craindre la comparaison du nouveau livre avec le précédent. C'était un peu comme si je commençais une seconde carrière. Autre avantage, dont je me rendis compte bientôt : en acceptant d'évoquer l'ombre de Dostoïevski, j'avais brisé le cadre rigide où je m'étais enfermé involontairement depuis des années. Jusque-là, j'avais beau faire, tous mes récits, de style linéaire, s'ordonnaient en quelque trois cents pages dactylographiées. Quels que fussent le sujet et le nombre des personnages, une certaine limite me paraissait imposée à mon souffle. Or, ayant à raconter la vie d'un homme – et quel homme! – de sa naissance à sa mort, avec son poids d'amours, de travaux, d'espoirs, de déconvenues, d'injustices, de pauvreté, de petitesse et d'éclat, je me trouvai tout naturellement amené à dépasser les dimensions habituelles de mes manuscrits. Il me sembla que, grâce à Dostoïevski, je m'étais libéré, une fois pour toutes, des contraintes qui m'empêchaient de courir sur une longue distance. Avant même d'être revenu à la littérature de fiction, je savais que j'aborderais mon prochain roman avec plus d'aisance dans la foulée.

Comme je répugnais au genre de la biographie romancée, je m'astreignis à suivre de très près les documents dont je disposais. La bibliothèque Tourgueniev (qui a été pillée par les Allemands sous l'Occupation) recelait, à cette époque-là, des trésors d'ouvrages en russe sur Dostoïevski. Je lus non seulement toute son œuvre mais tout ce qui se rapportait à sa vie. D'un livre à l'autre, j'accumulais les notes et m'émerveillais. Quelle existence hors mesure – la misère, la prison, le bagne, l'épilepsie, le jeu, le génie, la gloire! Comment rendre plausible tout cela qui était pourtant vrai? Mes recherches sur Dostoïevski étaient pratiquement terminées et, cependant, j'hésitais à écrire sa biographie. Malgré tout ce que je savais de lui, il demeurait pour moi un étranger. Je le voyais tel qu'il était représenté par les mémorialistes, je ne le voyais pas tel qu'il était véritablement dans la vie. Ce regret tournait à l'obsession. Une nuit, je rêvai que Dostoïevski entrait dans ma chambre. Il était voûté et las, comme son portrait par Pérov. Il me parla d'une voix enrouée. Et, tout à coup, je sentis son odeur. Une odeur aigrelette de vieillard. Je reçus un choc. Le lendemain, en retrouvant sur ma table les textes des mémoires, des lettres, des journaux intimes du temps, il me sembla que cette matière imprimée se réchauffait, s'animait et que j'allais enfin pouvoir commencer mon travail de rédaction. Pour rendre pleinement hommage à Dostoïevski, je voulais non seulement raconter sa vie mais encore analyser son œuvre. Approche exaltante et terrifiante à la fois. Lire Dostoïevski, c'est pénétrer dans un univers prodigieux, où le réel et le fantastique se confondent. Les fantômes qui hantent ces régions crépusculaires ne se préoccupent ni de manger ni de dormir. S'ils ferment les yeux pour se reposer, un rêve immédiatement les visite. L'argent, on ne sait pas s'ils en ont ni comment, au juste, ils le gagnent. Leur logis, on ne le connaît guère que par deux ou trois détails. Leur visage même est à peine décrit. C'est que tout leur être se réduit à une lutte spirituelle. Ce qu'ils recherchent, à travers mille soubresauts, ce n'est pas une position meilleure dans le monde, mais une position idéale devant Dieu. Le docteur Tchij, éminent spécialiste dostoïevskien, estimait que la plupart des personnages de Dostoïevski étaient des névropathes. En effet, au premier abord, il ne semble pas que nous ayons quoi que ce soit de commun avec ces vagabonds, ces anarchistes, ces demi-saints, ces parricides, ces ivrognes, ces épileptiques, ces hystériques. Et cependant ils nous sont mystérieusement familiers. Nous les comprenons. Nous les aimons. Enfin, nous nous reconnaissons en eux. Comment expliquer la sympathie qu'ils nous inspirent, puisqu'ils sont des cas pathologiques et que nous sommes, en principe, des individus normaux? La vérité est que les fous de Dostoïevski ne sont pas aussi fous qu'ils le paraissent. Seulement ils sont ce que nous n'osons pas être; ils font, ils disent ce que nous n'osons ni faire ni dire; ils offrent à la lumière du jour ce que nous enfouissons dans les ténèbres de l'inconscience; ils sont nous-mêmes observés de l'intérieur. Grâce à cette méthode de prise de vue, ce qui est le plus proche de l'opérateur, c'est ce qui est le plus profondément enfoui en nous; ce qui est le plus éloigné de lui, la chair, le vêtement, le geste quotidien, le décor. La mise au point de la photographie se fait sur notre monde intime, alors que le monde extérieur demeure flou comme dans un songe. Si Dostoïevski cède parfois à la tentation de coller une étiquette médicale sur ses créatures, c'est pour justifier leur conduite extravagante devant un lecteur épris de logique. Elles ne sont pas malades puisqu'elles n'ont pas de corps. Ou plutôt leur corps n'est que pensée. Toute l'œuvre de Dostoïevski est un combat de pensées. Et l'admirable, c'est qu'à l'issue de ce combat nulle solution pratique ne se dessine. Pour l'auteur comme pour ses héros, le bonheur c'est l'acceptation. « Un être qui s'habitue à tout, voilà, je crois, la meilleure définition qu'on puisse donner de l'homme », dira-t-il. Mais aussi : « Toute ma vie durant, je n'ai fait que pousser à l'extrême ce que vous n'osiez pousser vous-mêmes qu'à moitié. » De lâcheté en crime, de joie en douleur, l'homme selon Dostoïevski marche en titubant sur la route qui le mène à Dieu. Cette biographie eut un sort bien triste! Le livre parut en librairie au mois de mai 1940, au moment de l'offensive allemande en Belgique. Avant de se replier, suivant la débâcle, quelques journaux parlèrent du bouquin en termes élogieux. Mais le public n'avait certes pas la tête à la lecture!

*
* *

Au début de l'année 1939, je m'étais marié et avais quitté mes parents pour vivre avec ma femme dans un petit appartement du douzième arrondissement, en bordure de Saint-Mandé. Là, j'avais – miracle! un minuscule bureau à moi, avec un coin de bibliothèque. J'y travaillais à mon *Dostoïevski,* en rentrant de la Préfecture de la Seine. Mais tout l'enthousiasme que j'apportais à cette tâche ne pouvait me faire oublier les nuées d'orage qui s'amoncelaient au-dessus de nos têtes. Chaque jour qui passait compromettait un peu plus notre espoir. Les vociférations de Hitler se rapprochaient. La guerre paraissait inévitable. Deux ans auparavant, sur le conseil d'un ami, j'avais présenté un concours d'attaché d'Intendance. Je reçus ma feuille de mobilisation pour le Service du ravitaillement général, à Tulle. Le 3 septembre, je me mis en route. Mon travail, à l'Intendance de Tulle, était des plus simples. Une besogne de scribouillard. Délivrance de bons d'essence aux industriels, recensement des besoins en charbon des formations du territoire, établissement des marchés de confiture avec les fabricants du département pour le ravitaillement de l'armée, réquisition des réserves de vin, étude sur les possibilités de production d'une usine de conserves de viande... La « drôle de guerre » s'installait en France. Une sorte de torpeur inquiète. De l'avis général, les Allemands, intimidés par les formidables « concentrations » alliées, n'oseraient pas attaquer et déposeraient les armes après quelques escarmouches destinées à sauver l'honneur. Et, subitement, l'offensive allemande en Hollande, en Belgique, au Luxembourg, l'invasion de la France, l'exode des populations sur les routes mitraillées. Un flot de réfugiés, portés par des voitures hétéroclites, se déverse sur la Corrèze. Tulle est envahi de civils exsangues qu'il faut loger et nourrir, vaille que vaille. Puis, c'est le tour des militaires. Des régiments entiers en retraite. A l'Intendance, nous sommes débordés. Les boulangers travaillent nuit et jour. Mais on manque de farine. Des soldats dorment dans leurs camions, ou sur de la paille, en plein air. Pétain demande l'armistice. Et l'avance allemande se poursuit. « Ils » seraient déjà à Clermont-Ferrand. Ordre du colonel : « Leur barrer la route », avec les trois mitrailleuses d'instruction dont nous disposons. Puis, contrordre : « Se laisser faire prisonnier sur place et continuer à assurer le ravitaillement de la population civile. » Je ne quitte plus la caserne et couche au bureau, sur une table, enroulé dans ma capote, parmi mes dossiers. Les autres attachés d'Intendance en font autant. En pleine nuit, un coup de téléphone du camp de La Courtine. Un lieutenant inconnu nous affirme, au bout du fil, que l'armistice vient d'être signé. Nous réveillons le colonel commandant la place. Il crie : « C'est faux! C'est une ruse des Boches! » Munis d'une lampe de poche, nous nous rendons, en caravane, à travers la ville noire, endormie, jusqu'à la poste. Au standard, les dames téléphonistes nous confirment la nouvelle : l'Agence Havas aurait diffusé un communiqué. Nous rentrons à la caserne, vaincus, fatigués, honteux. Le lendemain, 23 juin, à l'aube, j'entends, à la radio de Londres, le général de Gaulle qui proclame la nécessité de poursuivre la lutte et, quelques minutes plus tard, à la radio française, le communiqué annonçant officiellement l'armistice. Aussitôt, à la caserne, les discussions commencent entre ceux qui approuvent cette démission de la France et ceux qui s'en indignent. Pour ma part, je ressens un découragement immense, une révolte impuissante devant ce que je considère comme une injustice de l'histoire. La décision des armes ne consacre pas le triomphe de l'Allemagne sur la France, mais le triomphe de l'esprit de violence, de racisme, de nationalisme aveugle sur l'esprit de tolérance et de raison. Les Allemands n'ont pas poussé jusqu'à Tulle, et ainsi, par miracle, j'ai échappé au sort de tous ceux qui avaient reçu l'ordre de se laisser capturer sans résistance. Mais la France est coupée en deux. Je me revois, tout enfant, assistant à la relève de la garde, à Wiesbaden. Dix-huit ans plus tard, c'est donc notre tour de subir la présence étrangère sur notre sol. Journée de deuil national. Les drapeaux sont en berne. Il pleut. Réunion devant le monument aux morts. Minute de silence. Les visages sont graves. Des hommes pleurent. Les enfants des écoles, qu'on a rassemblés là, regardent leurs aînés sans comprendre. On parle d'une démobilisation prochaine. Et après, que faire? Rester en zone libre? De quoi y vivrais-je? Retourner à Paris, reprendre mon travail à la Préfecture de la Seine, c'est la seule solution. Je l'envisage avec tristesse, avec répugnance. Car Paris, c'est la présence allemande. Tant pis. Mes parents, ayant suivi la vague des réfugiés, sont arrivés à Tulle avec mon frère qui, affecté spécial, a pu s'échapper lorsque son usine a été évacuée. C'est le second exode de mes parents. Après avoir fui à travers la Russie, ils ont dû fuir à travers la France. Éternels nomades. Chassés de ville en ville, comme autrefois. Maintenant, ils s'apprêtent à reprendre la route pour rentrer chez eux. Je fais de même, une fois démobilisé, à quelques semaines de distance. Et c'est le Paris de l'Occupation, de la grisaille, des cartes d'alimentation, de la faim, du froid, des uniformes vert-de-gris, des pancartes blanches aux lettres noires, des drapeaux nazis sur les édifices publics, des bicyclettes, du couvre-feu, du métro bondé, des journaux collaborationnistes et de la radio anglaise écoutée en cachette. L'heure de la B.B.C. est plus importante pour moi que l'heure de la messe pour un croyant. Penché sur le poste, je voudrais avoir une oreille dix fois plus fine pour capter, à travers le brouillage, les moindres inflexions de cette voix prometteuse. Comme pour la plupart des Français, ma vie a désormais deux pôles : le ravitaillement et les informations. Manger et espérer. Tenir par le ventre et par le cœur. C'est le règne du bifteck frauduleux acheté chez le cordonnier qui a des cousins en province et du bulletin de victoire confidentiel chuchoté par le concierge du coin. Notre petit groupe amical a été dispersé par la débâcle. Si Michelle Maurois est à Paris, Jean Davray, lui, se trouve à Marseille. Jean Bassan, à Casablanca, Claude Mauriac avec son père, à Malagar. La correspondance régulière est interdite entre la France occupée et la France libre. Seules les cartes interzones, aux informations laconiques, peuvent circuler ouvertement dans le pays. Nous nous écrivons cependant de longues lettres, que Claude Mauriac, installé près de la ligne de démarcation, regroupe, tape à la machine en plusieurs exemplaires, et fait passer d'une zone à l'autre, clandestinement. Ainsi, le contact, entre nous, n'est-il pas tout à fait rompu. Nous échangeons nos pensées de colère, de nostalgie et d'espoir. Entre-temps, j'ai retrouvé mon travail à la Préfecture de la Seine, parmi des collègues résignés. Affamés aussi. Pour améliorer leur ordinaire, les commis de mon service organisent la chasse aux pigeons. Il y en a des colonies entières, qui nichent parmi les aspérités décoratives de la façade de l'Hôtel de Ville. Les fonctionnaires-braconniers tendent un collet, astucieusement monté sur des trombones, au bord de la fenêtre. Le brin libre du nœud coulant pend à l'intérieur, à portée de leur main. Quelques miettes de pain au centre de la boucle attirent les oiseaux. Dès que l'un d'eux s'avance pour picorer, un coup sec, et le voici pris au piège, les pattes liées. Un commis, spécialiste de la mise à mort rapide, empoigne le pigeon sous les ailes pour l'étouffer. Si un visiteur frappe à la porte pendant l'opération, on fourre le volatile dans un carton vert. Et, pendant toute la présence de l'importun dans le bureau, on entend des battements d'ailes spasmodiques du côté des casiers à paperasses. Quand il est parti, le commis reprend sa victime en main et l'achève. La chair de ces pigeons parisiens est, paraît-il, fade et spongieuse, mais, par ces temps de disette, tout fait ventre. Invité au partage du tableau de chasse, j'abandonne volontiers mon lot aux amateurs. D'ailleurs, je ne sais même pas s'il me sera possible de rester à la Préfecture de la Seine. Aux termes d'une nouvelle loi de Vichy, ne peuvent être fonctionnaires, sauf autorisation spéciale, que les Français de naissance. Moi qui ne me suis jamais senti plus profondément français que depuis la défaite, voici que le gouvernement actuel de la France m'exclut de la communauté nationale. Voici que, de nouveau, je suis un apatride. Je m'indigne. Je constitue un dossier. Je demande mon maintien en fonction. Il m'est accordé, en fin de compte, à titre exceptionnel. En vérité, j'ai honte de m'insurger contre ces menues tracasseries, alors que tant de Français subissent, dans leur chair, la volonté barbare de l'occupant. Avec stupeur, avec indignation, je vois les premières étoiles jaunes apparaître sur les vêtements de quelques compatriotes. Cette étoile jaune, supposée être une marque d'infamie, leur donne, à mes yeux, la sainte dignité des martyrs. Je ne comprends pas qu'il y ait des Français pour tirer avantage de cette horrible discrimination raciale. Un grand nombre de mes amis sont israélites. La décision des autorités les rend plus chers encore à mon cœur. Mon impuissance à les aider me navre. On pourchasse les Juifs, on les déporte par trains entiers, on fusille les premiers résistants, on rafle les jeunes pour le Service du travail obligatoire en Allemagne, les bombardements sur Paris se multiplient, les Allemands envahissent la zone libre, la France entière est sous la botte de l'ennemi. Mais l'espoir se renforce, de semaine en semaine. Après l'U.R.S.S., ce sont les États-Unis qui entrent dans la guerre. Il est vrai qu'en Russie l'offensive allemande est foudroyante. Mes parents commencent à penser que, sous les coups de boutoir répétés, le gouvernement soviétique ne tiendra plus longtemps et qu'à la faveur d'un changement de régime ils pourront, peut-être, rentrer chez eux après plus de vingt ans d'exil. (N'a-t-on pas récemment cité les noms d'Armavir et de Krasnodar, ex-Ekaterinodar, dans les communiqués allemands?) Je regrette d'être, une fois de plus, si loin d'eux dans mes rêves d'avenir. Pour moi, un retour en Russie est inconcevable. Surtout s'il s'agit de revenir sur le sol natal dans l'ombre de l'ennemi. Du reste, mes parents eux-mêmes ne sont pas très sûrs de leurs souhaits. Tout en suivant avidement la progression des armées hitlériennes sur la carte, ils souffrent devant les images des villes russes ravagées, des prisonniers russes exténués, déguenillés que montrent à l'envi les journaux et les actualités cinématographiques. Lorsque les troupes soviétiques se ressaisissent et remportent leurs premiers succès, ils manifestent une véritable fierté. Oubliant leur problème égoïste d'émigrés, ils se surprennent à désirer la victoire d'une patrie qui ne veut plus d'eux. Ils prient non pour un gouvernement qu'ils récusent mais pour un peuple qu'ils n'ont cessé d'aimer, non pour l'U.R.S.S. d'aujourd'hui mais pour la Russie de toujours.

– *Quelle fut votre activité d'écrivain pendant ces années de trouble, d'incertitude et de violence?*

– J'ai publié deux livres, sous l'Occupation. D'abord, en 1941, un recueil de trois légendes, sous le titre *Le Jugement de Dieu.* Ces légendes n'appartenaient ni au folklore russe ni au folklore français. Je les avais inventées de toutes pièces. Elles représentaient, pour moi, une évasion vers des époques révolues, l'introduction du merveilleux dans la pâte morne de tous les jours, la célébration de trois miracles. Tout autre était le ton du roman que je publiai l'année suivante : *Le mort saisit le vif.* L'histoire est sortie de mon imagination, mais un petit fait réel a été à l'origine de sa construction. Mon ami d'enfance, Volodia Bylinine, ayant été tué à la guerre, sa femme me montra un carnet où il notait ses pensées. Je le lus avec émotion dans la nuit et le lui rendis le jour suivant. Or, déjà une idée cheminait, à mon insu, dans ma tête. Tout à coup, ce fut le déclic. Je rêvais à un écrivain raté, épousant la veuve d'un génie méconnu, découvrant un manuscrit dans les papiers du défunt et décidant de le publier sous son nom. Ainsi connaissait-il successivement les délices secrets de la complicité, l'amer plaisir d'une gloire volée, la peur de ne pouvoir soutenir, par ses propres ouvrages, cette réputation indue, le désir de ressembler au mort dont il avait accaparé l'œuvre, l'envahissement de tout son être par l'ombre du disparu, le dédoublement, l'éclatement de sa personnalité, la délivrance enfin par un dernier holocauste. Le récit se présentait comme le journal du plagiaire.

– *Vos premiers romans, plutôt brefs et intimistes, ne vous placent-ils pas dans cette catégorie de romanciers où se retrouvent Julien Green et François Mauriac?*

– Je leur ai toujours voué une admiration profonde. Sans doute même ont-ils eu de l'influence sur moi, à mes débuts. Mes premiers romans étaient courts, violents et noirs, avec des héros fortement dessinés, presque caricaturaux. Ma jeunesse, mon inexpérience me portaient à grossir le trait, à surprendre par l'empâtement de la touche. Il me semblait que, pour tenir debout, mes personnages devaient s'adosser à des ombres épaisses. Mais déjà, je me sentais enclin à diversifier mon propos, à éclaircir ma palette. Alors même que je travaillais au roman suivant, *Le Signe du Taureau,* j'éprouvais le besoin de camper mes protagonistes avec plus de légèreté, de leur donner un caractère plus complexe, de ne pas les présenter comme des blocs compacts mais comme des tourbillons d'idées et d'instincts contradictoires. Cette tendance à « humaniser » les créatures nées de mon imagination s'imposa à moi de façon nécessaire lorsque je résolus d'écrire ma trilogie : *Tant que la terre durera.* Je vous ai dit combien j'avais été marqué, dans mon jeune âge, par les récits de mes parents. Pourtant, je n'étais pas prêt à utiliser ces récits dans mes premiers livres. Il fallut attendre mon travail sur la biographie de Dostoïevski pour que l'envie de ressusciter le passé russe de mon père, de ma mère me prît aux entrailles. Subitement, je me sentis dépositaire d'un trésor d'images que je n'avais pas le droit de garder pour moi. La Russie que je portais enfouie au plus secret de ma mémoire demandait à sortir, à s'épandre. J'envisageai d'abord, tout bonnement, de rapporter mes souvenirs de famille dans un ouvrage sincère. Mais, très vite, je changeai d'avis. Il me sembla qu'en me transformant en mémorialiste je risquais de faire souffrir, en moi, le romancier. Pour la satisfaction de dresser une chronique exacte, j'allais, pensais-je, m'interdire de glisser dans mon récit des personnages imaginaires, de pénétrer dans des milieux où aucun de mes proches ne s'était jamais hasardé, de susciter des intrigues amoureuses, qui, s'ils les avaient vécues, auraient conduit mes parents au divorce dès le lendemain de leur mariage. Bref, avant même d'avoir pris la plume, je craignis d'amoindrir le tableau par souci de la vérité. Réflexion faite, j'optai donc pour un mélange de réalité et de fiction. Mes souvenirs ne seraient pas utilisés comme matériau unique de l'ouvrage, mais se trouveraient noyés dans un ensemble où le faux côtoierait le vrai. Même après avoir décidé d'adopter la forme romanesque, j'hésitai longtemps avant d'aborder le travail de rédaction proprement dit. L'ampleur, l'ambition du projet me terrifiait. N'allais-je pas user mes forces, ma patience dans une besogne si différente de celle que j'avais assumée jusqu'à ce jour en composant de brefs romans d'inspiration française? Il fallut le grand creux, le gouffre vertigineux de la défaite et de l'Occupation pour m'inciter à chercher une consolation au présent dans cette entreprise de rêve. J'ai travaillé pendant près de dix ans sur cette trilogie *(Tant que la terre durera, Le Sac et la Cendre, Étrangers sur la terre),* qui évoque l'histoire d'une famille russe et de son entourage, prise en 1888, au moment où les héros sont encore à la ligne de départ de leur existence. Ils grandissent, affirment leur caractère, lient des amitiés, se jettent dans des intrigues sentimentales, se marient, ont des enfants eux-mêmes et participent, chacun selon sa situation sociale et son inclination propre, aux événements de la guerre russo-japonaise, de la guerre de 14, de la révolution et de l'exil. Le récit s'arrête en 1939, au moment où Michel et Tania, que l'on a connus tout enfants au début de *Tant que la terre durera,* voient leur fils, Boris, mobilisé dans l'armée française, quitter Paris par la gare de l'Est pour rejoindre son régiment. Ainsi, entre la première page de *Tant que la terre durera* et la dernière page d'*Étrangers sur la terre,* trois générations défilent sous les yeux du lecteur. Ces héros, issus d'une même cellule, je les ai lancés dans des directions différentes par un effet d'éclatement psychologique. L'un fréquente les milieux révolutionnaires, un autre est officier de carrière, un autre encore est un riche commerçant de Moscou. Quant au personnage principal du livre, pour moi, c'est le temps. Ce que j'ai voulu exprimer, c'est le recommencement des amours, des angoisses, des passions politiques, des joies familiales, des deuils, des ambitions, d'une génération à l'autre. Chacun croit être le premier à vivre une expérience, et il est le millième interprète d'un rôle vieux comme le monde. Le titre du livre m'a été inspiré par une phrase de la *Genèse :* « Tant que la terre durera, les semailles et les moissons, le froid et le chaud, l'été et l'hiver, le jour et la nuit ne cesseront point de s'entre-suivre. »

Alors que, pour tous mes romans précédents, j'avais commencé par établir un plan détaillé, cette fois-ci, je refusai de m'enfermer dans un dessin préalable. Plus mon itinéraire serait indéterminé, plus, me semblait-il, mes créatures fictives auraient l'apparence hésitante et incohérente de la vie. Je ne savais même pas quelle serait la longueur approximative du roman ni à combien de personnages je ferais appel pour l'animer. Ces personnages, en tout cas, je voulais me montrer scrupuleusement impartial à leur égard. Certains héros de *Tant que la terre durera* sont des révolutionnaires, d'autres des partisans du régime tsariste, d'autres encore des opportunistes, des sceptiques. Chacun est persuadé d'avoir raison. Chacun défend son point de vue avec sincérité. J'aurais trahi mon intention si j'avais pris parti pour l'un ou pour l'autre. Mon propos n'était pas de lancer un réquisitoire contre telle ou telle fraction de la société russe, mais de faire vivre, le plus intensément possible, quelques individus imaginaires. Afin de les rendre plus plausibles, je me transportais en eux, je m'enfermais dans leur peau, j'épousais tour à tour, et avec une égale chaleur, les opinions politiques les plus opposées. Quand j'étais Akim, l'officier de carrière, je haïssais, avec lui, les bolcheviks, et, quand j'étais Nicolas, le révolutionnaire, je tremblais de compassion, avec lui, pour le peuple opprimé et excusais, avec lui, les palais saccagés, les otages massacrés, puisque, de toutes ces erreurs, devait surgir une civilisation forte et heureuse. J'ai été aussi Tania l'infidèle, Michel l'honnête homme, Volodia le pleutre, Kisiakoff le mal incarné, Malinoff l'écrivain sans envergure, Nina la douce, Lioubov la voluptueuse, la sotte... Dans un roman de cette étendue, les personnages évoluent à l'insu de l'auteur. Certains, dont je croyais qu'ils domineraient le livre, se révélèrent tellement fades que je me débarrasai d'eux en cours de route. D'autres, que je considérais comme des comparses, prirent soudain une dimension, une couleur qui m'étonnèrent moi-même. Je pense notamment à ce pitre de Kisiakoff, qui devait être primitivement une silhouette et qui, peu à peu, s'est poussé au rang des grands rôles. Quand je l'eus décrit, à sa première apparition, ventripotent, barbu, l'œil salace, la voix épaisse et la phrase prophétique, je me sentis tombé en son pouvoir. Il était plus fort que moi. Il voulait parler, agir, je n'avais qu'à le laisser faire. J'avais hâte de le retrouver, de chapitre en chapitre. J'inventais, à son intention, des péripéties nouvelles. Jouisseur, sarcastique, violent, fourbe, calculateur, il errait dans mon livre comme un semeur de maléfices, au pas lourd, au regard huileux. Invoquant Dieu à tout bout de champ, il prenait plaisir à pervertir les êtres faibles qu'il abandonnait ensuite, tels des emballages vidés de leur contenu. Avant la guerre de 14, il aimait suivre les cortèges de manifestants pour assister à leur dispersion par la police. Durant les premiers mois de la révolution, il joua le rôle d'un agent double. J'eus beaucoup de peine à le faire mourir à la fin du troisième volume! Un autre personnage qui m'a échappé des mains et a choisi une voie très différente de celle que je lui avais tracée est l'écrivain Malinoff. Je l'avais présenté, dans le premier volume, comme un plumitif mondain, prétentieux et sot. Je regrettais même, par moments, de m'être encombré d'un pareil pantin. Mais, dans le deuxième volume, j'eus besoin d'expédier un correspondant de guerre sur le front russe, en 1914, et, me rappelant Malinoff, le chargeai de cette mission. Ce contact avec la misère, la peur, la mort marqua mon bonhomme d'une manière indélébile. Par la suite, la révolution, la mort d'une femme aimée, les déceptions politiques, chaque coup du sort donnait une résonance nouvelle à son caractère. De malheur en malheur, il s'élevait à une compréhension pathétique du monde. Son art bénéficiait de ces épreuves douloureuses. Dans le troisième volume, consacré à l'exil, ce fut avec tendresse que j'étudiai le cas de cet écrivain russe, parvenu à la pleine possession de ses moyens dans un pays d'accueil où il ne pouvait plus intéresser personne.

– *Aviez-vous un modèle pour Kisiakoff, pour Malinoff?*

– Non. Kisiakoff, ce Raspoutine rigolard, est sorti tout armé de mon cerveau. Et Malinoff aussi. Et Volodia. D'autres personnages, en revanche, sont dus à un assemblage de traits physiques et moraux appartenant à vingt modèles différents. Aucun n'a son équivalent précis dans la vie. En m'efforçant de représenter des êtres bien connus de moi, je me serais soumis aux contraintes de la ressemblance. Je serais allé à l'encontre de mon projet, qui était d'écrire une œuvre d'imagination.

– *Cette œuvre d'imagination nécessitait pourtant une documentation considérable. Où l'avez-vous trouvée?*

– D'abord auprès de mes parents. Ils étaient heureux de collaborer, dans l'ombre, à cette évocation mélancolique de leur passé. Avant d'aborder la rédaction d'un chapitre, j'en prévoyais le déroulement, dressais la liste des précisions qui m'étaient indispensables et soumettais mon père et ma mère à un interrogatoire serré. Ce n'est pas sans un serrement de cœur que je me rappelle ces soirées passées ensemble, têtes rapprochées, à la poursuite de très lointaines réminiscences. « As-tu vraiment besoin de savoir quel était le système des robinets à l'école où je faisais mes études? » demandait mon père. Je jurais que oui. Mon père avait une mémoire de fer. « Eh bien, disait-il, c'étaient des robinets courts, traversés d'une tige qu'il fallait pousser pour faire couler l'eau. » Je notais ce détail avec gratitude et passais aussitôt à la question suivante. Tirées du magasin des souvenirs, les anciennes robes de ma mère s'alignaient devant moi. Je revoyais ses coiffures successives. J'exigeais de savoir le nom des parfums en vogue, en Russie, à l'époque de ses vingt ans. Malgré leur bonne volonté, mes parents ne pouvaient me renseigner sur tous les aspects de la vie russe. Pour certaines questions, je m'adressais à d'autres témoins. Ainsi, c'est un ami de notre famille, ancien colonel dans l'armée impériale, qui fut mon conseiller pour toute la partie militaire du roman. Je me suis d'ailleurs inspiré de lui pour le personnage d'Akim. Il avait installé un musée de son régiment – les hussards d'Alexandria – dans les deux chambres de bonne qu'il habitait, au septième étage d'un immeuble parisien. Dans ces pièces basses de plafond, l'ancien tsariste, devenu spécialiste de la décoration au pochoir, avait accumulé une grande quantité de reliques : uniformes défraîchis, photographies jaunies, épées de parade, drapeaux, fanions, figurines en bois découpé représentant un escadron en miniature. C'était à la fois désolant et digne, puéril et glorieux. Par chance, ce colonel avait conservé tous les carnets de route des officiers de son régiment. Il me les prêta, et ainsi, pour chaque jour de la guerre, pour chaque escarmouche, pour chaque bataille, j'eus sous les yeux plusieurs récits, souvent contradictoires, qui émanaient de témoins également dignes de foi. Dès que j'avais écrit quelques chapitres, je les montrais au colonel pour approbation. Ses critiques étaient sans appel. « Comment! s'écriait-il, vous décrivez une patrouille de hussards chevauchant la nuit, en plein hiver, et vous dites qu'on entendait tinter leurs étriers? Quelle erreur, mon ami : en hiver, pour protéger nos pieds du froid, nous enroulions du chanvre autour des étriers et, par conséquent, on ne pouvait les entendre tinter! Ailleurs, vous parlez d'une " foule " d'officiers sur le quai d'une gare. Quel que soit le nombre des officiers rassemblés en un lieu, ils ne forment pas une " foule ", mais un " groupe "! » Je corrigeais ces erreurs selon son exigence. En revanche, lorsqu'il me disait : « C'est bien! Votre description est correcte! » j'en éprouvais un plaisir démesuré. Bien entendu, pour compléter ma connaissance de la Russie d'autrefois, j'avais recours à d'autres documents : manuscrits, lettres, journaux intimes... Je ne rougis pas de signaler également que je dois beaucoup à un Baedeker des années 1900, qui me donna les plans de Moscou et de Saint-Pétersbourg, l'itinéraire des lignes du tramway, les prix pratiqués par les cochers de fiacre et mille autres informations passionnantes. Aussi absurde que cela puisse paraître, il est agréable, pour un romancier, de savoir qu'en se rendant de la porte Illinskaïa au boulevard Zemlianoï, son héros est monté dans le tramway n° 4 et a payé trois kopecks pour son billet sur l'impériale! Autre source d'information : l'image. Tous les journaux illustrés de l'époque ont défilé entre mes mains. J'étudiais à la loupe les moindres gravures représentant des scènes, des paysages de Russie. Par exemple, ayant à raconter l'assassinat du ministre Plehvé par les terroristes, j'eus la chance de tomber sur des photographies prises immédiatement après l'attentat. Ainsi, je constatai que, ce jour-là, le ciel était clair et le pavé sec, qu'au moment de l'explosion un tramway, tiré par des chevaux, traversait le « prospect » Ismaïlovsky, qu'à côté des restes informes de la victime gisait la bicyclette tordue d'un agent chargé de suivre la calèche officielle. Au bord du cliché, se voyait l'enseigne de l'« Hôtel de Varsovie – Thé et nourriture – Koudriavtzev propriétaire ». Ce « thé et nourriture », ce « Koudriavtzev propriétaire » me comblaient de joie. Les objets volaient au secours de mon inspiration. Vingt fois, cent fois, au cours de mes investigations, je connus ces plaisirs de collectionneur maniaque. La grande salle de la Bibliothèque nationale n'était pas chauffée. De rares clients, déguisés en explorateurs polaires, se penchaient, la goutte au nez, les doigts gourds, sur des bouquins qui leur soufflaient un peu de bonheur au visage. Pour rentrer chez moi, je traversais le Paris de l'Occupation aux rues mornes, et il me paraissait moins vivant, moins présent que le Moscou ou le Saint-Pétersbourg d'autrefois.

Je m'étais promis, en commençant mon travail, de mêler l'histoire au roman, mais je me suis toujours refusé à écrire un roman historique. Dans mon esprit, chaque héros du livre ne devait connaître qu'une part infime du drame dans lequel son pays se trouvait engagé. Je m'appliquai donc à n'évoquer la guerre russo-japonaise, la guerre de 14, la révolution que par des scènes sans lien, telles que pouvaient les avoir vécues des témoins perdus dans la masse. Éliminant de ma distribution les généraux et les chefs de mouvements populaires, je donnai la préférence aux acteurs de moyenne importance. Je m'efforçai de ne jamais sacrifier leurs histoires à l'histoire ou, plus exactement, de ne montrer l'histoire qu'à travers leurs histoires. Bien entendu, il ne pouvait être question, sous l'Occupation, d'éditer un ouvrage de ce genre.

D'abord, le papier manquait et il en eût fallu de grandes quantités pour imprimer mon livre. Ensuite, la censure allemande n'aurait pas autorisé la publication d'un roman dont l'action se situait en Russie, même au temps du dernier tsar. J'écrivais donc, en quelque sorte, dans le vide. Souvent, je me disais que mon manuscrit ne serait jamais achevé ou qu'il serait détruit dans un bombardement. En fait, le premier volume n'a été publié qu'après la Libération, en 1947. Le deuxième *(Le Sac et la Cendre)* en 1948. Et le troisième *(Étrangers sur la terre)* en 1950. Cela dit, mes amis les plus proches ont pris connaissance de *Tant que la terre durera* bien avant que le roman ne parût en librairie. Je le lisais, chapitre par chapitre, à Henri Poydenot, dont l'opinion chaleureuse m'encourageait à aller de l'avant. Je montrai également mon manuscrit à Claude Mauriac, rentré de Malagar, et il s'enthousiasma. Son ardeur juvénile aurait donné du courage à un grabataire. Au début de l'année 1943, il décida de soumettre les premières mille pages dactylographiées à l'appréciation de son père. François Mauriac les avala en deux jours et me convoqua chez lui pour m'en parler. Il faisait très froid dans son grand atelier blanc, aux recoins plantés de livres. Une lumière pluvieuse passait à travers les vitres de la verrière. Nous nous réfugiâmes dans une petite pièce voisine du bureau, où un poêle de fonte, bossu et noir, dégageait un peu de chaleur. J'avais déjà rencontré François Mauriac à plusieurs reprises, avant la guerre. Il me parut plus maigre, plus flexible, plus parcheminé que lors de notre dernière entrevue. Dans son visage étroit et sec, ses yeux dissemblables brillaient d'un éclat de fièvre. A peine assis, les jambes haut croisées, il se mit à commenter mon travail. Son opinion était plus que favorable. Je respirais, la poitrine délivrée. Portés par sa voix rauque, hésitante, les compliments, les conseils, les critiques de détail me touchaient plus encore que je ne l'aurais cru. J'étais heureux de l'entendre parler de Michel, de Tania, de Nicolas, de Kisiakoff comme de créatures vivantes qu'il eût quittées pour me recevoir. Puis il me confia ses projets, ses craintes, la difficulté qu'il éprouvait à se pencher sur un travail littéraire, alors que la guerre secouait le monde. « Si les Allemands gagnent, je renoncerai à écrire sans peine, sans colère, dit-il. Mais ils ne gagneront pas. Je suis optimiste. » Déjà ses longs doigts osseux tourmentaient les boutons d'un poste de radio. L'heure des informations de la B.B.C. était venue. A travers le crépitement du brouillage, nous parvenait la voix de Londres. François Mauriac pencha sa tête d'oiseau, serra ses mains sur ses genoux dans une pose crispée, frileuse, et se figea dans l'attention. A la fin de l'émission, il murmura : « Un jour, peut-être aurons-nous de la peine à croire que nous étions assis, tous deux, dans cette pièce, à écouter des paroles d'espoir venues de l'autre côté de la mer? Comment voulez-vous écrire après avoir entendu cela? Attendre, toujours attendre... » Je le regardai, à cette minute, intensément et sentis que je n'oublierais jamais son visage triste, anxieux, la clarté pluvieuse tombant de la fenêtre et l'odeur âcre du poêle où brûlait un mauvais charbon. En rentrant chez moi, mon manuscrit sour le bras, j'étais partagé entre la fierté d'avoir reçu les confidences de François

Mauriac et l'inquiétude qu'avaient laissée en moi ses paroles sur la vanité de toute entreprise romanesque en ces temps de mensonge et de tuerie. A quelques semaines de là, dans une clinique de Boulogne, ma femme accoucha d'un fils, Jean-Daniel. Le lendemain de cette naissance, un effroyable bombardement secoua les maisons d'alentour. Alerte sur alerte. Je dus attendre deux jours pour pouvoir déclarer notre enfant à la mairie. Dans le bureau de l'état civil, se pressaient des malheureux en larmes qui venaient de reconnaître les corps de leurs proches à la morgue. François Mauriac avait raison : il était de plus en plus difficile de s'intéresser aux grâces de l'écriture. Avec cet enfant nouveau-né, j'avais deux fois plus de raisons de craindre l'avenir. La guerre cependant paraissait tourner à l'avantage des Alliés. La chute de Stalingrad, la campagne de Tunisie, l'invasion de la Sicile, la capitulation de l'Italie, autant de promesses d'une fin prochaine. Après la prise de Rome, Paris commença d'attendre son tour. Et, soudain, le débarquement en Normandie! J'avais, entre-temps, démissionné de mon poste de rédacteur à la Préfecture de la Seine pour me consacrer à ce roman dont je ne savais même pas s'il serait publié un jour. Mon existence d'écrivain et mon existence d'homme me semblaient également absurdes. Tout était suspendu aux nouvelles du front. Les Alliés approchaient par l'ouest, de bataille en bataille. La D.C.A. tonnait contre des avions invisibles, les Parisiens piétinaient dans les queues, mangeaient de plus en plus mal et se précipitaient à tout bout de champ sur leur poste de radio. Moi-même je vivais de bulletin d'information en bulletin d'information comme un drogué de piqûre en piqûre. Ne disait-on pas que les Alliés étaient déjà dans la vallée de Chevreuse? Un matin, je m'en souviens, une immense clameur m'arracha à mes papiers, à mes livres. Des gens hurlaient dans la rue : « Les voilà! Les voilà! » Je courus comme un forcené vers les libérateurs et vis défiler un peloton de coureurs cyclistes aux maillots multicolores. Massés sur leur passage, des gens du quartier applaudissaient, criaient. Je retournai chez moi, le cœur lourd. J'habitais maintenant une petite maison de l'avenue Gourgaud, près de la place Pereire. Paris se mourait dans la chaleur, la poussière et l'angoisse. Les Allemands réquisitionnaient les vélos par brassées étincelantes, le métro s'arrêtait, les quartiers devenaient provinces, tous les amis étaient loin, peu à peu s'installait un patriotisme de mairie, de clocher, de rue. Une nouvelle façon de sentir la France. A la suppression du métro, s'ajoutait la suppression du gaz. L'électricité, suspendue pendant tout le jour, n'était rendue qu'à dix heures et demie du soir. Soudain toutes les lampes s'allumaient, toutes les radios donnaient de la voix. Les nouvelles étaient de plus en plus encourageantes. Mais les Allemands, à Paris, se cramponnaient. Les agents se mettaient en grève, les postiers désertaient leurs bureaux, les journaux coulaient à pic au milieu de l'indifférence générale, toute l'armature administrative de la cité craquait de la base au faîte et la population désorientée se demandait si elle pourrait longtemps continuer à vivre sans chefs, sans ravitaillement, sans ordre, par la seule force de l'habitude. Les ménagères remplissaient d'eau leurs baignoires, des cyclistes rapportaient des légumes tristes dans leurs remorques, vendaient leur herbe à la sauvette et repartaient, allégés, la pédale rapide. Des haut-parleurs, montés sur des automobiles noires, annonçaient qu'après le couvre-feu, fixé à neuf heures du soir, les patrouilles allemandes tireraient à vue sur les passants. Cependant, place de l'Étoile, une foule dense bloquait les trottoirs pour assister à la fuite des occupants. Cette fois, c'était sûr, ils décampaient. Extraordinaire défilé de vieux camions harnachés de branches, d'ambulances, de motocyclettes, de tanks, de vélos, de voitures particulières chargées de meubles et de boules de pain, bric-à-brac de dactylos et de soldats, diarrhée verte et grise coulant par toutes les avenues et se dirigeant vers la sortie selon les indications des pancartes allemandes. Le lendemain, on se battait dans les rues. De quartier en quartier, les nouvelles couraient, par téléphone : « Ils attaquent le ministère de la Marine... Les F.F.I. ont occupé l'Hôtel de Ville et la Préfecture de Police... Le Majestic est assiégé... » Pourtant les blindés de Leclerc se faisaient attendre. Les Américains avaient décidé, disait-on, de contourner la capitale. Depuis cinq jours, les F.F.I. s'accrochaient à leurs barricades de sacs de sable et de pavés. Ils étaient exténués, à court de munitions. Pourraient-ils tenir si les Allemands envoyaient des renforts? Ne s'étaient-ils pas soulevés trop tôt? Était-il vrai que toutes les stations de métro, tous les ponts, tous les édifices publics étaient minés et que, sur un ordre du commandant allemand de Paris, la ville entière serait détruite? Le soir du 24 août, je rentrai, fourbu, d'une course à travers la capitale insurgée et m'assis, une fois de plus, devant le poste de radio. Profitant du brusque retour de l'électricité, je tournai les boutons de l'appareil. Une voix oppressée : « Messieurs les curés sont priés de faire sonner les cloches de leurs églises... Les premiers blindés du général Leclerc sont devant l'Hôtel de Ville... » Avant même d'avoir compris, j'étais dans la rue. L'obscurité, le silence, me firent douter de ma joie. Sur le trottoir d'en face, un concierge et sa femme prenaient le frais. Je courus vers eux : « Avez-vous entendu? » Non, ils n'avaient pas entendu, ils ne voulaient pas me croire, ils proposaient de monter sur le toit de l'immeuble, où il y avait une terrasse dominant la ville. De là, on se rendrait mieux compte de la situation. Quelques locataires se joignirent à nous. Nous gravîmes huit étages, par l'escalier de service, suivant la lampe de poche du concierge. Tout en haut, il poussa une porte et je débouchai sur une plate-forme sans garde-fou. Perché au sommet de cette tour, je découvrais un Paris nocturne, lugubre, menaçant. Les tranchées blêmes des rues séparaient des blocs d'immeubles au toits couronnées de cheminées en dents de peigne. Pas une lumière aux fenêtres. Un calme de cimetière. Au-dessus de cette cité morte, brillait un semis d'étoiles. Soudain, parmi les constellations, une fusée. Et, au loin, une vibration métallique lente et sourde. La cloche d'une ville engloutie. Son tintement venait du fond des âges. La cloche se tut enfin, mais d'autres cloches lui répondirent. De tous les coins de la ville, montait à présent le carillon de la délivrance. Comme pour une naissance divine. Des fusées tricolores éclataient, nombreuses, illuminant les toits. Le pinceau blanc des projecteurs balayait le ciel. Le canon tonnait. Et tous ces gens qui, en bas, dans leurs maisons, ignoraient encore la bonne nouvelle! Comment les prévenir? Je me penchai au-dessus du vide et je vis que, dans la rue naguère sombre et muette, une fenêtre s'éclairait, puis une autre, de proche en proche. Des ombres chinoises traversaient des appartements de poupée, des postes de radio beuglaient leurs informations triomphales, la sonnerie du téléphone perçait les cloisons. Jamais je n'aurais cru qu'à la hauteur où je me trouvais les voix humaines, venant des étages inférieurs, fussent aussi distinctes. J'assistais au réveil d'une ville de jouet. La nuit chaude, les étoiles indifférentes, le tintement des cloches, le grondement du canon, les bribes de conversation surnageant dans le brouhaha général, les fusées tricolores, tout cela avait un caractère surnaturel qui me faisait douter de ma présence sur le toit. C'est alors que, sur ma gauche, très loin, des voix d'enfants entonnèrent *La Marseillaise*. Un instant étonné, je me rappelai que la maison des Petits Chanteurs à la Croix de bois se trouvait tout près, rue Eugène-Flachat. Massés dans le jardin, ils célébraient la Libération à leur manière. Leurs voix fraîches montaient avec un enthousiasme qui unissait terre et ciel. Aucune *Marseillaise* ne m'a jamais secoué l'âme comme celle que j'entendis par cette nuit de bataille et de fête. Autour de moi, sur le toit, des inconnus se congratulaient, riaient, s'embrassaient. Ému aux larmes, je rentrai chez moi pour téléphoner la nouvelle à mes parents. Ils étaient au courant, par des voisins. Leur joie répondait à la mienne. Ma mère arrachait l'appareil à mon père pour me parler à son tour. Longtemps ils commentèrent, en russe, avec ferveur, ces premiers signes de la renaissance française. On eût dit que, pour eux, c'était Moscou qui venait d'être libéré. Aussitôt après, j'appelai mon frère, Henri Poydenot, Michelle Maurois. Tous avaient déjà été prévenus. Je ne dormis pas de la nuit. Le lendemain, von Choltitz signait la reddition de Paris, mille drapeaux français, américains, anglais, confectionnés à la hâte, poussaient aux fenêtres, des tireurs embusqués mitraillaient la foule du haut des toits, les tanks de Leclerc patrouillaient dans la ville et, le 26 août, de Gaulle descendait les Champs-Élysées au milieu d'un peuple en délire.

Après la Libération, je retrouvai un à un ceux de mes amis qui avaient quitté Paris. Jean Davray revint; Jean Bassan aussi, mais plus tard (il s'était engagé dans la 2e D.B. et avait été fait prisonnier par les Allemands); quant à Claude Mauriac, quelle ne fut pas la joie de notre petit groupe en apprenant qu'il était devenu secrétaire particulier du général de Gaulle! Magré le retour de la paix, ma vie ne reprit pas exactement comme par le passé. D'abord, je divorçai. Ensuite, je me lançai dans le journalisme. Entreprise toute nouvelle pour moi. Lucie Faure, qui venait de transporter à Paris sa revue *La Nef,* fondée à Alger, m'avait proposé d'assurer provisoirement la critique théâtrale dans cette publication. J'acceptai avec gratitude et prudence des fonctions auxquelles rien ne me préparait. Ce fut à une réunion des collaborateurs de *La Nef* que je rencontrai Maurice

Druon. Il débarquait, porté par le flot de la victoire, avec une idée de journal en tête. D'emblée, son enthousiasme m'enflamma. Vingt-huit ans, l'œil clair, le cheveu doré, une bouche d'orateur, un énorme appétit de vivre, une volonté de fer, un sens aigu de l'opportunité, il semblait né pour renverser les obstacles. Après dix minutes d'entretien, j'eus l'impression de le connaître depuis dix ans. Fuyant le salon trop bruyant, nous poursuivîmes notre conversation sur les berges de la Seine. L'objet de notre discussion était le programme d'un nouvel hebdomadaire, qui n'avait encore ni titre ni capitaux, mais dont nous savions déjà que nous serions codirecteurs. De temps à autre, j'objectais timidement qu'en cette époque de restriction il ne nous serait pas possible d'obtenir un permis de publier assorti d'une attribution de papier convenable. Maurice Druon balayait ces craintes avec un rire carnassier. Il avait des relations, et, mieux encore, de l'audace. L'Administration ne lui faisait pas peur. Nous allions bousculer toutes les règles et donner à la France le journal qu'elle attendait. Et de fait, après de nombreuses démarches, quelques hardis commanditaires apparurent, les autorisations furent signées en haut lieu, Jean-José Andrieu, ancien rédacteur en chef de *Marianne,* consentit à devenir rédacteur en chef de notre hebdomadaire, qui prit le nom sautillant de *Cavalcade,* et nous nous penchâmes sur la préparation du numéro zéro. Maurice Druon, qui voyait grand, suggéra un journal composé de plusieurs fascicules de formats différents, pliés l'un dans l'autre, le premier traitant de la politique, le deuxième des lettres et des arts, le troisième des sports, etc., à la façon des abondants journaux américains. Tout le monde, autour de lui, protesta, invoquant le temps de pénurie, mais son éloquence eut raison des critiques les mieux fondées. Comme il fallait s'y attendre, *Cavalcade* reçut une attribution de papier dérisoire et les lourds fascicules spécialisés dont rêvait Maurice Druon se trouvèrent réduits à de minces pincées de feuillets. Il les soupesait dans sa main et la tristesse altérait son visage. En dépit de son apparence squelettique, *Cavalcade* résista aux maladies infantiles des journaux, gagna des lecteurs et prospéra pendant quelques mois entre des commanditaires angoissés et des collaborateurs enthousiastes. Dans notre équipe, Maurice Druon faisait figure d'ouragan. Arrivant, tout botté, à des heures irrégulières, bousculant des secrétaires terrorisées et subjuguées, téléphonant, pour un oui pour un non, à Oslo ou à New York, inventant dix slogans publicitaires et quarante sujets d'articles par jour, cet homme-orchestre étonnait et entraînait son entourage. Il s'était réservé, dans notre association, la page de politique étrangère. J'assumais, pour ma part, la direction littéraire. Par un étrange renversement des rôles, c'était à moi maintenant de recevoir des débutants, de lire des manuscrits, d'accepter ou de refuser des nouvelles, des articles. Terrible responsabilité qui me mettait à la torture. Mais quelle joie de découvrir un talent inconnu! Toute la fraîcheur du monde vous envahit la tête. Autre plaisir de qualité : celui de convaincre un confrère illustre et réticent de vous confier un texte inédit. Lorsque je pus décider le pensif et silencieux Marcel Aymé à écrire un roman pour

Cavalcade, je rentrai chez moi le cœur épanoui, comme si j'avais remporté un grand succès avec un de mes livres. A mon insu, cet hebdomadaire m'était devenu aussi cher qu'une de mes œuvres personnelles. Le travail d'équipe, avec Maurice Druon et Jean-José Andrieu, me passionnait. J'allais, le soir, au marbre pour corriger les articles et mettre les légendes des illustrations au carré. J'acceptai même de tenir la rubrique cinématographique. Entre nous, je n'avais aucune compétence en la matière. Ma culture cinématographique était celle d'un spectateur moyen. Je décidai donc de juger les films non selon des critères techniques, mais d'après le plaisir que j'en aurais retiré. J'essayai d'être équitable dans la distribution des éloges et des blâmes. Mais, chaque fois qu'il m'arriva de condamner le travail d'un cinéaste ou d'un acteur, je ressentis un remords à l'idée du chagrin que lui causerait mon article. Aussi, quand je me trouvais dans une salle obscure, l'intérêt que je portais au spectacle était-il gâché par l'obligation d'en rendre compte. Je ne tardai pas à me convaincre que le métier de censeur n'était pas mon fort. Aussi n'en avais-je que plus d'estime pour ceux qui l'assumaient à longueur d'année avec fougue, rigueur et science. Pour la critique théâtrale de *Cavalcade,* j'avais fait appel à Jean-Jacques Gautier, dont l'avis s'imposait déjà dans *Le Figaro.* Or, j'avais écrit, entre-temps, une pièce, *Les Vivants,* que Raymond Rouleau était en train de monter au théâtre du Vieux-Colombier. Le premier article de Jean-Jacques Gautier, dans *Cavalcade,* fut consacré à ce spectacle. Il m'adressa son « papier » et je constatai, avec tristesse, que c'était un éreintement magistral. Sans doute avait-il fallu beaucoup de courage à Jean-Jacques Gautier pour démolir ainsi le directeur littéraire du journal où il faisait ses débuts. Dans une lettre accompagnant l'envoi, il me disait, du reste, qu'il me laissait libre de ne pas publier son texte, en raison du mauvais effet que ce jugement produirait sur la clientèle de l'hebdomadaire. Quelques voix s'élevèrent autour de moi pour me conseiller de suivre cette suggestion. Mais ma décision avait été prise dès la première minute : il importait que le texte parût tel quel, pour affirmer l'indépendance de la critique vis-à-vis de la direction. C'est ainsi que le plus mauvais article sur ma pièce fut publié dans les colonnes de mon propre journal. Mes relations avec Jean-Jacques Gautier n'en furent nullement affectées. Au contraire! Je crois même que notre mutuelle estime date de ce moment-là!

– *Avait-il raison en critiquant* Les Vivants?

– La pièce contenait des maladresses. Mais pas au point, me semble-t-il, qu'elle dût être condamnée en bloc. D'ailleurs, à côté de quelques coups de griffe, elle recueillit pas mal de louanges. La presse, comme on dit, fut partagée. Le thème des *Vivants* est des plus simples. L'action se situe en Italie, sous la Renaissance, pendant la peste. Un groupe de personnages, ayant fui Florence, se trouve réuni dans le château d'un riche banquier. Ce château est préservé de l'épidémie par une statue miraculeuse de saint Roch. Derrière les portes closes, quelques privilégiés continuent à vivre dans l'égoïsme, l'opulence et la convention, sans souci de la mort qui, autour d'eux, ravage la campagne. Mais le banquier ayant refusé l'asile à une troupe de réfugiés conduits par un moine, celui-ci lance contre lui un terrible anathème. Aussitôt, éclate un orage de fin du monde, la statue de saint Roch vole en morceaux et les portes s'ouvrent toutes grandes comme pour laisser entrer le souffle pestilentiel. Devant la brusque menace de la mort, la panique s'empare des hôtes du banquier, les masques de la politesse tombent, chacun révèle sa vraie nature, c'est un hideux concours de grimaces au seuil du tombeau. Puis, lorsque le péril est conjuré, les personnages, oubliant leurs confessions publiques les plus honteuses, reprennent leurs poses d'autrefois. Sans doute cette pièce m'avait-elle été inspirée, plus ou moins consciemment, par l'attitude de certains devant les horreurs d'une guerre qu'ils voulaient ignorer pour se cramponner à leurs privilèges. En cela elle était une pièce de circonstance, malgré les costumes chatoyants des acteurs. Aujourd'hui, il me semble que les principaux défauts des *Vivants* sont une certaine immobilité dramatique, quelque redondance de langage, le développement trop prévisible des situations. Quoi qu'il en soit, Raymond Rouleau, ayant lu mes trois actes, cria au génie. Il voyait un spectacle grandiose, avec des éclairages d'apocalypse et une musique divine soutenant le texte de bout en bout. J'eus quelque peine à le dissuader d'en faire un opéra parlé. Il arrêta la distribution avec une autorité qui me laissa pantelant : Michèle Alfa, Françoise Lugagne, Paul Demange, Gérard Oury, Gabrielle Fontan,

Dany Robin, Jacques Duval, François Lanier et lui-même. Comme décor, j'avais prévu une salle de château obscure et solide, afin que mes personnages eussent l'impression d'être vraiment à l'abri du danger. Raymond Rouleau décida de situer l'action en plein air, sur la terrasse du château, pour pouvoir faire défiler des nuages dans le ciel. J'avais une telle confiance en son talent que je me laissai convaincre. Tout au long des répétitions, j'assistai, subjugué, à la transformation de ma pièce. Soudain, des noms inventés devenaient des visages de chair, des phrases tracées sur le papier se réchauffaient en passant par une bouche vivante. Qui décrira jamais l'ivresse de l'auteur voyant, pour la première fois, ses héros incarnés, entendant son propos soutenu par la voix d'un autre? S'il est, comme moi, enclin à faire confiance aux « spécialistes », il perdra, peu à peu, tout sens critique. Émerveillé par cette matérialisation progressive de ma pensée, je m'abandonnais au vertige d'être joué, j'applaudissais à toutes les suggestions du metteur en scène, je coupais dans mon texte à sa demande ou rajoutais une réplique par-ci par-là. Raymond Rouleau m'appelait en riant le « roi du béquet », et j'en étais fier. Il était d'une exigence cruelle envers les acteurs, leur expliquant avec véhémence, avec impatience, le sens profond de leur personnage, les obligeant à reprendre indéfiniment le même passage, les rudoyant, les insultant, les suppliant et tirant d'eux, au bord de la crise de nerfs, le meilleur d'eux-mêmes. Dix fois, Michèle Alfa rendit son rôle et le reprit, il y eut des disputes, des ruisseaux de larmes, des évanouissements sincères, des réconciliations radieuses. Cependant, au fur et à mesure que ma pièce prenait corps, il me semblait qu'elle s'éloignait de moi. Bercé par le flux et le reflux des phrases familières, j'avais l'impression que ces trois actes n'étaient plus tout à fait mon œuvre. Ils appartenaient aux interprètes, au metteur en scène, aux électriciens, aux machinistes et, déjà, au public à venir. Le soir de la générale, j'étais perclus de trac. Le rideau se leva sur un admirable décor de Mayo. Les costumes, également dessinés par Mayo, étaient d'une somptuosité éblouissante. La musique de Jean-Jacques Grunenwald, sur ondes Martenot, enveloppait le tout d'un flot harmonieux. Dans cette présentation somptueuse, mon texte me parut, tout à coup, très pauvre. A la fin du premier acte, devait éclater l'orage symbolisant la colère de Dieu. Ce fut probablement la plus belle tempête que Paris eût connue en vingt siècles d'existence. La musique de Grunenwald se déchaînait, le tonnerre roulait, de noirs nuages échevelés couraient sur le ciel de toile, un ouragan, produit par un moteur de 5 CV, soulevait les draperies, la lumière baissait, des éclairs zébraient la pénombre, et le public, cloué dans les fauteuils, se demandait si le plancher n'allait pas se disloquer sous ses pieds. Une vague d'applaudissements salua la chute du rideau. Mais je devinai qu'ils s'adressaient plus au metteur en scène qu'à l'auteur. Et, en effet, au deuxième acte, les spectateurs, mis en appétit, attendirent un cataclysme encore plus formidable. Or, je prétendais les intéresser non plus par des perturbations atmosphériques mais par des conflits de caractères. Je ne tardai pas à me rendre compte que ces subtilités psychologiques ne pesaient guère, pour eux, à côté du séisme auquel je les avais d'abord conviés. Il me semblait bizarrement que, monté avec moins d'éclat, le spectacle eût produit un plus grand effet. A la fin du dernier acte, alors que le guitariste, figurant la mort, emportait dans ses bras le corps de Dany Robin revêtue d'une ravissante robe blanche signée Rochas, Raymond Rouleau avait prévu un foisonnant dégagement de pots fumigènes. La fumée, après avoir envahi la scène, reflua dans la salle, les premiers rangs des fauteuils se vidèrent, et les spectateurs, parmi lesquels de nombreux critiques, se hâtèrent vers la sortie en toussant. Malgré ce mauvais départ, la pièce eut une carrière honorable. En 1949, je donnai, au théâtre des Bouffes-Parisiens, une autre pièce, une comédie en trois actes, *Sébastien,* avec Alfred Adam, Yves Deniaud et José Artur dans les principaux rôles. La presse fut plus chaleureuse que pour *Les Vivants.* Puis, j'adaptai pour la scène mon roman *Le Vivier,* sous le titre *Madame d'Arches a dit peut-être.* Cette troisième pièce a ma préférence. Elle fut jouée en province, à l'étranger et à la télévision française par deux admirables actrices : Françoise Rosay et Berthe Bovy. J'ai encore dans les yeux le couple extraordinaire formé par ces vieilles dames (Mme Chasseglin et sa demoiselle de compagnie, Mlle Pastif), assises face à face, devant une table où s'étale une patience. Grâce à elles, j'ai goûté la joie d'une parfaite coïncidence entre le rêve et la réalité, au théâtre. Néanmoins, je n'ai pas persévéré dans cette voie. J'ai pris une telle habitude de travailler en solitaire, dans mon bureau, d'être le maître absolu de mes personnages, que j'ai peur maintenant de livrer mon texte aux inévitables déformations de l'interprétation, de la mise en scène, de la décoration, et d'être jugé non sur ce que j'ai fait mais sur ce que les autres ont fait pour moi... ou de moi! Le roman est définitif par lui-même, la pièce est un prétexte à modifications continuelles à travers les acteurs. Un beau roman, publié sur un vilain papier, ne perd rien de ses qualités intrinsèques, une belle pièce, jouée par de mauvais comédiens, devient méconnaissable. Oui, l'art du théâtre est plein d'embûches pour un romancier qui a toujours eu les coudées franches. Et pourtant rien n'est attirant pour lui comme ce travail d'équipe. Ce qu'il recherche, sans le savoir, passé la porte de son bureau, c'est le contact charnel avec le public. Le romancier écrit pour des gens qu'il ne voit pas. Certes, son livre édité, il lit la presse qui le loue ou le déchire, il reçoit des lettres de lecteurs. Mais les autres, les milliers d'autres qui se sont penchés sur son bouquin, que pensent-ils de ses héros et de lui-même? Il ne le saura jamais. Et il rêve à l'auteur de théâtre qui tient chaque soir, s'il le veut, à portée de ses regards, la masse de ses clients de passage. Cet homme heureux peut entendre rire, soupirer, tousser d'impatience, applaudir ceux qui sont venus attirés par son affiche. Il prend leur pouls sans quitter sa place, dans l'ombre, derrière un portant. Succès et échec sont ressentis par lui directement, physiquement. Dans un cas comme dans l'autre, quelle secousse!

– *N'écrirez-vous plus jamais pour le théâtre?*

– J'espère bien que si. Mais, d'avance, j'ai peur de la désillusion qui m'attend.

– *En 1946, l'année même où vous faites jouer* Les Vivants, *vous publiez une monumentale biographie de Pouchkine. Quels motifs vous ont déterminé à choisir ce poète russe, peu connu en France et difficilement traduisible en français, pour en évoquer l'œuvre et la carrière?*

– Parce qu'il est, en Russie, à l'origine de toutes les œuvres et de toutes les carrières. S'il est possible d'étudier la littérature française, anglaise, allemande, sans se référer constamment à un même écrivain pour expliquer les travaux de ceux qui lui ont succédé, il est impossible de parler des grands hommes de la littérature russe sans évoquer celui à qui ils doivent tout. Certes, il existait un embryon de littérature, en Russie, avant Pouchkine, mais la littérature russe est née avec lui. Ses prédécesseurs bornaient leur ambition à copier les modèles occidentaux. Ils s'exprimaient en russe et pensaient en français. Lui, le premier, pensa et s'exprima en russe. Et avec quelle fougue, quelle hâte, quel brio! Savait-il qu'il avait peu de temps à vivre? Il est permis de le supposer, quand on considère l'étonnante diversité de ses travaux. Tué en duel, en janvier 1837, à trente-sept ans, il a pu néanmoins ouvrir de tous côtés les voies où allaient s'engouffrer ses glorieux héritiers. Car il n'est pas seulement le plus pur poète lyrique de son siècle. Le théâtre russe est encore bien pauvre : il lui donne *Boris Godounov* et les « quatre petites tragédies », qu'il n'a ni le loisir ni le désir de développer. Il s'attaque à l'histoire russe avec son *Émeute de Pougatchev*. Il crée le roman historique russe avec *La Fille du capitaine,* le roman fantastique russe avec *La Dame de pique,* la poésie populaire russe avec ses contes en vers du *Tsar Saltan* et du *Coq d'or*. « Nous sommes tous sortis du *Manteau* de Gogol », disait Dostoïevski. Mais *Le Manteau* de Gogol n'est-il pas lui-même sorti du *Maître de poste* de Pouchkine, et n'est-ce pas Pouchkine qui a livré à son jeune confrère le sujet des *Ames mortes* et du *Revizor*? Lermontov n'a-t-il pas découvert sa route en commençant par imiter Pouchkine? Tourgueniev n'est-il pas resté fidèle, toute sa vie durant, au culte de Pouchkine et n'a-t-il pas été inspiré par la Tatiana d'*Eugène Onéguine* en décrivant la jeune fille russe dans ses propres romans? Le « réalisme hallucinant » de Dostoïevski n'était-il pas en puissance dans *La Dame de pique* de Pouchkine? Enfin *La Guerre et la Paix* de Tolstoï n'est-elle pas une orchestration géniale des thèmes esquissés dans *La Fille du capitaine?* Et pourtant, cet homme pressé d'écrire était aussi pressé de vivre. Quel chaos que son existence! Amours fulgurantes, une femme chassant l'autre, passion du jeu, révolte contre le pouvoir, exil à la campagne pour quelques vers satiriques, retour en grâce sous le règne du terrible Nicolas Ier, mariage avec une jeune beauté à l'œil charmeur et à la tête vide, tracasseries policières, mondanités, jalousie... Un brillant officier français, admis à servir dans l'armée russe, fait une cour assidue à l'épouse du poète. Des lettres anonymes insultantes incitent Pouchkine à provoquer l'impudent en combat singulier. Et le plus grand écrivain russe de son époque tombe, frappé à mort par la balle d'un étranger. Il y a un contraste saisissant entre ce destin de désordre et cette œuvre de mesure. S'il avait écrit comme il vivait, Pouchkine eût été un poète romantique, inégal dans son inspiration. S'il avait vécu comme il écrivait, il eût été un homme pondéré, sensible et heureux. Il n'a été ni l'un ni l'autre. Il a été Pouchkine. Au seuil de la littérature russe prophétique et tourmentée, il y a cette tête brûlée, cet écervelé, ce fou, qui ne pèse pas ses actes, mais qui pèse ses mots! Peut-être est-il le seul écrivain au monde qui ait réussi à marier dans son œuvre deux tendances aussi opposées : simplicité de la forme et originalité du fond. Ce virtuose avait à cœur de rester en deçà de ses moyens. Il suggérait plus qu'il ne décrivait. J'ai souvent été surpris de constater, en me référant au texte, que certains passages d'un poème ou d'un récit de Pouchkine, qui, dans mon souvenir, tenaient une place considérable, se ramenaient, au vrai, à quelques lignes. Quand on considère la vie de Pouchkine, on peut y déceler un roman d'amour entre lui et l'Europe. Il avait la nostalgie de l'Occident, souhaitait se rendre en France, en Italie, en Angleterre, en Espagne, évoquait ces pays dans ses œuvres, mais le despotisme de Nicolas Ier lui interdisait de quitter la terre russe. Il avait été fortement marqué par la littérature française et anglaise, mais batailla vingt ans pour échapper à cette influence. Il souffrait en Russie et voulait être russe. Ses premiers vers furent écrits en français et ce fut un Français qui le tua. « Traduire cette langue de diamant est une gageure à rendre fou de désespoir », notait Melchior de Vogüé. Je l'ai appris à mes dépens. Ayant décidé de citer d'abondants extraits des poèmes de Pouchkine dans mon livre, je dus me résoudre à les traduire en vers blancs. Mais le russe est une langue à accent tonique. Sa mélodie est fondée sur le martèlement des syllabes fortes. Les mots français, même judicieusement assemblés, produisent une musique plus étouffée, plus uniforme. Autre difficulté : le vocabulaire russe est plus riche, plus savoureux, plus primitif, je vous l'ai déjà dit, que le vocabulaire français. Un beau texte français perd moins, je crois, à être traduit en russe qu'un beau texte russe à être traduit en français. N'est-ce pas l'usage de cette langue foisonnante, voluptueuse, qui a marqué la pensée des écrivains russes? Le poète russe est merveilleusement servi par son dictionnaire. Il est un maître magicien. Le philosophe russe, au contraire, éprouve de la peine à couler sa démonstration dans une forme concise. Ses idées les plus abstraites se trouvent, à cause de la langue qui les habille, entachées d'une sensualité personnelle. Sa dialectique est d'abord passion. Et cela est si vrai que la plupart des écrivains russes retournent inlassablement les thèmes essentiels de l'existence : Dieu, l'âme, la mort, le bien, le mal... Le vocabulaire dont ils disposent ne les incite pas à comprendre, à expliquer, mais à pénétrer par effraction dans l'apaisseur du secret. D'où une impression de monotonie, obsédante, angoissante. Quand les écrivains français abordent la métaphysique, c'est avec le désir d'émettre une théorie nouvelle sur un vieux sujet. La qualité techniquement parfaite de leur langue les incline à analyser, à diviser, à déduire, alors que le Russe considère le problème en bloc. Si un Russe se perd dans les méandres de la réflexion, il remplace la logique par le sentiment, l'intelligence par l'élan du cœur. Un Français, lui, ne renonce jamais complètement à la logique, à l'intelligence. En 1824, Pouchkine disait déjà que la Russie ne possédait pas de « langue métaphysique ». Et, en effet, ses plus grands penseurs sont des romanciers qui s'expriment à travers les tourments de leurs personnages. Leurs théories contradictoires ont la chaleur même de la vie. Quoi qu'il en soit, j'ai apporté un soin pieux à traduire des citations de Pouchkine. Et pourtant je l'ai certainement trahi, appauvri, par crainte de trop m'écarter du texte original. Les Français ne liront les poèmes de Pouchkine avec profit que si un grand poète français les récrit sans se préoccuper de la succession des mots russes, mais avec assez de talent pour en restituer la musique. Autre chose : dès le début de mon travail, j'avais compris qu'il me serait impossible d'expliquer la psychologie de Pouchkine sans animer, autour de lui, la foule bigarrée de ses amis et de ses détracteurs. Je m'efforçai donc, en piochant dans les documents d'époque, de ressusciter cent visages, cent destins croisés. Je m'intéressais aux robes, aux jeux, aux goûts culinaires, aux potins de coulisses, aux remous littéraires et mondains de cette société. Je replongeais Pouchkine dans son temps. Une ivresse très douce me prenait à ressusciter toutes ces figures secondaires. Je me dépaysais, je partais à la dérive... Au mois de juin 1945, alors que je corrigeais le manuscrit de mon livre, je reçus une lettre du baron de Heeckeren d'Anthès, petit-fils de l'homme qui avait tué le poète en duel. Averti de mon entreprise, il m'écrivait, fort courtoisement, pour me dire qu'il avait en sa possession quelques documents qui pouvaient m'intéresser. Sachant que toutes les recherches possibles avaient été tentées dans ce domaine par les pouchkinistes soviétiques et occidentaux, je n'espérais pas découvrir le moindre inédit. Néanmoins, je pris rendez-vous avec mon correspondant. Il me reçut dans son appartement de la rue Scheffer, à Paris, avec une amabilité inquiète, tant il était sensible encore à tout ce qui lui rappelait la mort violente de Pouchkine. Chaque fois que quelqu'un s'avisait de remuer cette vieille intrigue de boue et de sang, la famille de Heeckeren d'Anthès se sentait rétrospectivement éclaboussée. Je le compris en prenant place dans le salon, entre mon hôte et sa femme. Aux murs pendaient des portraits, des miniatures, des estampes grisâtres représentant le héros du drame. D'emblée, je fus au cœur de la question. Le baron de Heeckeren, un vieillard grand, robuste et lourd, au visage énergique, m'interrogea sur ma conception des événements, me contredit sur certains points et finit par me montrer trois ou quatre lettres inédites d'un intérêt tout à fait secondaire. J'acceptai de lui laisser un exemplaire dactylographié de ma biographie et le quittai passablement déçu. A peu de jours de là, il m'appela au téléphone pour me dire qu'il avait lu mon ouvrage, que toute cette histoire revivait en lui d'une façon saisissante et qu'il désirait me voir sans tarder. J'accourus et il m'avoua, le visage bouleversé, qu'il n'avait pas dormi de la nuit, tourmenté par un débat de conscience, qu'il détenait certaines lettres relatives à « l'affaire », mais que ni son père ni lui-même n'avaient voulu les montrer à personne, par crainte qu'on n'en fît un mauvais usage. Étant donné l'importance de mon travail, il consentait à me laisser prendre connaissance de ces documents, mais à une condition : je n'en ferais aucune mention dans mon livre. En disant ces mots, il tira d'un portefeuille des papiers jaunis, couverts d'une écriture fine, et les déposa devant moi. Je compris, dès les premières lignes, qu'il s'agissait de quelques lettres de Georges d'Anthès à son père adoptif, le baron de Heeckeren, dans lesquelles il évoquait son amour pour Nathalie Pouchkine. Jusqu'à ce jour, les biographes de Pouchkine jugeaient sévèrement cette jeune femme insensible aux souffrances d'un mari génial et ce fringant officier qui s'amusait à troubler la paix d'un ménage, dans l'espoir d'inscrire un nouveau nom à son tableau de chasse. On parlait d'imbroglio mondain, de légèreté criminelle. Une phrase venue d'outre-tombe, et cette théorie tombait en poussière à mes yeux. Georges d'Anthès avouait, noir sur blanc, qu'il était « amoureux fou » de Nathalie et qu'elle, de son côté, souffrait de ne pouvoir lui parler qu'« entre deux ritournelles de contredanse ». Dans une autre lettre, également inédite, il racontait comment il avait imploré Nathalie Pouchkine de devenir sa maîtresse et de quel air noble et triste elle lui avait répondu par un refus. Fragilité des reconstitutions historiques! Le biographe évoque la vie de son héros d'après les quelques éléments dont il dispose. Et il suffit d'une lettre découverte après coup pour que surgisse une autre vérité, elle aussi provisoire peut-être. J'étais troublé, exalté par cette nouvelle vision de la tragédie et suppliai le baron de Heeckeren de m'autoriser à publier ces documents dans mon étude. Après une longue discussion, au cours de laquelle il me fallut vaincre, l'un après l'autre, tous ses scrupules, il accepta de faire copier pour moi, et sous son contrôle, les lettres dont il avait toujours refusé la communication. Sa femme se mit à la machine à écrire. Nous nous tenions derrière elle, pendant qu'elle tapait. Quand elle eut fini et que j'eus empoché mon bien, la conversation reprit, plus animée encore. Mon hôte parlait de tous ces morts avec autant d'ardeur que s'ils eussent été ses proches amis. Leur aventure s'était déroulée la veille. La cour et la ville étaient en émoi. On venait d'enterrer Pouchkine. Nous ne nous trouvions pas dans un appartement parisien, mais à Saint-Pétersbourg, au centre même du scandale. Plus tard, sur l'invitation du baron de Heeckeren, je fis un voyage à Soultz (Haut-Rhin), où sont inhumés les membres de la famille de Heeckeren. Là aussi, je pus glaner quelques souvenirs. A la lueur de ces découvertes, je retravaillai mon livre. Les lettres provenant des archives du baron de Heeckeren y furent, bien entendu, insérées. Mais l'ombre de Pouchkine ne me lâchait pas. Cinq ans plus tard, je devais revenir à lui à travers la biographie d'un autre poète russe, Michel Lermontov. Une fatalité tragique associait le destin de ces deux hommes. Il me paraissait impossible de parler de l'un sans parler de l'autre. Jeune officier, frais émoulu de l'École militaire, Michel Lermontov avait Pouchkine pour idole. Ses vers – qu'il s'agît du *Boyard Orcha,* du *Chant du tsar Ivan Vassilievitch,* ou de *Borodino* – témoignaient de la même fermeté d'écriture et du même élan que ceux de son illustre modèle. En apprenant la fin tragique de celui qu'il vénérait sans l'avoir jamais rencontré, il fut frappé de désespoir et écrivit un poème virulent, intitulé *Sur la mort de Pouchkine,* dans lequel il flétrissait la haute aristocratie responsable d'avoir conduit le poète au duel. Ce poème lui valut d'être incarcéré, jugé et envoyé au Caucase, pour servir dans un régiment de dragons. Quelques années auparavant, Pouchkine, exilé comme lui pour avoir composé des épigrammes contre le régime, suivait cette même route qui menait aux provinces du Sud. Ainsi, en vengeant l'honneur de son maître, le petit officier obscur recueillait à la fois la sympathie des foules et la méfiance du gouvernement. Il prenait la succession de Pouchkine dans l'admiration des uns et la haine des autres. Il acceptait l'héritage en bloc. La conquête du Caucase par les troupes russes se heurtait, depuis 1815, à la résistance farouche des montagnards. Dans ce pays que Pouchkine avait célébré avant lui, Lermontov connut un regain d'inspiration poétique. Ses plus beaux poèmes, *Le Novice, Le Démon,* et son roman en prose, *Un héros de notre temps,* furent conçus, sinon élaborés, dans une atmosphère de marches, de contremarches, de bivouacs, d'escarmouches sanglantes. La publication de ses œuvres apporta au cornette Lermontov une gloire rapide. Salué du titre de « second

Pouchkine », il put retourner en permission à Saint-Pétersbourg. Là, il rencontra, dans un salon, Nathalie, la veuve de Pouchkine. Il devait repartir, le surlendemain, pour le Caucase. N'était-il pas étrange que cette femme, dont les coquetteries avaient exaspéré la jalousie de Pouchkine au point de l'amener sur le terrain, se fût dérangée pour lui souhaiter, à lui, continuateur de Pouchkine, un bon voyage et un prompt retour? De nouveau, il mettait ses pas dans les pas de Pouchkine. Une prémonition funèbre le guidait. Revenu au Caucase, en 1841, il se prétendit malade pour justifier la nécessité d'un séjour dans la station thermale de Piatigorsk. A Piatigorsk comme à Saint-Pétersbourg, ses attaques contre la coterie mondaine, coupable selon lui d'avoir poussé Pouchkine à une terrible extrémité, groupèrent contre lui quelques ennemis importants. A la suite d'une mauvaise querelle, un de ses anciens condisciples à l'École militaire le provoqua en duel et le tua. Comme Georges d'Anthès avait tué Pouchkine. A quatre ans d'intervalle. Pouchkine était tombé à trente-sept ans, Lermontov tomba à vingt-sept ans. Ce qui me paraissait captivant, dans ce bref destin, c'était que la mort n'intervenait pas dans la carrière de Lermontov à la façon d'un accident. Les péripéties de son existence semblaient, tout au contraire, agencées par un romancier trop méticuleux, qui prépare les lecteurs au dénouement en multipliant les signes néfastes autour de son héros. Les différentes routes que celui-ci pourrait prendre pour échapper à la catastrophe se ferment une à une. Il avance dans une voie toujours plus étroite. Il ne tente plus un geste qui ne soit nécessaire à sa perte. L'ombre de Pouchkine le pousse dans le dos.

– *Votre biographie de Lermontov n'a été publiée qu'en 1952. Revenons à l'époque où vous avez publié votre* Pouchkine. *Après ce voyage dans le temps, sur les traces de l'auteur d'*Eugène Onéguine, *vous vous êtes, je crois, accordé une sorte de récréation en faisant un voyage dans l'espace. Les États-Unis vous attiraient.*

– Bien sur! Ils étaient les grands vainqueurs de la guerre. Nous, pauvres Européens, avions rêvé de leur puissance, de leur richesse, de leur générosité, pendant les interminables années de l'Occupation. Après une si longue rupture de contact, il n'y avait pas un Français qui, en 1947, ne fût désireux d'aller se rendre compte, sur place, du phénomène américain. En outre, ma sœur habitait New York. Nous n'avions pu correspondre avec elle durant les hostilités. J'avais hâte de la revoir. Par chance, je reçus une invitation du Mills College, à Oakland, en Californie, pour y prononcer une série de conférences, pendant la session d'été. J'acceptai d'enthousiasme. Arrivant d'une France exsangue, je fus stupéfié, à New York, où je débarquai d'abord, par les mille signes d'abondance qui me sautaient aux yeux. Voitures somptueuses, vitrines éblouissantes, chemises, chaussures, jambons, beurre, cigarettes, fruits. Tout, ici, vous était offert sans restriction. L'architecture sévère des gratte-ciel m'écrasait. J'éprouvais dans la rue le sentiment d'un anonymat vertigineux. Jamais la France ne m'avait paru plus petite, plus charmante, plus vulnérable, plus précieuse que dans cette ville aux dimensions gigantesques, devenue la capitale du monde. Brutalité et naïveté, discipline et décontraction, gentillesse apparente et dureté profonde, jour après jour j'apprenais à connaître ce peuple étonnant. En vérité, je n'étais pas à très bonne école, car, logeant chez ma sœur et mon beau-frère, je voyais surtout des émigrés russes. Mais, étant tous devenus citoyens américains, ils me parlaient en russe de leur nouvelle patrie avec la flamme d'authentiques descendants des colons du *Mayflower*. Je devais d'ailleurs constater par la suite le merveilleux pouvoir d'absorption des États-Unis. Était-ce le climat, la nourriture, les études, les journaux, l'architecture, la langue? Toujours est-il qu'en peu d'années, dans cet immense pays, les étrangers perdaient leur nationalité première pour penser et agir comme la masse de ceux qui les entouraient. Ne restaient de leurs origines que quelques traditions de familles et le goût d'une certaine cuisine. Chez ma sœur, évidemment, on mangeait russe, on buvait russe, comme chez mes parents. Je retrouvai là un autre aspect de l'exil, non plus sous le drapeau tricolore mais sous la bannière étoilée. Le studio de danse de ma sœur était attenant à son appartement. Des jeunes filles essoufflées levaient la jambe, aux sons saccadés d'un piano, à deux pas du salon où nous agitions de graves problèmes politiques et sociologiques. Après quelques semaines passées à New York, je partis à destination de Los Angeles. Pour ce long trajet (quatre mille kilomètres!), j'avais dédaigné l'avion, rapide et commode, et opté pour le train qui traversait l'Amérique de part en part. Ainsi eus-je l'occasion, à la fois, de contempler un panorama admirable et de lier connaissance avec des compagnons de voyage qui me semblaient jaillis tout droit des films américains à succès. Le cinéma, je le retrouvai à Los Angeles où, bien entendu, je visitai d'énormes studios, rencontrai d'énormes vedettes et avalai d'énormes *hamburgers*. Puis, d'un bond à travers les airs, j'atteignis San Francisco. A Oakland, m'attendait le fameux Mills College, avec son parc, sa piscine, sa Maison française, son *coffee shop* et ses étudiantes de tout âge et de toute nationalité, venues pour apprendre la « civilisation française », la « stylistique », la géographie, la tapisserie ou la composition musicale. Mes cours me prenaient peu de temps. Je les faisais en français. Mes auditrices connaissaient mal notre langue mais s'évertuaient à l'apprendre. Je leur savais gré de leur effort, car, me disait-on, le nombre des pensionnaires de la Maison française avait diminué depuis la défaite de la France. Peut-être me serais-je ennuyé au Mills College si je n'y avais rencontré Darius et Madeleine Milhaud. Établis sur le « campus » depuis 1940, l'un comme professeur de composition et d'harmonie, l'autre comme professeur de diction, ils étaient adorés par leurs élèves et par leurs collègues, qui voyaient en eux les représentants d'une France en voie de disparition. Leur maison était ouverte à tous vents. Quand je venais chez eux, j'étais sûr de trouver une jeune fille en train de fouiller dans le réfrigérateur pour se beurrer une tartine. Une autre, effondrée en larmes devant Madeleine Milhaud, lui confiait ses peines de cœur. La radio jouait un air de jazz explosif. Quelqu'un clouait une caisse au pied de l'escalier. Et, assis derrière une table de bridge encombrée de papiers, Darius Milhaud, impassible, travaillait à sa prochaine symphonie. Son beau visage de lion débonnaire, aux lèvres épaisses et aux traits ronds, était penché sur la partition. A la fin de mes cours, ma séparation avec les Milhaud et avec mes élèves fut mélancolique. Mais, un couple d'Américains m'ayant offert de me ramener à New York en voiture, la perspective de cette expédition, par petites étapes, à travers les États-Unis, compensa vite dans mon esprit le regret de quitter la Californie. Mon voyage par le train avait été peu de chose auprès de l'extraordinaire déroulement de paysages auquel j'assistai sur le chemin du retour. Forêts de séquoias, déserts rôtis de soleil, rochers photogéniques pour *western,* côtes abruptes, rivières de rêve, lacs sinistres, geysers furieux, animaux sauvages du parc de Yellowstone, et, de loin en loin, de petites villes, toutes semblables, avec leurs maisonnettes de bois peintes en blanc, leur carré de gazon et leurs enseignes au néon proclamant la supériorité du *Coca-Cola* ou l'excellence d'un *Eating shop*. A tout moment, j'étais frappé par le contraste entre cette nature primitive, démesurée et la sagesse des habitations humaines qui la parsemaient. Une fois sur deux, nous nous arrêtions, pour la nuit, dans une demeure amie. Le couple qui me pilotait avait ainsi, à travers tout le pays, des lieux de refuge. L'hospitalité des gens qui nous accueillaient était d'autant plus surprenante que, souvent, ils n'avaient pas été avertis de notre arrivée.

Personne ne nous refusa jamais le gîte et le couvert. Était-ce, chez les Américains, une survivance du temps des pionniers? Je le croyais sans peine. Maison ouverte et réfrigérateur garni, ils avaient toujours l'air d'attendre un visiteur inconnu. Revenu en France, il me sembla que j'avais la tête à l'envers, comme un homme qui a bu trop d'alcools différents en une seule soirée. Paris, soudain, me paraissait une petite ville de province misérable et douce. Je décidai de raconter mes aventures dans un livre : *La Case de l'Oncle Sam.* C'est un reportage rapide, souriant, impertinent et qui, je pense, a perdu, avec le temps, beaucoup de son intérêt. Les États-Unis ont tellement changé depuis 1947! *La Case de l'Oncle Sam* a été publiée en feuilleton dans *Cavalcade.* Une cavalcade au pas de plus en plus hésitant. Malgré le succès de prestige que remportait le journal, nous perdions de l'argent. La mine des commanditaires s'allongeait. Ils finirent par arrêter les frais. Notre équipe se dispersa. Mon expérience journalistique était terminée. Il y eut, à ce moment-là, un grand changement dans mon existence. Non parce que je renonçai au journalisme, mais parce que je rencontrai celle qui est aujourd'hui ma femme. Avec elle, entrèrent dans ma vie le charme, la fantaisie, le courage, l'ironie, la vivacité, quelque chose d'éminemment français. Guite avait perdu son mari, médecin à Chamonix, tué par les Allemands dans une embuscade, lors de la libération de la région par les maquisards. Quand je la connus, à Paris, elle était encore sous le coup de son deuil et paraissait très loin de cet univers animé et bruyant tourné vers l'avenir. Mon mariage avec elle eut lieu en 1948. Elle avait une fille, Minouche, âgée de dix ans. D'emblée, je la considérai comme mon enfant. Notre petit groupe prit sa vitesse de croisière dans la maison de l'avenue Gourgaud. Des aménagements intérieurs, des changements de meubles, l'achat d'une voiture marquèrent les premiers temps de notre union. Un chien, puis une chatte firent irruption dans notre intimité. Guite se sentait de parfaite connivence avec ces compagnons à quatre pattes. Elle épousait sans effort les mystérieuses démarches de leur esprit. Et je découvrais derrière elle les plaisirs de l'amitié avec le monde animal. Quel mouvement, autour de moi, après des années d'immobilité! Il me semblait qu'auprès de Guite j'apprenais à vivre. Ou plutôt que la vie m'arrivait portée par elle, filtrée par elle et que j'en goûtais enfin tout le suc. Homme d'ombre, de travail et de solitude, je comptais sur elle inconsciemment pour maintenir le contact entre moi et la réalité. Quand elle rentrait d'une course en ville et me racontait avec animation ce qu'elle avait vu et entendu, j'avais l'impression que les murs de mon bureau tombaient et que je participais aux menus incidents du monde extérieur. En outre, elle se révéla, pour moi, un critique sûr et sévère. Très vite, je pris l'habitude de lui lire, chapitre après chapitre, ce que j'écrivais. Nous en discutions ensuite avec une grande liberté. Je défendais mon texte pied à pied. Mais, la plupart du temps, je me rangeais à son avis. Incontestablement, elle remarquait, dès l'abord, des défauts dont j'eusse mis longtemps à m'apercevoir. Pour que l'écrivain reconnaise ses erreurs, il faut laisser à la pâte le temps de se refroidir. Un lecteur impartial, en revanche, peut avoir, à chaud, une réaction plus juste. Cette pratique de communication intellectuelle constante fit que, dès le début, nous vécûmes, elle et moi, en compagnie de mes personnages. Ils occupaient nos pensées comme autant d'êtres réels. Nous parlions d'eux entre nous, pendant des heures, tout réjouis, chaque fois qu'ils nous surprenaient par un écart de conduite. Aujourd'hui encore – je dirai même plus que jamais! – j'éprouve le besoin de cette collaboration dans la rêverie romanesque. Mais ma femme n'est pas mon seul censeur. Comme autrefois, mes amis lisent mes manuscrits; comme autrefois, ils tracent des croix dans les marges; et, comme autrefois, je leur sais gré de leur intransigeance. Ayant publié le troisième tome de *Tant que la terre durera,* je me lançai, en 1951, dans un roman court, d'inspiration française : *La Tête sur les épaules.* Depuis longtemps, j'étais attiré par l'histoire de Joseph Le Bon, qui fut nommé, en 1794, commissaire de la Convention dans le Pas-de-Calais et, saisi d'un zèle révolutionnaire, terrorisa le pays par des exécutions capitales en série avant de mourir lui-même sur l'échafaud. G. Lenotre a raconté, en quelques pages, le destin du fils de Le Bon, qui, toute sa vie durant, fut obsédé par le souvenir de ce père forcené. Ma première intention avait été d'écrire un roman où j'analyserais les états d'âme du fils d'un de ces pourvoyeurs de la guillotine. Puis, subitement, je décidai de transposer cette situation dans l'actualité. Au lieu d'être le fils d'un terroriste de 1794, mon héros devint le fils d'un tueur de 1944. Sa crise de conscience ne fut plus placée dans le climat de l'époque post-révolutionnaire mais dans celui de l'après-guerre. Il rejoignit les rangs de ces adolescents désorientés, démunis, assaillis de doutes, élevés vaille que vaille dans le chaos de l'Occupation, puis de la Libération. Songez aux garçons qui avaient dix ans, douze ans à l'époque. Ils avaient appris, par expérience, que rien n'était solide, ni même respectable, dans le monde qui les entourait. Du jour au lendemain, des personnages haut placés se voyaient dénoncés comme des salauds exemplaires, les situations les mieux établies s'effondraient dans la boue, les prisons changeaient de locataires, les journaux, de titre, les drapeaux, de couleur, et l'argent, de mains. Par une décision politique dont le sens échappait aux enfants, ce qui était un devoir la veille devenait un crime le lendemain, le mal et le bien, le patriotisme et la trahison, l'honnêteté et la scélératesse apparaissaient comme des notions relatives, soumises à l'appréciation des partis. Prise dans le bouleversement des faits et des idées, la génération à laquelle appartient mon héros ne pouvait plus croire, de toute son âme, en quelqu'un, en quelque chose. Elle se méfiait des grands hommes et des grands mots. Elle refusait de penser à l'avenir. Elle vivait au jour le jour. Et sa souffrance venait de là.

– Croyez-vous que les jeunes d'aujourd'hui puissent se reconnaître en Étienne Martin?

– Non, pour ce qui est de la motivation apparente et, pour ainsi dire, temporelle, occasionnelle de l'angoisse. Oui, pour ce qui est de l'angoisse elle-même. Le caractère d'Étienne Martin est encore celui de nombreux adolescents de ma connaissance. Même pureté foncière, même naïveté dans l'enthousiasme et la haine, même refus des demi-mesures, des compromissions, des combinaisons. La jeunesse, c'est l'excès en tout. Étienne Martin est un écorché vif. Un chercheur de vérité. Qui ne l'est, plus ou moins, à son âge?

– *Cette vérité, il croit la trouver d'abord dans les théories de son professeur de philosophie, M. Thuillier. Or, ce personnage est un farouche partisan de l'existentialisme. Avez-vous cherché, dans* La Tête sur les épaules, *à critiquer, sous une forme romancée, les principes de la philosophie existentialiste?*

– En aucune façon! Si mon Étienne Martin avait vécu à une autre époque, je l'aurais placé dans le sillage d'Auguste Comte, de Nietzsche, de Bergson, de Teilhard de Chardin, que sais-je? Mais, en 1950, un jeune homme comme lui, avec son inquiétude, sa soif de comprendre, sa peur d'avancer, devait être attiré par la philosophie existentialiste. *La Tête sur les épaules* n'est donc pas un pamphlet dirigé contre les maîtres de l'existentialisme, mais la dénonciation des dangers de la philosophie quelle qu'elle soit lorsqu'elle se transforme en une règle aveugle, tyrannique et prétend expliquer les manifestations les plus inexplicables de la vie. Mon roman n'oppose pas une philosophie dont je serais le défenseur à la philosophie sartrienne, mais la réalité chaude, palpable, à l'enseignement des constructeurs de systèmes. Cela est si vrai qu'au paroxysme de sa révolte mon Étienne Martin n'est nullement convaincu par les arguments antiphilosophiques de Maxime Joubert, l'amant de sa mère. En rentrant chez lui, après sa conversation avec cet homme, il est toujours enfoncé dans la négation et la violence. C'est seulement en voyant sa mère se préparer à recevoir celui qu'elle considère déjà comme son mari qu'il revient à d'autres sentiments. Elle est si heureuse! Elle a dressé la table, elle a acheté des hors-d'œuvre appétissants, des bouteilles de vin fin... Étienne regarde avec émotion cette nappe propre, ces raviers garnis, ces verres étincelants, tous ces signes de la vie vraie. Et, s'il n'ose plus mettre en pratique les théories apprises auprès de son professeur, c'est parce qu'il a sous les yeux le spectacle, extraordinaire dans sa simplicité, d'une femme aimante. Évidemment, j'aurais pu prévoir une fin plus noire, pousser mon personnage vers le gouffre, le montrer cédant à la hantise de l'acte gratuit, se suicidant ou tuant l'amant de sa mère. J'ai préféré sauver *in extremis* cet égaré en perte d'équilibre. Je l'ai imaginé émergeant du tourbillon philosophique et, encore à demi asphyxié, ouvrant la bouche pour respirer, à pleins poumons, l'air de la vie quotidienne. N'est-ce pas ainsi que s'achèvent, neuf fois sur dix, les crises de l'adolescence?

– *Au fond, ce qui rattache Étienne Martin à la vie, c'est sa mère, c'est la cellule familiale. En tant que romancier, vous attribuez, je crois, une grande importance à la famille!*

– La famille constitue un monde clos, qui sécrète ses habitudes, ses dogmes, ses engouements, ses inimitiés, son odeur, sa chaleur, ses légendes, son vocabulaire. Dans cette atmosphère dense, des fibres mystérieuses relient les êtres. Chaque mouvement de l'un retentit sur tous les autres. Quoi de plus exaltant que l'analyse de ces interdépendances! Pour un romancier, le personnage isolé est certes intéressant, mais comme il prend de la profondeur quand on peut l'étudier dans son milieu, dans son jus! Alors, tout apparaît nourri par l'enfance. A la maison, parmi les siens, l'homme est entier, avec ses racines. Étienne Martin sans sa mère, sans l'appartement exigu qu'il partage avec elle, sans le bruit de la machine à coudre, ne serait pas tout à fait Étienne Martin.

– *N'y a-t-il pas un arrière-plan psychanalytique à votre roman?*

– Peut-être... Je n'en sais rien... Et je ne cherche pas à le savoir... Je crains, pour le romancier, la pratique délibérée de la psychanalyse. Il me semble qu'en partant de données psychanalytiques précises pour la construction de ses héros l'auteur risque de les transformer en types cliniques. Au lieu de les présenter comme des êtres vivants, contradictoires, absurdes, insaisissables, il a tendance à en faire des obsessions incarnées. Il ne sont plus des hommes travaillés de complexes mais des complexes faits hommes. Ils portent une étiquette au front. Ils agissent selon les sacro-saintes constatations de la science. D'où un danger de systématisation. Je ne doute pas que l'inspiration de certains écrivains ne soit fécondée par la psychanalyse. En ce qui me concerne, je ne veux pas de clefs psychanalytiques à mes personnages. Je les préfère nébuleux. Libre au lecteur de leur découvrir, après coup, des motivations inconscientes qui relèvent des théories freudiennes. Mon propos, à moi, n'est pas d'exposer de façon rationnelle des phénomènes irrationnels, mais d'essayer de donner vie aux fantômes qui hantent mon cerveau.

– *Ces fantômes sont très divers, si j'en juge par la succession de vos livres. Après* La Tête sur les épaules, *vous publiez, en 1952,* La Neige en deuil. *Des interrogations angoissées du jeune Étienne Martin, nous passons à l'histoire d'un conflit farouche et simple entre deux frères, dans la montagne. L'atmosphère confinée d'un appartement parisien est balayée par l'air vif et glacé des hautes cimes. Avez-vous pratiqué l'alpinisme dans votre jeunesse?*

- Non. D'ailleurs l'escalade et la neige ne sont, à mes yeux, qu'accessoires dans le récit. Ce qui compte, c'est l'affrontement des deux frères : Isaïe, l'ancien guide, naïf et rude, et Marcellin, le dévoyé, le retors. Cette brusque flambée de haine d'un être bon et humble contre un frère qui l'écrasait jusque-là par son intelligence, j'avais depuis longtemps envie d'en faire l'épisode central d'un roman. Mais l'intrigue et le cadre me manquaient. Où situer le drame? Dans quel milieu? Dans quel pays? A quelle époque?

D'autre part, j'avais été frappé par l'accident d'un avion, le *Malabar-Princess,* qui, venant des Indes, était tombé, en novembre 1950, sur les pentes du Mont-Blanc. Aucun rapport, dans mon esprit, entre cette catastrophe aérienne et les deux frères, si dissemblables, vivant sous un même toit. Et puis, une nuit, les thèmes se rencontrèrent. Je dis bien « une nuit », car ce fut dans un état intermédiaire entre la veille et le rêve que je construisis, de bout en bout, l'histoire de *La Neige en deuil.* Saisi d'une espèce d'hallucination, que je n'ai jamais connue depuis, je vécus les chapitres l'un après l'autre, dans leur enchaînement, jusqu'à la fin. Tout m'était donné d'un seul coup, les visages et les paysages, les caractères et les péripéties. Avant même d'avoir écrit une ligne, j'avais la vision d'un revenant à la figure gelée, aux vêtements croûteux, perdu dans la bourrasque de neige. Seule tache mouvante dans un désert immobile, imputrescible, éternel, il passait devant mes yeux d'une démarche pesante. Rien ne vivait autour de lui. Et lui-même n'était plus sûr de sa présence dans le monde. Détail étrange, dans tout ce songe, pas une couleur. Du noir et du blanc. Bien entendu, je décidai de raconter le plus fidèlement possible cette fantasmagorie dont ma mémoire avait gardé les moindres détails. Mais je me promis, en même temps, de ne pas alourdir l'histoire par des effets d'un pittoresque facile. Qu'on ne s'avise surtout pas de considérer *La Neige en deuil* comme un roman inspiré par l'alpinisme et destiné à glorifier la technique d'un guide. Mon propos, dans cette affaire, n'a pas été d'animer quelques personnages passe-partout pour servir de prétexte à la description d'une « première hivernale ». Je me suis interdit de sacrifier la psychologie de mes héros au récit de l'ascension qu'ils ont entreprise. L'essentiel, dans *La Neige en deuil,* ce n'est pas la neige, c'est le deuil.

– *En admettant que* La Neige en deuil *ne soit pas un récit d'alpinisme classique, il a bien fallu, n'étant pas alpiniste vous-mêmes, que vous vous documentiez pour l'écrire!*

– Cela ne fut pas compliqué. D'abord, j'avalai un grand nombre d'ouvrages techniques sur la question. Puis, nous nous rendîmes, Guite et moi, à Chamonix. Elle y avait vécu longtemps, connaissait bien le pays et en parlait avec une grave tendresse. Par elle, j'entrai en relation avec un ancien guide, Luc Tournier, à qui j'exposai l'aventure de mes personnages. Ensemble, nous étudiâmes, étape par étape, prise par prise, l'ascension d'Isaïe et de Marcellin. Je notai scrupuleusement ses moindres indications. Il me présenta à d'autres guides, qui, eux aussi, m'aidèrent de leurs conseils. Surtout, il nous emmena, tous les deux, dans de longues promenades. Grâce à lui, j'appris à connaître la vie de la vallée. Il ne me fallut que quelques jours pour être saisi de passion, moi qui n'étais pas alpiniste, pour ce pays de grandeur, de dureté et de mystère. J'aimais tout ici, la fière découpe des rocs et le silencieux courage des habitants, les neiges éternelles et les villages perdus. Ah! les belles maisons trapues, revêches, forteresses contre le froid, avec leur toit épais, pentu, leur « bachal » au canon ruisselant et leur haute cheminée qui fumait dans le soir. On poussait une porte et, à l'intérieur, dans l'ombre, luisait le bois d'une longue table, la panse d'un bol, l'œil d'un vieillard. Ce vieillard, pareil à un paysan quelconque, avait été guide et comptait à son actif les ascensions des aiguilles les plus difficiles, du Grépon à la Verte, des escalades dans les Dolomites, tout un passé de dangers, de prouesses. Luc Tournier essayait de mettre la conversation sur ces courses lointaines, mais l'autre se dérobait encore. La bouche molle, l'œil coincé dans un lacis de rides, il suçait sa pipe avec de petits sifflements mouillés et, par intervalles, laissait tomber un mot sur le temps qui se gâtait, sur le pré qu'il comptait vendre à des Parisiens ou sur son fils qui ne se plaisait pas à Lyon et voulait revenir au pays. Un feu de bois brûlait dans l'âtre. L'air sentait le foin, la vache, la fumée. Un vin blanc verdelet remplissait les verres. Le balancier d'une horloge allait et venait avec un battement sourd. Enfin, à contrecœur, le vieil homme consentait à nous livrer quelques souvenirs. Il ne comprenait pas très bien ce que cet étranger, qui se disait écrivain, pouvait trouver d'intéressant dans son histoire. Mais, puisque Luc Tournier l'encourageait à poursuivre... Je buvais ses moindres paroles avec avidité. Isaïe et Marcellin avaient enfin un visage, un toit, un foyer, un semblant de vie. Plus tard, Luc Tournier nous entraîna à la recherche de son troupeau de moutons, qui paissaient dans la montagne. Là encore, je me retrouvai sur les pas d'Isaïe, parmi les toisons douces, les bêlements tremblants, les tendres regards des agneaux nouveaux-nés. Guite prit un des agneaux dans ses bras. Il levait vers elle une tête fragile et peureuse. Elle caressait son ventre de soie. Des brins d'herbe, des épines gelées, des insectes morts étaient prisonniers de sa jeune laine. Il se plaignait faiblement. Une brebis, détachée du groupe, s'approcha de nous, inquiète : la mère. Subitement, l'existence bruyante et saccadée de la ville me parut absurde en comparaison de ce calme tableau. Je revins à Paris avec la montagne dans le sang. Et, aussitôt, je me mis à écrire. Le livre achevé, je le soumis encore à l'examen d'un alpiniste confirmé, Pierre Alain, pour m'assurer de son exactitude technique. On a tiré un film de *La Neige en deuil.* Un film américain. La Paramount s'était proposée pour acheter les droits du roman et je m'étais laissé convaincre, impressionné par le nom du metteur en scène, Dmytryk, et de la principale vedette, Spencer Tracy. Selon l'usage, j'avais été tenu à l'écart du travail sur le scénario. Mais, lorsque l'équipe se fixa à Chamonix pour les prises de vues en extérieur, je me précipitai sur les lieux. Ce que je vis me consterna. Spencer Tracy, malgré son immense talent, n'avait décidément rien d'un vieux guide chamoniard. Je ne reconnaissais pas mon Isaïe dans ce robuste Américain à la chemise rouge et au béret tiré sur l'oreille. Mon Marcellin était devenu un jeune premier au sourire éclatant : Robert Wagner. La voisine des deux frères, Marie Lavalloud, était une promeneuse de la Cinquième Avenue déguisée en paysanne française. Cependant Dmytryk avait engagé de vrais guides pour doubler les deux premiers rôles dans les scènes d'escalade. J'espérais, contre toute raison, que la présence authentique de la montagne ferait oublier la tricherie hollywoodienne de l'interprétation. Enfin, l'équipe repartit pour les États-Unis, emmenant le frère de Luc Tournier comme conseiller technique. Il ne put s'opposer au zèle destructeur du cinéaste. Toutes les séquences d'ascension furent reconstituées en studio, avec de faux rochers, une fausse neige, de fausses crevasses, de fausses grimaces. Le résultat fut un film en couleur, mélodramatique et ridicule, où les paysages paraissaient aussi truqués que les caractères. Heureusement, la carrière du livre me consola de celle du film. Peu de temps après la publication de *La Neige en deuil;* je reçus le grand prix littéraire du Prince Rainier III de Monaco. Fondé l'année précédente, en 1951, le prix avait été décerné, une première fois, à Julien Green. Le jury, ou plus exactement le « Conseil littéraire », présidé par le si charmant et si érudit prince Pierre de Monaco, se composait alors de Colette, d'André Maurois, de Georges Duhamel, d'Émile Henriot, de Marcel Pagnol, de Maurice Genevoix, de Gérard Bauër, de Philippe Hériat, de Jacques Chenevière, de Léonce Peillard et de Paul Géraldy. Je connaissais la plupart de ces écrivains, mais n'avais encore jamais approché Colette. En arrivant à Monaco, avec Guite, pour la réception traditionnelle au palais, je tombai sous le charme de cette petite personne très âgée, pelotonnée dans son fauteuil roulant. Je revois son visage triangulaire et poudré, sous une mousse de cheveux châtains, son œil vif, sa bouche mobile, ses mains libres, joueuses, aériennes. Elle considérait les êtres et les choses avec la même curiosité gourmande. En se posant sur Guite, son regard s'alluma. Il me sembla qu'une brusque complicité s'établissait entre cette vieille dame amoureuse de la jeunesse et cette jeune femme que la vue d'un grand écrivain au déclin de sa vie incitait au respect et à la mélancolie. L'une et l'autre aimaient passionnément l'univers sensible qui les entourait, les bêtes, les objets, les parfums, les saveurs de la terre. Tout à coup elles étaient du même bord. Elles parlaient le même langage. Penchée en avant, Colette respirait Guite. Puis, avec un air de mystère, elle lui confia, de sa voix rocailleuse, à l'accent bourguignon, je ne sais quelle recette de beauté datant de l'Antiquité égyptienne. Elle lui faisait un cadeau par-delà les siècles. Ayant dit, elle se tourna vers moi et me parla, avec essoufflement, de ses préférences littéraires. Mais, lorsque je lui répondis, j'eus l'impression qu'elle m'écoutait à peine, captivée par le pépiement des oiseaux fous qui se disputaient sur le gazon, devant la fenêtre ouverte. Par la vertu de sa présence, les choses les plus banales affirmaient leur originalité. Elle donnait de la poésie à une endive. Incorrigible magicienne, clouée à son siège, elle révélait aux plus ingambes d'entre nous les merveilles d'un monde où pourtant elle ne se déplaçait plus qu'avec peine. Au seuil du repos, elle nous enseignait l'amour dévorant de la vie. Quand son fauteuil roulant s'éloigna, j'eus envie de la remercier, non pour ce qu'elle avait dit mais pour ce qu'elle avait regardé et humé. Plus tard, je fus appelé à faire partie moi-même de ce « Conseil littéraire » de Monaco, mais Colette avait déjà disparu. Ces séjours à Monaco étaient prétextes à des rencontres très agréables entre écrivains. Les membres du jury venaient là avec leurs femmes. Nous logions tous à l'Hôtel de Paris. Aux repas, une grande table réunissait notre compagnie. Le soir, les plus fous d'entre nous se hasardaient au casino et risquaient quelques francs à la roulette. Je n'ai jamais eu aucune chance au jeu. Mais Guite réussissait parfois un coup de maître. Pendant qu'elle avançait un jeton après l'autre, j'errais dans les salons et m'efforçais de pénétrer le mystère de tous ces visages tendus au-dessus du tapis vert. Les vieilles dames surtout me fascinaient, avec leurs yeux avides, leurs mains tavelées et crochues, leurs carnets où elles inscrivaient fiévreusement les derniers numéros sortis. Je pensais à Dostoïevski, saisi par la fièvre du jeu et vendant les vêtements de sa femme pour courir au casino. Émile Henriot me rejoignait, la moustache flottante, la prunelle rêveuse. Ou Philippe Hériat, gigantesque et confidentiel. Nous parlions des candidats au prix. Les réunions du jury se poursuivaient pendant trois jours, sous la présidence du prince Pierre. Puis, c'était le vote, l'arrivée du lauréat, le grand déjeuner au palais. Tout un protocole dont l'observation stricte nous dépaysait.

– *Est-ce vers cette époque-là que vous avez conçu le projet de votre roman en cinq volumes,* Les Semailles et les Moissons?

– En vérité, j'y pensais depuis longtemps. Très exactement, depuis mon mariage, en 1948. Guite m'avait charmé en me racontant son enfance à Paris, puis dans un pensionnat, en Dordogne, enfin à Megève. Il y avait dans ses récits tant de détails comiques ou navrants, tant de grâce, tant d'humour, tant d'agilité et tant de chaleur, que je la pressais, jour après jour, d'essayer de se souvenir encore. Je nous revois, assis face à face, dans mon bureau, elle parlant, moi écoutant, dans un oubli total du lieu et de l'heure. Comment expliquer, pensais-je, que cette histoire, si pauvre en événements extérieurs, m'émeuve et m'amuse à ce point? Pourquoi suis-je si proche de cette petite fille française au destin singulier? En entendant ma femme évoquer, un sourire nostalgique aux lèvres, ces années lointaines, je me retrouvais dans le même état d'exaltation pieuse, de curiosité impatiente que devant mes parents lorsqu'ils me parlaient de leur passé, en Russie. Il fallait absolument, me semblait-il, donner un pendant français à *Tant que la terre durera*. Le titre de ce deuxième cycle romanesque ne pouvait être que la suite de la citation biblique dont j'avais extrait le titre du premier : « Tant que la terre durera, les semailles et les moissons, le froid et le chaud, l'été et l'hiver, le jour et la nuit ne cesseront point de s'entre-suivre. » Mais, pour animer la « saga » des *Semailles,* je ne pouvais me contenter des souvenirs de Guite. Je devais remonter plus haut, jusqu'à ses parents. Je me tournai donc vers eux et les interrogeai sur leur rencontre, sur les débuts de leur existence commune, sur leurs épreuves pendant la guerre de 14-18. Ils auraient pu se formaliser de mon indiscrétion, ils entrèrent dans mon jeu avec une affectueuse confiance. Comme ils habitaient le Midi, ma belle-mère, sur ma demande, me raconta dans une série de lettres ce qu'avait été sa jeunesse. Elle le fit avec une application, une sincérité et une modestie auxquelles je tiens à rendre hommage. Les feuillets qu'elle m'envoyait de loin s'accumulaient sur ma table de travail, tout gonflés d'humbles confidences. Elle me remit aussi de vieux livres de dépenses, des agendas, des photographies, des lettres que mon beau-père lui écrivait du front pendant la Première Guerre mondiale, le carnet où il notait au crayon ses impressions de soldat. Mobilisé dans l'infanterie, il avait connu l'horreur boueuse des tranchées, la canonnade aveugle, les attaques suicidaires, les râles des camarades blessés agonisant entre les lignes. Je comparais son témoignage, si tragique dans sa sobriété, à celui que j'avais recueilli auprès des anciens combattants du front russe pour écrire *Le Sac et la Cendre*. Des deux côtés, le même sentiment d'absurdité, d'inutilité, de cruauté, de folie. De ces pages fanées se levaient des fantômes qui, de jour en jour, gagnaient en précision et en exigence. Le roman s'échafaudait rapidement dans ma tête. Je me sentais embarqué dans une entreprise de longue haleine. Mais, dans *Les Semailles et les Moissons,* j'entendais prendre le contre-pied de ce que j'avais fait dans *Tant que la terre durera*. Dans *Tant que la terre durera,* je disposais d'un grand nombre de personnages engagés dans des intrigues entrecroisées, j'évoquais à larges traits des événements historiques tels que la guerre russo-japonaise, la guerre de 14-18, la révolution russe, l'exode, l'émigration, je promenais le lecteur de Moscou au Caucase, du Caucase à Saint-

Pétersbourg à travers des paysages étrangers, bref, je nageais dans le pittoresque et l'exceptionnel. En abordant *Les Semailles et les Moissons,* je m'imposai de n'animer que des héros peu nombreux, aux aventures sans éclat, insérées dans un décor simple. Je renonçai au sensationnel pour m'intéresser au quotidien. Le premier volume, qui donne son titre à l'ensemble, raconte l'histoire d'Amélie, jeune fille sage, loyale et volontaire, vivant avec son père, le forgeron Jérôme Aubernat, sa mère, Maria, et son frère, Denis, dans un petit bourg de Corrèze. Ce petit bourg, d'où mes beaux-parents étaient originaires, je voulus le connaître avant de me lancer dans la rédaction du roman. Guite était née là-bas, mais n'y avait guère vécu. Comme elle avait encore de la famille sur place, nous fûmes d'emblée en pays de connaissance. Moi qui venais de si loin, je trouvais extraordinaire que ma femme pût revoir, à loisir, sa maison natale. Je m'émerveillais des mille liens qui la rattachaient à ce sol, à ces gens. Son grand-père vivait encore à l'époque. Il avait été forgeron, s'était instruit tout seul en lisant des journaux, des almanachs, et professait des opinions farouchement progressistes. Ayant renoncé depuis longtemps à travailler le fer, il s'était pris de passion pour la sculpture sur bois. A longueur de journée, il taillait des figurines avec une étonnante habileté. Sur les rayons de son atelier, s'alignaient de petits personnages cocasses, berger allumant sa pipe, paysanne allant au marché, médecin de campagne roulant dans sa calèche. Sans doute était-ce de lui que Guite tenait son talent de sculpteur. Elle entreprit de modeler sa tête dans la terre glaise. Il parut amusé de cette concurrence. Pendant qu'il taillait le bois, en appliquant de légers coups de maillet sur un ciseau, je l'interrogeai sur la vie à la campagne, avant la guerre de 14-18. Sa mémoire était vive, sa langue, châtiée. Posément, d'une voix grave, il évoqua pour moi l'ancien temps. Le maillet tapait le manche du ciseau, des copeaux sautaient, les mots tombaient à de longs intervalles. Poursuivant mon enquête, je questionnai aussi le curé, des voisins, des amis de la famille. Guite et moi logions « chez l'habitant ». Une chambre avec vue sur la petite place du monument aux morts, une table pour mes gribouillages, une cuisine en miniature. De là, nous rayonnions, à bicyclette, dans la campagne environnante. Grand et lourd, je pédalais maladroitement, tandis que Guite filait devant moi, légère, les épaules droites. Entraîné par elle, j'apprenais à connaître le pays de mes héros. Flânant au bord de la Vézère, descendant le chemin du cimetière ou nous perdant dans l'ombre des boqueteaux, nous étions Maria, Amélie, Jérôme, Pierre, Denis. Avec eux, nous pêchions la truite, nous cueillions des champignons. Le soir, dans notre chambre, nous nous régalions de ces succulentes nourritures volées à la forêt et à la rivière. Puis nous parlions encore de mon roman. Je notais dans un carnet, en style télégraphique, ce que j'avais vu, ce que j'avais entendu, des récits de chasse et de pêche, quelques expressions en patois. Ce carnet, je l'ai retrouvé, je le feuillette, je lis trois mots au hasard, et un regret me vient du temps où je découvrais à la fois les beautés sauvages de la Corrèze et les difficultés techniques de mon entreprise. Guite m'emmena aussi à Sainte-

Colombe, dans le Lot, où elle avait été pensionnaire. Un couvent désaffecté. Seuls les murs et les arbres n'avaient pas bougé. Dans la cour de récréation, des fillettes inconnues riaient, s'interpellaient. La directrice de l'établissement était une ancienne élève. Elle avait connu Guite dans son enfance. « Comment donc! disait-elle. Marguerite Saintagne? Mais oui, je me souviens... » Nous revînmes à Paris, tout émus par ce pèlerinage aux sources de mon futur roman. A la fin du premier volume, mon héroïne, Amélie, subjuguée par la prestance de Pierre Mazalaigue, l'épouse, se fixe avec lui à Paris et ouvre, rue de Montreuil, un petit bistrot, à la veille d'août 1914. Le second volume, intitulé *Amélie,* évoque la solitude et les luttes quotidiennes d'une jeune femme dont le mari se trouve au front : l'attente des lettres, l'angoisse nocturne, les privations... Pierre, grièvement blessé, est enfin réformé et revient, diminué, auprès de sa femme et de sa fille, Élisabeth, née loin de lui. La guerre de 14-18, si souvent dépeinte à travers l'homme, le soldat, j'ai voulu, ici, en étudier les effets sur la sensibilité d'une femme, qui vit à l'arrière et subit, comme tant d'autres, la loi absurde de la séparation. *Amélie,* c'est, en quelque sorte, un hommage à la souffrance non de ceux qui se battent, mais de celles qui attendent, non de ceux qui versent leur sang, mais de celles qui versent leurs larmes, non de ceux qui défendent le pays, mais de celles qui en assurent humblement la vie, au jour le jour. L'action du troisième volume, *La Grive,* se situe en 1924, à Montmartre, où Amélie, Pierre et Denis tiennent un grand café-tabac. Mais Pierre n'est plus que l'ombre de lui-même. Amélie doit veiller sur lui en infirmière, non en épouse. Ainsi, dans ce ménage, qui a toutes les apparences du bonheur, la réussite professionnelle cache-t-elle un drame sentimental. A ce thème douloureux s'en oppose un autre : celui de la découverte du monde par un enfant. D'un côté, la résignation, les soucis, la lente usure des âmes, de l'autre, l'émerveillement puéril devant les êtres et les choses. Le personnage central est, cette fois-ci, non plus Amélie, mais sa fille Élisabeth, âgée de dix ans. Émotive et fantasque, elle se développe à sa manière dans l'atmosphère liquoreuse d'un bistrot parisien, puis dans une lointaine pension, à la campagne, enfin chez son oncle et sa tante, qui sont instituteurs. Tout changement d'existence est, pour elle, une aubaine. D'une expérience à l'autre, elle affirme son caractère. Mais, en vérité, ce qu'elle cherche chez des étrangers, c'est la chaleur d'un foyer qu'elle n'a jamais connu. J'avoue qu'il m'a semblé exaltant de m'incarner ainsi dans une fillette ballottée par la vie. En écrivant *La Grive,* j'ai eu, à la lettre, l'impression de réintégrer le temps de l'enfance. Mes sens s'aiguisaient, je me rafraîchissais le cerveau et le cœur, je changeais de sexe! Sans doute ai-je été aidé dans cet effort de réincarnation par la présence à mes côtés de Minouche. Petite-fille sauvage, secrète et tendre, elle me passionnait et m'inquiétait. Tout, en elle, était excessif : ses élans, ses dérobades, sa charité, son goût pour les bêtes, sa dévotion pour sa mère, ses tristesses, ses craintes, ses crises de paresse et ses accès d'énergie. Bien qu'elle m'eût très vite adopté comme père, elle souffrait inconsciemment du remariage de Guite; elle nous en voulait de notre bonheur, tout en nous adorant. Avec patience, avec prudence, nous nous efforcions de désarmer cette enfant blessée. Et peu à peu, en effet, elle consentait à se diriger vers l'avenir de joie, de simplicité et d'amour que nous lui proposions. En ce temps-là, elle apprenait la danse classique. Moi qui, dans mon jeune âge avais raillé imprudemment ma sœur pour sa folie chorégraphique, je me retrouvais, amusé et puni, dans le domaine des arabesques, des pirouettes et des attitudes. Un peu plus tard, Minouche dut abandonner la danse pour des raisons de santé. Ce fut pour elle une tragédie aux dimensions démesurées. Ne se voyait-elle pas déjà sur les traces de la Pavlova? Nous essayâmes de la tirer de son désarroi en l'incitant à suivre des cours d'art dramatique. Elle fit un peu de théâtre, un peu de cinéma, joua même avec succès dans une de mes pièces. Son mariage la détourna de la scène. Mais, là, j'anticipe. Fermons la parenthèse et retournons aux *Semailles.* Dans le quatrième volume, *Tendre et violente Élisabeth,* je rejoignis ma « grive » à l'âge de dix-neuf ans. Elle est belle, gaie, primesautière. Ses parents, Pierre et Amélie, sont devenus hôteliers, à Megève. Dans ce décor de vacances, Élisabeth connaît enfin ce qu'elle croit être la grande aventure amoureuse de sa vie et qui n'est, en réalité, qu'une duperie pitoyable. Meurtrie, libre et solitaire, elle se retrouve à Paris, en 1938, avec le sentiment qu'elle ne peut rien entreprendre qui ne soit promis à l'échec. Est-ce son caractère ardent, exigeant qui l'empêche de trouver la félicité dans les voies communes? se demande-t-elle dans *La Rencontre.* Aux orages de sa vie privée répondent bientôt d'autres orages, plus amples et plus angoissants : Munich, la guerre, l'exode de 40, l'Occupation, Paris voué aux ténèbres, aux restrictions alimentaires et aux bruits de bottes. A travers ces épreuves, Élisabeth s'efforce en vain de découvrir sa joie. Au moment où elle se croit perdue, un homme lui rend confiance en elle-même et dans l'avenir. Un homme qui vient de loin. Un homme dont, logiquement, elle n'aurait jamais dû croiser la route : Boris Danoff, le jeune héros du dernier tome de *Tant que la terre durera*. Avec lui, ce sont ses parents, Michel et Tania, qui entrent dans *Les Semailles et les Moissons*. Des personnages que j'avais abandonnés depuis plus de dix ans se remettent à vivre. Une jonction imprévue s'opère entre deux suites romanesques, l'une russe, l'autre française. J'avoue que l'instant de cette fusion fut très émouvant pour moi. Imaginez deux équipes qui travaillent, chacune de son côté, aux extrémités d'un tunnel et creusent la terre pour se rapprocher. Le mur qui les sépare se rétrécit à chaque coup de pioche. Puis, le dernier morceau s'écroule et un même air circule d'un bout à l'autre de l'ouvrage!

– *En fait, ce n'est pas le portrait d'une femme que vous avez tracé dans* Les Semailles et les Moissons, *mais le portrait de trois femmes!*

– Oui, avec des touches qui se retrouvent de génération en génération. Il y a une sorte de continuité psychologique entre les héroïnes de ces cinq romans. Je crois aussi que *Les Semailles et les Moissons* montrent l'ascension d'une famille partie de rien et qui, à force de travail, de renoncement, de courage se taille une place enviable dans la société. Le souci du lendemain domine cette chronique de la vie modeste. Les détails journaliers y abondent. C'est un hommage rendu à l'opiniâtreté féminine dans la construction du bonheur. J'ai mis six ans à écrire ce cycle romanesque. Le dernier volume, *La Rencontre,* a été publié en 1958. Mais, dans l'intervalle, j'ai écrit d'autres ouvrages. Un essai sur quelques auteurs russes, *Sainte-Russie,* une *Vie quotidienne en Russie au temps du dernier tsar,* un reportage aux usines Renault, *Naissance d'une Dauphine.*

– *Vous vous intéressez à l'automobile?*

– Absolument pas! Je vous avouerai que je ne sais même pas conduire. Pourtant j'ai passé mon permis. Guite m'a poussé à le faire, au lendemain de notre mariage. Étant conductrice elle-même, elle prétendait que la pratique du volant me procurerait de grandes joies et me délivrerait peut-être de mon angoisse congénitale. Je pris donc des leçons dans une auto-école, alors que nous passions nos vacances sur une petite plage, proche de Saint-Malo. Dès le début, je compris que mes rapports avec la mécanique seraient houleux. Maladroit de mes mains et incertain dans mes réflexes, je traitais la voiture en ennemie à dompter et non en alliée à convaincre. Le grand jour arriva enfin. Je n'étais guère préparé. Mais l'examinateur était du genre débonnaire. Il avait lu *Tant que la terre durera*. La gorge sèche, les mains crispées sur le volant, je répondis de mon mieux à ses compliments. L'obligation de paraître aimable et intelligent en passant mes vitesses me parut épuisante. L'homme dont dépendait mon avenir d'automobiliste me guida vers une rue déserte, me pria de prendre un virage à angle aigu, de m'arrêter, de repartir, de me ranger en marche arrière, le tout sans cesser de me parler de mes personnages. Je raclai le bord du trottoir en évoquant devant lui la douceur et le courage de Tania, je calai honteusement, à mi-côte, en comparant les destinées des deux frères, Serge et Boris, j'emboutis une poubelle en analysant la psychologie de Kisiakoff. Aucun de ces incidents ne parut troubler la sérénité de mon voisin. Visiblement, il était plus intéressé par mes problèmes d'écrivain que par mes problèmes de chauffeur. Je comptais être recalé, je fus reçu. Nous avions depuis longtemps décidé de faire un voyage à travers la Bretagne. Au moment de monter en voiture, Guite se croisa les bras. « Je ne prendrai pas le volant, dit-elle. C'est toi qui conduiras! » D'abord interloqué, je résolus de tenter l'aventure. La confiance de ma femme me flattait. Mais, très vite, l'épreuve se révéla au-dessus de mes forces. La brusquerie de mes mouvements se traduisait par des soubresauts du moteur qui s'arrêtait ou s'emballait à contretemps. Je freinais au mauvais moment dans les virages. En doublant une voiture, je faisais des embardées qui nous conduisaient au bord du fossé. Vingt fois nous avons risqué notre vie! Bien entendu, je ne voyais rien du paysage admirable que nous traversions. Concarneau, la pointe du Raz, les menhirs de Carnac m'intéressaient moins que les panneaux de signalisation au bord de la route, mon pied tremblait sur la pédale de l'accélérateur, je souhaitais presque un accident qui eût mis fin à cette randonnée absurde. En revenant à Paris, je décidai que je ne reprendrais plus le volant. Guite convint avec tristesse que je n'avais guère de dispositions pour cette activité. Désormais, ce fut elle qui nous servit de chauffeur dans tous nos voyages. Au début, j'en souffris comme d'une infirmité. Puis, toute honte bue, je m'abandonnai au plaisir d'être l'éternel passager à bord d'une voiture conduite par ma femme.

– *Après ce que vous m'avez dit, j'imagine que ce qui vous attirait à la Régie Renault, ce n'était pas l'idée d'un contact avec la mécanique, mais d'un contact avec les hommes.*

– En effet. Au cours de mes nombreuses visites aux usines, je m'émerveillais, certes, devant le flamboiement furieux des fours, le choc puissant des presses, les mouvements automatiques des machines-transferts, et pourtant ce qui m'émouvait le plus, c'était le spectacle de cette immense population, attelée, dans le vacarme, à mille tâches fastidieuses. Il me semblait avoir sous les yeux un inépuisable réservoir de fatigues, de rêves, de soucis, d'espoirs, de révoltes, de résignations. J'aurais voulu interroger un à un tous ces hommes, toutes ces femmes, savoir quelle était leur vie par-delà les gestes monotones de la profession. J'eus l'occasion d'en rencontrer quelques-uns hors de l'usine, au café, ou chez eux, en famille. Ils me parlèrent très librement de leur condition. Je rapportai le plus fidèlement possible leurs propos dans mon livre. A côté de ce voyage à travers l'empire Renault, un autre voyage qui m'a marqué fut celui que nous entreprîmes, Guite et moi, à travers l'Amérique du Centre et l'Amérique du Sud. Je devais en rapporter un livre : *De gratte-ciel en cocotier*. Ce fut une expérience à la fois enrichissante et harassante. Nous avions voulu voir trop de pays en trop peu de temps : Mexique, Guatemala, Honduras, San Salvador, Panama, Bolivie, Chili, Argentine, Brésil, et j'en oublie. Un jour au niveau de la mer, dans une atmosphère torride et moite, le lendemain en haute altitude, dans un air vif qui vous coupait le souffle. Le pittoresque à haute dose procurait, à la longue, par son bariolage, une sensation d'ivresse et presque d'écœurement. La beauté des sites archéologiques du Yucatán, de Cuzco ou de Machupicchu ne pouvait nous faire oublier la misère des populations autochtones, abruties de coca et d'alcool, nourries de quelques grains de maïs et cherchant leur salut dans la mendicité. Vieillards réduits à l'état de spectres, femmes rachitiques traînant leur ventre plein, enfants malades dormant parmi les épluchures. Guite photographiait sans relâche hommes et bêtes, monuments et paysages. Parfois, des regards courroucés la frappaient, tandis qu'elle braquait son appareil. Je craignais que quelque indigène sourcilleux ne lui fît un mauvais parti. Mais elle désarmait les mécontents par un sourire. De déclic en déclic, s'inscrivaient sur la pellicule la tête fière d'un lama, posant de profil, lippe longue et œil de velours, et la tête triste, prématurément vieillie, du garçon qui lui servait de berger, les fumées des cassolettes devant l'église mi-païenne, mi-chrétienne de Chichicastenango, et les chapeaux ronds des femmes du marché d'Otavalo, la splendeur glacée du lac Titicaca et la hutte pouilleuse d'une famille guatémaltèque. Pour visiter les ruines du Yucatán, nous eûmes comme guide et interprète un vieux monsieur d'allure juvénile, la taille mince, l'œil frais, le teint cuivré, qui avouait quatre-vingts ans et parlait couramment le français. Il avait longtemps vécu à Paris avant de revenir se fixer à Mérida et, de toute évidence, préférait évoquer ses souvenirs de la « Ville Lumière », plutôt que de nous initier aux mœurs des Mayas. Devant les palais à ciel ouvert, les temples à demi éboulés, les statues grimaçantes jaillies de terre au détour d'un sentier, il nous parlait des jardins du Luxembourg, de la place Pigalle et des Folies-Bergère qu'il fréquentait assidûment en 1927. « A Paris, on m'appelait l'Indien, disait-il mélancoliquement. Ici, on m'appelle le Français. » Et il se mit à nous poser des questions sur la France. Finalement, nous lui en apprîmes plus sur le Paris d'aujourd'hui qu'il ne nous en apprit sur le Mexique d'autrefois. Pour la nuit, nous avions choisi de coucher dans un bungalow dépendant d'un grand hôtel, le Mayaland, proche des ruines de Chichén-Itzá. Notre lit était protégé par une moustiquaire. Des légions de moustiques vibraient derrière ce mince rideau de tulle. Les rumeurs du jardin tropical nous entouraient. Quelque chose fuyait en sifflant dans l'herbe. Une branche geignait en recevant le poids d'un animal griffu. Un oiseau éclatait de rire.

Un autre appelait sa femelle avec un cri de scie. Un autre encore imitait le claquement saccadé d'une crécelle. Tout se tut soudain et une plainte d'enfant monta dans le silence. D'où venait-elle? Quelle bête gémissait ainsi? Le vacarme reprit de plus belle après un instant d'accalmie. Nous ne pûmes nous assoupir jusqu'à l'aube. Au matin, nous aperçûmes, par la fenêtre, un gros iguane, la tête dressée, qui nous considérait de son œil préhistorique. Notre excursion reprit par des routes bordées de champs d'agaves. De place en place, nous tombions sur le cadavre d'un jeune veau ou d'un poulain que déchiquetaient à plein bec les lourds « zopilotes » au plumage noir. Ces charognards, qui assuraient le service de la voirie dans le pays, se serraient en se dandinant autour de la carcasse pour laisser passer la voiture. Du reste, l'idée de la mort ne nous quitta jamais au cours de notre voyage. Dans les superbes églises aux façades tarabiscotées, dues à la collaboration des missionnaires espagnols et des artistes indiens, les Christ en croix étaient de véritables loques sanglantes. Les cheveux et la barbe du supplicié, pris à quelque défunt de la paroisse, étaient hirsutes et comme gluants de sueur. Le regard hébété du Sauveur n'avait plus rien de divin. On vendait, dans des boutiques en plein air, de petits squelettes en plâtre, de petits cadavres en carton-pâte, de petits cercueils au couvercle à ressort, des gâteaux ornés de tibias, des crânes en sucre. Les souterrains regorgeaient de momies aux rictus figés. A Tegucigalpa, nous vîmes passer, en quelques heures, six enterrements d'enfants. Personne n'y prêtait attention. La mort et la vie faisaient bon ménage. On pouvait rire de l'une comme de l'autre. A Quito, nous fûmes frappés d'entendre souvent parler allemand dans la rue. Principalement dans le quartier des affaires. Une solide colonie germanique s'était implantée dans le pays. Sur la route de La Paz, en pleine nuit, le chauffeur qui nous conduisait s'arrêta pour casser la croûte dans une maison isolée, aux volets clos. Le propriétaire voulut bien nous recevoir. C'était un Allemand. Sur les murs de la pièce où nous nous trouvions, étaient épinglées des vues de Heidelberg entourant la photographie d'un cuirassé, avec une date et des signatures tracées en travers de la coque. Quel crime politique avait conduit cet homme à se réfugier en Bolivie après la défaite allemande? Je pense aussi à ce restaurant français, décoré de joyeuses pancartes, dans le genre : « Il n'est bon bec que de Paris. » En nous entendant parler français, le patron se rembrunit. Nous l'appelâmes néanmoins à notre table et lui demandâmes comment l'idée lui était venue de s'installer ici. L'œil méfiant, il éluda nos questions et se lança dans de vagues considérations gastronomiques. Sans doute avions-nous affaire à un collaborateur notoire, qui ne pouvait retourner en France. Sa patrie se réduisait à un bifteck pommes frites servi sous le soleil de l'équateur. Ces souvenirs me reviennent pêle-mêle. Je confonds les dates et les lieux, mais je garde très présente à l'esprit l'impression générale que me laissa notre interminable randonnée. Lointains pays de terres riches et d'hommes pauvres, voués aux séismes, aux typhons, aux superstitions, aux épidémies et aux révolutions saisonnières! Pays des gratte-ciel neufs et des forêts vierges impraticables, des autos américaines et des routes défoncées, des églises croulantes d'or et des mendiants haillonneux, des hôpitaux ultra-modernes et des sorciers de village! Pays malades de jeunesse! Ai-je tort de penser que ces républiques novices étonneront bientôt le monde par leur prospérité et par leur puissance? Les plus belles chances des générations futures ne sont-elles pas cachées dans ces broussailles, dans ces déserts, sous les neiges éternelles de la Cordillère des Andes? D'étape en étape, nous avancions vers le terme de notre voyage. Au fur et à mesure que la date du grand départ approchait, j'éprouvais une plus vive soif de la France. Lorsque notre avion, parti de Rio de Janeiro, atterrit à Dakar, je fus tout ému d'entendre le douanier noir me demander en français si je n'avais rien à déclarer. Il faisait une chaleur d'étuve. Dans le meilleur hôtel de l'endroit, les chambres n'avaient pas encore l'air conditionné. Nous cherchions en vain à nous rafraîchir en prenant, toutes les dix minutes, une douche d'eau tiède. Nos fenêtres donnaient sur la cour d'une école. Là, des enfants noirs dansaient une ronde française en claquant des mains, avec des balancements du buste, des déhanchements, des battements de pied d'une grâce tout africaine. Le temps de suffoquer, de transpirer, d'avaler vingt boissons glacées en une heure, d'admirer les Sénégalais si grands, si minces dans leurs boubous blancs, les Sénégalaises aguicheuses, enroulées dans trente-six pièces d'étoffe multicolore, de suivre du regard le vol des vautours au-dessus du marché de la Médina, d'assister au départ du bateau des pèlerins pour La Mecque, avec fanfare, congratulations et saluts du gouverneur, et nous montions enfin dans l'avion régulier à destination de Paris. Ce fut dans le Midi que je rédigeai le compte rendu de ce périple. Comme dans *La Case de l'oncle Sam,* j'adoptai un ton amusé pour raconter notre expérience touristique. Avec les bouleversements de toutes sortes qui ont secoué l'Amérique latine des dernières années, ce livre n'offre plus, à mon sens, qu'un intérêt rétrospectif. A quelque temps de là, nous achetâmes une maison, aux environs de Grasse. C'était un mas de pierres blondes et de tuiles roses qui avait servi autrefois de relais pour la diligence de Draguignan. Quatre cents vieux oliviers, aux troncs tordus et aux têtes argentées, entouraient la bâtisse de leur frémissement. De loin en loin, se dressait la colonne vert sombre d'un cyprès, à contre-jour sur un ciel bleu, tari par le mistral. Près de la maison, s'étendait une aire de sol dur, où, autrefois, l'on battait le blé. Tout autour, vibrait la stridente conversation des cigales. Un paradis de solitude. Mais la découverte de ce pays merveilleux était assombrie pour nous par une douloureuse angoisse. Guite avait voulu que sa mère, rongée par un mal incurable, vînt vivre auprès de nous. Ainsi pouvait-elle mieux l'entourer de sa vigilance et de son amour. Amaigrie, affaiblie, la malade n'était qu'un fantôme aux joues blêmes, au regard fiévreux, aux longues mains transparentes. Nous lui avions caché le diagnostic terrible des médecins. Elle se croyait atteinte d'une jaunisse et se plaignait des lenteurs de la guérison. Guite s'était transformée en infirmière. Minouche, qui n'était encore qu'une enfant, l'aidait à soigner la malade et à la maintenir dans son illusion. Toute la maison baignait dans une atmosphère de mensonge charitable. On souriait à la mort, on attendait, de jour en jour, l'échéance. Elle arriva enfin, par un après-midi de soleil éclatant. Dans sa chambre, au premier étage d'un vieux mas provençal, celle qui m'avait charmé par les récits de sa jeunesse reposait à jamais silencieuse, les mains jointes, comme après un long travail. Il ne pouvait être question de l'enterrer ailleurs que dans le cimetière de sa bourgade natale, où reposait déjà mon beau-père. Le transport se fit par fourgon mortuaire. Nous suivions en voiture. Guite conduisait, exténuée par les nuits de veille. Je revois son visage marqué par le chagrin, ses yeux secs au regard fixe, ses mains fines tournant le volant dans les virages. La route qui mène de Grasse au fin fond de la Corrèze est très longue, très sinueuse. Mais j'ai l'impression qu'elle eût pu être trois fois plus difficile sans entamer la résistance de Guite. Le regard rivé à l'arrière du fourgon noir qui emportait le corps de sa mère, elle dominait sa fatigue par la volonté de tenir jusqu'au bout. Recroquevillée derrière nous, sur la banquette, Minouche, ivre de désolation, ravalait ses larmes. Jamais je n'ai autant regretté de ne pas savoir conduire moi-même! Nous traversâmes ainsi le cœur de la France, dans une gloire de collines vertes, de gorges profondes et de sombres forêts. A notre retour dans le Midi, la maison nous parut étrangement vide. Nous en avions pris possession, au lendemain de l'achat, dans l'état où elle se trouvait. Mais évidemment des travaux de réparation s'imposaient, que nous n'avions pu commencer pendant la maladie de ma belle-mère. Guite s'improvisa architecte. Elle partait avec l'entrepreneur pour découvrir de vieilles poutres dans les bergeries en ruine de la région. Cette nouvelle activité l'aidait à surmonter sa tristesse. Des ouvriers à l'accent méridional envahirent la propriété. J'écrivais, imperturbable, dans le vacarme des marteaux et des scies. Le soir, je jouais aux boules avec les maçons, avec les plombiers. Mon travail avançait plus vite que le leur. Avec les pierres qu'il récupérait en bêchant le terrain, notre jardinier construisait un mur d'enceinte. Il soignait aussi nos oliviers, il cueillait les olives, il les portait au moulin. Plaisir délicat pour des citadins, nous utilisions l'huile de nos propres olives pour assaisonner nos salades. Nous fîmes aussi notre propre vin, mais, malgré notre vaniteux désir de le trouver excellent, nous dûmes renoncer à le boire, tant il piquait la langue. Guite avait un véritable amour pour ses oliviers. Sans doute est-ce à cause d'eux que nous avions acheté la maison. Or, nous n'étions pas installés depuis trois ans que le gel tua la plupart des arbres. Il fallut les rabattre presque à ras du sol. A la place de la subtile palpitation des feuillages, s'étendait maintenant un terrain vague hérissé de chicots noirs. Le cœur se serrait de dépit devant ce paysage massacré. Mais le bois gelé refusait de mourir. Déjà, de jeunes pousses élevaient leur tige hors des vieux troncs mutilés. En attendant qu'elles grandissent, nous achetâmes des arbres adultes, un peu partout, dans la campagne. Transplantés chez nous, ils se développèrent si vite que la maison retrouva bientôt son entourage de verdure. Nous passions tous nos étés à « La Ravanelle » – c'était le nom de la maison – au milieu de nos enfants, de nos amis. Dans ce groupe remuant et joyeux, j'avais l'impression de prendre des vacances sans, pour autant, me détourner de mon manuscrit. Chaque jour, je rejoignais mes personnages, entre deux plongeons dans la piscine, entre deux promenades, entre deux parties de pétanque. En quittant la pelouse dévorée de soleil pour rentrer dans mon bureau, je changeais de pays, de climat et de siècle. En effet, j'avais entrepris, en ce temps-là, d'écrire *La Lumière des justes*. Un cycle romanesque russe en cinq volumes, dont le sujet évoquait l'aventure noble et malheureuse des « décembristes ».

*

* *

J'avais été amené, en préparant mon *Pouchkine*, à étudier de très près les mœurs de la société russe au début du XIXe siècle, et je rêvais de ressusciter cet univers englouti, avec ses modes surannées et ses illusions généreuses. D'autre part, en décrivant la révolution russe dans *Tant que la terre durera*, j'avais pris conscience du fait que ce cataclysme était l'aboutissement d'un certain nombre de craquements dans l'écorce sociale, dont l'un des plus importants était, sans contredit, l'émeute du 14 décembre 1825. L'ambition m'enflamma alors de raconter le voyage de l'idée de liberté, partie de France et transportée en Russie par les officiers des troupes d'Alexandre 1er, venus en occupation à Paris en 1814, puis en 1815, après la chute de Napoléon. Ces officiers, nobles pour la plupart, avaient été subjugués par les théories libérales françaises. Ils les avaient répandues autour d'eux à leur retour au pays natal. Et, profitant de la confusion créée par l'interrègne, à la mort d'Alexandre 1er, ils avaient tenté d'entraîner l'armée contre Nicolas 1er, le prétendant au trône. Ce fut l'une des rares révolutions parfaitement désintéressées, puisque les conjurés n'avaient rien à espérer pour eux-mêmes en cas de réussite. D'habitude, c'est le peuple qui se soulève contre les privilégiés de la naissance et de la fortune, ici, ce sont les privilégiés de la naissance et de la fortune qui risquent leur peau pour améliorer le sort du peuple. Dans le premier volume de *La Lumière des justes (Les Compagnons du coquelicot),* mon héros, Nicolas Ozareff, découvre à la fois la séduction de Paris, celle des doctrines démocratiques et celle de la fille de ses hôtes, Sophie de Champlitte, qui, à ses yeux, personnifie la France républicaine. Amoureux d'elle, il se heurte à la répugnance que son uniforme de vainqueur inspire à la jeune femme. Elle finit par lui céder, elle l'épouse, elle accepte même de le suivre en Russie, Là – et c'est le thème du deuxième volume, *La Barynia* – pendant qu'elle apprend son rôle de maîtresse de maison, à la campagne, parmi une population de paysans serfs dont elle s'efforce de soulager la misère, Nicolas, à qui elle a donné le goût de la politique, rêve d'instaurer un régime constitutionnel en Russie et entre en relation avec un groupe de conspirateurs libéraux. Le troisième volume, *La Gloire des vaincus,* retrace la préparation fiévreuse du coup d'État. Une conjuration héroïque et folle. Les meneurs ne sont d'accord ni sur le but ni sur les moyens se l'entreprise. Le 14 décembre 1825, à Saint-Pétersbourg, sur la place du Sénat, quelques régiments, poussés par les officiers rebelles, se forment en carré devant les troupes demeurées fidèles au gouvernement. Après des heures d'angoisse et d'indécision, le futur empereur fait tirer le canon. Les insurgés tombent ou se dispersent. Les chefs de la conspiration sont arrêtés. Et Nicolas avec eux. Enfermé à la forteresse Saint-Pierre et Saint-Paul, questionné par le tsar en personne, il est finalement envoyé au bagne. Malgré tous les obstacles qui se dressent sur sa route, Sophie décide de le rejoindre en Sibérie. Si les caractères de Nicolas et de Sophie sont imaginaires, tous les détails du soulèvement des « décembristes », de leur incarcération, de leur interrogatoire par Nicolas Ier sont conformes à la vérité historique. Plusieurs épouses de condamnés politiques ont demandé et obtenu, comme Sophie, l'autorisation d'aller retrouver leur mari au bagne. C'étaient, dans la plupart des cas, des femmes de haut rang qui, par un dévouement admirable, quasi mystique, abandonnaient tout, richesse, famille, situation sociale, pour vivre comme des pauvresses, aux côtés de leur époux. Autour de Sophie, apparaissent, dans mon livre, des personnages ayant réellement existé, telles la princesse Troubetzkoï, la princesse Volkonsky, la comtesse Mouravieff, Pauline Annenkoff... Il est difficile d'imaginer les lenteurs, les fatigues, les embûches d'une expédition, à cette époque au fin fond de la Sibérie. Pour décrire les aventures de Sophie, j'ai eu la chance de dénicher des documents précis sur l'échelonnement des relais, le prix des chevaux, les conditions faites aux voyageurs. *Les Dames de Sibérie,* quatrième volume du cycle, relate la vie des prisonniers et de leurs compagnes au bagne de Tchita. Là, j'aurais pu forcer la note dramatique, renchérir sur l'horreur de la réclusion. J'ai préféré demeurer fidèle aux témoignages laissés par les déportés eux-mêmes. De ces témoignages, nombreux et sûrs (lettres, mémoires, dessins), il ressort que le séjour, à Tchita, était certes pénible, dégradant, mais sans rapport avec l'atroce expérience d'un Dostoïevski dans *La Maison des morts*. Le débonnaire commandant du bagne, le général Léparsky, essayait, par tous les moyens, d'adoucir le sort des détenus. Assailli par les revendications des épouses, il cédait à leur charme, et, de jour en jour, relâchait un peu plus la discipline du camp. Dans *Sophie ou la fin des combats,* épilogue de cette suite romanesque, mon héroïne, devenue veuve, est contrainte, d'intrigue en intrigue, à retourner en France. Mais la police de Napoléon III se montre, à son égard, aussi tracassière que celle de Nicolas Ier. En outre, Sophie souffre de l'affabulation poétique qui s'est créée autour des « décembristes » et de leurs épouses. Pourquoi, pense-t-elle, transformer ces hommes, ces femmes en statues du devoir, alors qu'ils étaient des êtres de chair et de sang, avec leur courage et leurs faiblesses? Cependant elle n'a pas le droit de détruire cette légende qui l'irrite. Une épreuve plus pénible lui est réservée, en 1854, lors de l'entrée en guerre de la France contre la Russie. Les journaux s'en prennent au « tsar sanguinaire », aux « boyards dépravés », les théâtres affichent des pièces patriotiques, les habitués des salons raillent tout ce qui vient du « pays du knout ». Sophie, bien que foncièrement française, supporte difficilement les moqueries, les injures dirigées contre ce peuple russe au milieu duquel elle a tant souffert. Elle ne respirera librement qu'après « la fin des combats ». Alors elle regagnera la Russie, où elle retrouvera ses paysans serfs et ses douloureux souvenirs.

– En 1959, vous avez été élu à l'Académie française. Comment avez-vous vécu cet événement?

– Le plus simplement du monde. J'avais des amis à l'Académie française. Ils me pressèrent de me présenter au fauteuil devenu vacant par la mort de Claude Farrère. Mes chances, disaient-ils, étaient sérieuses. Je n'hésitai pas. Fils d'émigrés, je n'avais pas le droit de renoncer à l'honneur que me proposaient quelques-uns des plus grands écrivains de mon pays d'adoption. D'autant que, parmi eux, figuraient ceux qui m'avaient encouragé à mes débuts : Mauriac, Maurois... Je pensais aussi à la joie de mes parents, si j'étais élu. Quelle revanche, pour eux, sur la tristesse de l'exil! J'adressai ma lettre de candidature au secrétaire perpétuel, Maurice Genevoix. Et, aussitôt après, je commençai mes visites. Tous ces messieurs me reçurent avec courtoisie, et je dirai même avec amitié. Je n'avais pas de concurrent. Cela soulageait ma conscience, car il est toujours pénible de se trouver en compétition avec un autre écrivain. Le 21 mai 1959, le scrutin fut sans surprise : élu à l'unanimité, moins deux voix. En raccrochant le téléphone, après avoir entendu l'annonce du résultat, je me sentis un moment aussi désorienté dans l'allégresse qu'après avoir obtenu le prix Goncourt. Pourtant, cette fois j'étais préparé à l'événement. Déjà, notre appartement était envahi par des amis, des relations, des journalistes, des photographes. Mes nouveaux confrères arrivaient, l'un après l'autre, pour me congratuler. Au milieu de tous ces gens qui se pressaient devant un buffet improvisé, je voyais Guite, radieuse, Minouche et Jean-Daniel ébahis, mon frère, ma belle-sœur passant de groupe en groupe, mes parents surtout, si vieux, si fatigués. Mon père, cachant sa fierté, répondait de son mieux aux compliments d'une inconnue. Son accent russe m'amusait, parmi toutes ces voix françaises. Je lisais sur son visage l'étonnement, la tendresse, une sorte de vertige. Visiblement, il pensait à la chance qui lui avait manqué dans se pays d'accueil et qui, tout à coup, favorisait son fils. Ma mère, déjà très malade, était assise dans un fauteuil et s'efforçait de tenir la tête droite, avec un air de douceur, dans le brouhaha. Comme je me penchais sur elle pour l'embrasser, elle me dit dans un souffle : « C'est bien, mon petit. Mais maintenant il faut continuer. » Il y avait là aussi mes amis : Michelle Maurois, Jean Davray, Claude Mauriac, Jean Bassan, Henri et Solange Poydenot. Comme le jour du Goncourt. A vingt et un ans de distance. On me photographiait, on me bousculait, on me questionnait. Quelqu'un me fit remarquer qu'à quarante-huit ans j'étais le plus jeune académicien de la Compagnie. Cela me secoua : j'avais l'impression d'être encore en 1938. Subitement, à quelques pas de moi, j'avisai Guite aux prises avec un reporter de la radio. Face au micro, elle montrait une aisance qui me confondit. Elle qui n'avais jamais pris la parole en public répondait à l'interrogatoire de cet homme avec la douce simplicité d'une femme heureuse. Comme j'avais hâte soudain de me retrouver seul avec elle! Puis il fallut s'occuper du costume, de l'épée. Vous savez que, selon l'usage, l'épée est offerte au nouvel élu par ses amis. Un comité se constitua pour réunir les fonds nécessaires. Ce fut Jean Davray qui, avec sa décision et sa fougue habituelles, imagina les motifs ornementaux du joyau et passa la commande à un orfèvre parisien de son choix. Le dessin du pommeau unissait quelques symboles clairs : l'aigle bicéphale pour évoquer mes ouvrages sur la Russie, des coquelicots rouges sur fond noir en souvenir du premier tome de *La Lumière des justes,* le globe terrestre de *Tant que la terre durera,* les épis de blé mûr des *Semailles,* l'« araigne » tissant sa toile dans un coin, les racines flottantes des *Étrangers sur la terre* et la couronne d'olivier dédiée à notre maison de Provence. La liste des souscripteurs, de jour en jour allongée, contenait de nombreux noms arméniens et russes qui me rappelaient mes origines. Des réceptions furent organisées par ces deux colonies pour exprimer la sympathie des émigrés envers un des leurs qui se trouvait subitement placé en lumière. Il me semblait qu'à travers moi c'était une foule d'exilés que la France venait de reconnaître et d'honorer avec une générosité tranquille. D'après le règlement, tout nouvel académicien doit être présenté au président de la République, lequel aura préalablement approuvé l'élection. Le jour fixé pour l'audience, je me rendis chez le duc de Lévis-Mirepoix, directeur en exercice de la Compagnie, et y trouvai Jean Rostand, élu de fraîche date, comme moi. Le cheveu sur la nuque, le nez pointu et l'œil rond derrière ses lunettes, il ressemblait à un batracien à l'affût. D'emblée, il me confia sa crainte des « corvées académiques ». Je lui répondis que c'était également mon principal souci. « Il faudra nous serrer les coudes, dit-il. Former un clan d'anti-mondains. Je ne peux pas m'absenter. J'ai mes élevages, mes cultures... » J'abondai dans son sens : mes élevages à moi, c'étaient mes personnages. Ils avaient besoin de ma présence constante auprès d'eux, comme les grenouilles de Jean Rostand avaient besoin de la sienne auprès d'elles. Le duc de Lévis-Mirepoix nous rassura : on pouvait parfaitement être de l'Académie et vivre en solitaire. Nous allâmes tous trois, à pied, à l'Élysée (le duc habitait tout près du palais). En traversant la cour d'honneur, je pensai que l'empereur Alexandre Ier avait logé ici même, pendant l'occupation de Paris, en 1814, puis en 1815. Quand il s'était rendu chez le tsar, mon héros, Nicolas Ozareff, avait donc vu cet escalier monumental, ces lambris dorés, ces fresques à l'italienne. J'étais encore dans mon roman. Un officier d'ordonnance me fit attendre dans un salon, pendant que le général de Gaulle recevait le duc de Lévis-Mirepoix et Jean Rostand. Puis ce fut mon tour. Le général m'accueillit dans un bureau très vaste, aux murs blancs et or. Trois hautes fenêtres ouvraient sur les marronniers en fleur du jardin. En découvrant devant moi cet homme de légende, j'eus l'impression de perdre le contact avec la réalité. C'était la première fois que je me trouvais en face de lui. Les images des journaux et des films ne m'avaient pas préparé au choc. Il me parut très grand et, en quelque sorte, conique, ventre en avant et épaules maigres, rasé de près, les paupières tombantes, l'air vieux et solitaire, fatigué et grave. Il avait lu quelques-uns de mes livres et m'en parla avec sympathie. Lorsque je lui exposai mon intention de décrire, dans une série de romans, le lent cheminement de l'idée de liberté, transportée de France en Russie, dès 1814, par des officiers du tsar, et son mûrissement, de conspiration en conspiration, d'émeute en émeute, jusqu'à la révolution d'octobre 1917, il approuva vigoureusement mon projet, dont *La Lumière des justes* n'était qu'une première étape. Il s'intéressa aussi au reportage que j'étais en train de rédiger sur les usines de la Régie Renault. Je lui racontai brièvement ma tournée dans les bureaux et les ateliers, mes conversations avec les employés, les ingénieurs, les contremaîtres, les O.S... Le général multipliait les questions. Visiblement, les problèmes du monde ouvrier le passionnaient. Nous discutâmes encore, je m'en souviens, des modalités du travail à la chaîne, qu'il était urgent d'aménager. Puis, le général se leva pour signifier que l'entretien était clos. Je devais le revoir l'année suivante, lors d'un déjeuner à l'Élysée pour la remise à François Mauriac des insignes de grand-croix de la Légion d'honneur. Après que le général eut prononcé la formule rituelle : « François Mauriac, je vous élève à la dignité de grand-croix, de la Légion d'honneur », François Mauriac tendit son cou maigre et allongea son long bras sarmenteux pour recevoir le cordon en sautoir. Un instant, je fus frappé par le spectacle de ces deux êtres exceptionnels, l'un dans l'histoire politique de son pays, l'autre dans son histoire littéraire, debout face à face, et se regardant au fond des yeux. Un souvenir me revint, qui se superposa à cette image. Je me revis assis, à côté de François Mauriac, dans son petit bureau mal chauffé, et écoutant la radio de Londres : « Si les Allemands gagnent, je renoncerai à écrire sans peine, sans colère, disait-il. Mais ils ne gagneront pas. Je suis optimiste! » Déjà il fallait passer à table. Quand les invités retournèrent au salon pour le café, je me retrouvai avec de Gaulle et François Mauriac dans l'embrasure d'une fenêtre. Une vague d'audace me souleva. J'osai parler de l'Algérie. C'était au mois de mars 1960, au plus fort de l'opposition des Européens d'Afrique du Nord à tout abandon de la souveraineté française sur le pays. De Gaulle dit : « Il n'y a de solution définitive à aucun problème. Les problèmes se déplacent, c'est tout. L'Algérie ne sera pas reconquise, elle ne sera pas francisée. Un jour ou l'autre, on trouvera un moyen d'association. Cela durera ce que cela durera. Mais là encore, il s'agira d'une étape... » Il parlait avec lenteur. Son regard passait au-dessus de moi. Je vivais dans l'instant, alors qu'il foulait, loin de moi, les routes de l'avenir. Étais-je devant un être humain ou devant une page d'histoire? Insensibilité supérieure, mépris des contingences temporelles, souci permanent de la grandeur française. Même François Mauriac, devant lui, ressemblait à un élève attentif. Quelques jours avant ce déjeuner à l'Élysée, avait eu lieu ma réception sous la Coupole. J'avais demandé à François Mauriac et à André Maurois d'être mes parrains. Ils avaient accepté de grand cœur, ce dont je leur sais gré, en mémoire, aujourd'hui encore, tant j'éprouve de désagrément à me mettre moi-même en habit d'académicien! C'est un déguisement pénible, croyez-moi. Une survivance des fastes d'un autre âge. Je ne puis me sentir à l'aise sous toutes ces broderies et avec une épée au côté. Lorsque je me vis, pour la première fois, ainsi costumé, dans un miroir, mon sang se gela. Je tremblais à l'idée d'affronter le public dans cet équipage. La rédaction de l'éloge de mon prédécesseur, Claude Farrère, ne me demanda pas trop de mal. Écrivain prolixe et sans mystère, ce grand voyageur m'avait autrefois charmé par ses contes, par ses romans. J'y avais trouvé peu de psychologie, mais le goût de l'exotisme et un entrain sympathique dans la conduite du récit. Je le dis de mon mieux dans mon discours. La réponse appartenait au maréchal Juin, chargé de me recevoir. Lorsque je pénétrai, le jour dit, dans la salle des séances solennelles, entre François Mauriac et André Maurois, j'avais des jambes de coton. Rangés en ligne, les gardes républicains présentaient les armes. Les tambours roulaient. C'était à la fois majestueux et funèbre. Je ne savais plus si on me conduisait à l'autel ou à l'échafaud. Mon plastron empesé me glaçait la poitrine. Le col dur de ma chemise d'habit me sciait le cou. L'épée battait ma cuisse. Et, devant moi, dans l'hémicycle, cette foule serrée coude à coude, comme pour assister aux jeux de l'arène. Dès que j'ouvris la bouche, il me sembla que je me dédoublais. Je lus mon remerciement d'une voix ferme, alors qu'en moi tout était angoisse, défaite et attendrissement. Mon père se trouvait au premier rang de l'assemblée. Ma mère n'avait pu venir, trop malade. Un peu plus loin, il y avait Guite, les enfants, les amis. Je luttais pour ne pas me laisser distraire de Claude Farrère par les regards de ceux dont l'opinion m'importait plus que tout au monde. Au milieu de mon allocution, un grand mouvement se produisit dans la salle. Je crus d'abord qu'une de mes phrases, particulièrement bien frappée, avait ému mon public au point qu'il ne tenait plus en place. La réalité était plus prosaïque : une auditrice venait de se trouver mal. Ses voisins l'aidaient à quitter son siège. Coupé dans mon élan, j'attendis qu'elle fût sortie pour reprendre, tant bien que mal, le fil du discours. Enfin la péroraison, les applaudissements, je pouvais me rasseoir, le cœur mou, la sueur au front. Le maréchal Juin se dressait à son tour et faisait l'éloge du récipiendaire. Je courbai la tête sous les compliments. Un maréchal de France parlait de mon passé d'émigré avec une ouverture de cœur qui me bouleversait. Sans doute est-ce la grandeur de l'Académie française que cette réunion d'esprits si divers dans une même tradition de tolérance, d'indépendance et d'humanisme. Après la séance du quai de Conti, je dus encore serrer des centaines de mains au cours d'un cocktail. Enfin, le dernier invité parti, je me précipitai, avec Guite et les enfants, sans me changer, chez mes parents. Il fallut tout raconter, par le détail, à ma mère. Elle hochait la tête, lasse, heureuse, dépassée par les événements. Reconnaissait-elle son fils dans ce monsieur emprunté, en habit vert? Sur la table, il y avait des *zakouski* russes pour fêter cette distinction française.

– *Au fond, malgré les années, vous ne vous êtes jamais éloigné de vos parents!*

– Jamais. Une fois par semaine, nous nous réunissions pour dîner, chez eux, en famille. C'était une habitude sacrée à laquelle ni Guite, ni mon frère, ni ma belle-sœur, ni moi n'aurions voulu déroger. Ces dîners, je ne puis m'en souvenir sans une douce émotion. Il fallait arriver à l'heure, sinon mon père se fût inquiété. Ma mère, du temps qu'elle était encore vaillante, s'ingéniait à nous préparer nos plats préférés : *bliny, borsch,* bœuf Stroganoff, *pirojki, koulibiak, bitki* à la crème, que sais-je? Le tout arrosé de vodka. Nulle cuisine ne me paraissait plus savoureuse. Chaque bouchée me transportait ailleurs. Je mangeais, je buvais, comme quatre, et il me semblait participer à une fête de mon enfance. Notre conversation, en français et en russe, courait comme feu de brindilles. Mon frère et moi racontions nos journées, nos espoirs, nos travaux. Mes parents nous écoutaient, ravis. Mon père trônait entre ses deux brus, ma mère entre ses deux fils. Mais, ma belle-sœur étant russe, Guite se trouvait être la seule Française de souche dans cette réunion. Tout à coup, c'était elle l'exilée. Parfois, mon père lui prenait la main sur la nappe et la regardait affectueusement comme pour la prier d'excuser ce dépaysement. Et elle lui souriait, amusée. Le soir, en rentrant à la maison, elle me disait qu'elle avait l'impression de revenir d'un long voyage au-delà des frontières. Après mon élection à l'Académie française, j'ai achevé mon cycle de *La Lumière des justes* et me suis aussitôt attelé à mon roman bref, *Une extrême amitié*. J'avais envie de me renouveler. Pour moi, une partie de la joie de la création réside dans la diversité des problèmes abordés, des moyens employés. Je ne veux pas être l'homme d'une seule atmosphère, d'un seul livre. Dès que j'en ai fini avec un groupe de personnages, j'essaie de m'éloigner le plus possible de leur époque, de leurs soucis. *Une extrême amitié* raconte l'histoire d'un amour conjugal perturbé par la résurgence d'une amitié de jeunesse. C'est un roman trouble, complexe, un roman où l'inexprimé est plus important que l'exprimé, un roman qu'il faut lire entre les lignes. Au fond, le sujet du livre, c'est la destruction du présent par le passé. Pour créer ce sentiment de l'invasion d'une époque par l'autre, j'ai été tout naturellement amené à changer le temps des verbes dans une même phrase, à heurter les images anciennes et les images actuelles, à brouiller systématiquement les données du calendrier psychologique. Cette technique m'a été imposée par la nécessité de rendre perceptible au lecteur la confusion chronologique où se débat mon héros. Un fait précis est à l'origine du roman. Guite et moi avions l'habitude de faire, chaque année, un petit voyage pour fêter notre anniversaire de mariage. Un soir, comme nous dînions, à cette occasion, dans un restaurant de Saint-Tropez, une inquiétude me saisit. Nous étions si bien en tête à tête que je redoutais l'intervention d'un fâcheux. A peine avais-je fait part à Guite de mes craintes que le fâcheux arriva, sous les espèces d'un ami de jeunesse, depuis longtemps perdu de vue. Nous eûmes beaucoup de mal à nous débarrasser de lui. Par la suite, j'imaginai un personnage de roman et sa femme placés dans la même situation que nous. Mais, cette fois, l'ami de jeunesse s'incrustait. Cet ami de jeunesse, maléfique ou providentiel selon les points de vue, c'est Bernard. Brillant, disert, jovial, superficiel, il tombe entre Jean et Madeleine qui forment un couple profondément uni. Et, par sa présence, par les souvenirs qu'il éveille dans l'esprit de Jean, par les regrets qu'il lui inspire, il remet en question les données d'un bonheur apparemment inattaquable. Il fait douter Jean de la voie qu'il a choisie. Il lui inflige la nostalgie de ce qu'il aurait pu être. Enfin il trouble l'imagination de Madeleine. A côté de cette intrigue sentimentale, il y a, dans le roman, toute une partie scientifique. Jean est directeur de recherches au C.N.R.S. Il étudie l'activité électrique produite par le système nerveux. Ses expériences portent principalement sur les chats. C'est le mari de Michelle Maurois, le docteur Robert Naquet, lui-même directeur de recherches au C.N.R.S., qui m'a prêté les ouvrages nécessaires à mon initiation, m'a piloté dans les laboratoires et a relu mon manuscrit. A la fin du livre, le lecteur ne sait pas au juste ce qui s'est passé entre Madeleine et Bernard. Ont-ils trompé la confiance de Jean? Sont-ils morts sans avoir rien à se reprocher? Si j'ai terminé le récit sur ce point d'interrogation, c'est que, pour moi, *Une extrême amitié* est un livre moins écrit que suggéré. Le lecteur doit le construire, avec les données que je lui fournis parcimonieusement. Pour accroître cette impression de fluidité, j'ai usé d'un style très simple, qui n'accroche pas le regard, qui se laisse, en quelque sorte, oublier.

– *Et dans vos autres livres?*

– Je crois que, d'habitude, mon style est plus coloré. Contrairement aux apparences, je travaille beaucoup ma phrase. Un style relâché conduit aux idées flottantes. Il faut raturer, surcharger, gratter, recommencer... Le choix du mot juste est ma règle. Cela dit, il est impossible d'écrire aujourd'hui comme à l'époque de Flaubert. Le voudrais-je que je ne le pourrais pas. A moins de m'appliquer à un pastiche. L'environnement marque la réflexion et la langue. A mon insu même, je suis soumis aux influences des journaux et des livres que je lis, des musiques et des conversations que j'entends, des films, des pièces de théâtre, des affiches que je vois, de tout cet ensemble de lignes, de signes, de rythmes, de sons qui forment l'univers actuel. Homme de mon temps, je pense et je raconte en homme de mon temps, pour des hommes de mon temps. Le roman dit « traditionnel » marque, en fait, une évolution sur ceux qui l'ont précédé. Il innove sans heurter. Son originalité ne saute pas aux yeux. Mais elle existe. Et cela sans calcul, sans trucage. Par la seule pression du monde qui entoure l'écrivain. A chaque nouveau bouquin, je suis replacé devant le désert de l'inexprimable. Tout est remis en question, comme si je n'avais rien écrit encore. Je me dis : « Ce que j'ai fait jusqu'à ce jour ne compte pas. C'est maintenant que je dois donner ma mesure. Mais le saurai-je? » Cet enthousiasme mêlé d'anxiété m'accompagne au long de mon travail. Je passe constamment par des hauts et des bas. Je doute, j'ai envie d'abandonner, puis une phrase mieux venue que les autres, une indication psychologique originale me rendent confiance en mon entreprise et je repars pour buter, de nouveau, quelques pages plus loin. L'ouvrage terminé, publié, je l'oublie vite pour penser au suivant. Je ne relis jamais les livres de mes débuts. Pourquoi les relirais-je, ces livres, puisque je ne peux plus rien pour eux? Ils se sont détachés de moi, ils font leur chemin dans le monde des autres.

– *Revenons à votre désir de renouvellement. Il doit être quand même plus facile d'écrire un roman court qu'un roman-fleuve!*

– Est-il plus facile de courir un cent mètres qu'un cinq mille mètres? Ce sont deux entreprises qui n'ont rien de commun, ni dans la conception, ni dans les moyens, ni dans la cadence. J'aime, dans les romans longs, en plusieurs volumes, cette possibilité de tourner lentement autour des personnages, de les suivre d'année en année à travers leurs métamorphoses, d'épaissir autour d'eux l'atmosphère de leur maison, de moduler le murmure du temps qui passe. J'aime, dans les romans courts, la rapidité et la sûreté de l'attaque, les caractères indiqués en quelques traits, les phrases allusives qui suggèrent un monde.

Rien n'est plus grave, me semble-t-il, pour un artiste, que de s'enfermer dans le système d'une école quelle quelle soit. Prenez l'histoire de la littérature : vous constaterez que les œuvres qui paraissent marquantes le sont non point parce qu'elles obéissent aux règles en usage à l'époque où elles furent écrites, mais parce que, malgré ces règles, par-dessus ces règles, l'auteur a su nous faire parvenir un message humain. Dieu nous préserve du terrorisme dans le fragile royaume des lettres! Seuls des théoriciens avides de classifications peuvent prôner la supériorité d'un genre sur un autre. Cela est si vrai que les exclusives jetées contre telle ou telle forme d'activité artistique se révèlent toujours, au bout de quelques années, comme d'impardonnables erreurs. Canaliser le flot romanesque est impossible. La richesse du patrimoine littéraire est fonction de sa diversité.

Tous les genres de roman ont droit de cité dans le monde des lettres. Mais je pense tout de même quc la principale qualité d'un romancier est la naïveté. Il faut une dose énorme de naïveté, à un homme mûr faisant profession d'écrire, pour croire à la réalité des personnages qu'il invente et à l'importance de l'histoire qu'il désire conter. Or, s'il ne croit pas à la réalité de ces personnages et à l'importance de cette histoire, comment ses lecteurs y croiraient-ils? Pour eux comme pour lui, il doit jouer le jeu à fond, il doit être un enfant perdu dans ses rêves, il doit retrouver cet état de grâce qu'il avait lorsque, tout petit, il se racontait des histoires en s'amusant avec des soldats de plomb, derrière des remparts de livres. Autre qualité essentielle : le don de changer de peau à volonté, de sauter d'un caractère dans un autre, d'être tour à tour, et avec une égale aisance, une égale conviction, la jeune fille oppressée par la découverte de l'amour et le vieillard étouffé de souvenirs, le prêtre et l'ivrogne, la victime et le bourreau. Le romancier, à mon avis (je dis bien à mon avis!), doit animer ses personnages sans jamais les juger, sans prendre parti pour ou contre eux. S'il intervient pour commenter l'action, pour absoudre ou condamner ses héros, il rompt le charme. Le lecteur s'intéresse à une histoire dans la mesure où il oublie que l'auteur en est le maître jusqu'au bout. Le grand danger, pour le roman actuel, c'est l'excès de lucidité. C'est aussi la recherche à tout prix d'une nouvelle technique d'écriture. Un véritable créateur doit écrire parce qu'il est poussé par une nécessité intérieure et non par le désir d'essayer une forme d'expression inédite. Il est impossible, me semble-t-il, de se lancer dans une œuvre en gardant la tête froide. On ne peut, en même temps, créer et se regarder créer.

– *Qu'est-ce donc, pour vous, qu'écrire un roman?*

– C'est tenter de rendre ce qui aurait pu être aussi émouvant que ce qui est. Cela ne signifie pas que je sois partisan d'une plate copie de la réalité. La réalité doit être réfléchie et déformée par la sensibilité de l'auteur. L'outrance et l'insolite règnent dans les plus hautes œuvres. Mais, tout en entraînant ses lecteurs dans le monde parallèle qui porte sa marque, il faut que le romancier soit fasciné par ses propres inventions, qu'il oublie les théories des professeurs du moment, qu'il s'abandonne tout entier à la folie de la création littéraire. Je crois qu'en s'écartant de cette vérité très simple les écrivains risquent de se déshumaniser, de se dessécher. Trop de cervelle et pas assez de tripes, on meurt vite de celle maladie-là!

– *Est-ce pour obéir au principe de l'alternance des genres qu'aussitôt après* Une extrême amitié, *roman éclair, vous vous êtes attaché à raconter abondamment, en trois volumes, l'histoire des Eygletière?*

– Non : il n'y a pas eu de calcul de ma part. Lorsque le sujet des *Eygletière* s'est présenté à moi, il m'a séduit d'emblée et j'ai eu envie de m'embarquer pour une longue traversée avec mes personnages. Aurais-je écrit, juste avant cela, un autre roman-fleuve que j'aurais pris la même décision. L'action des *Eygletière* se déroule à notre époque, en plein cœur de Paris, dans un milieu bourgeois. C'est l'histoire de la lente désagrégation d'une famille que j'ai voulu peindre dans ces trois volumes *(Les Eygletière, La Faim des lionceaux, La Malandre)*. Les fatigues de l'âge mûr opposées au triomphal appétit des jeunes, les trépidations de la vie moderne, les sourds craquements d'une charpente sociale vieillie, pourrie, pleine de « malandres », tels sont les thèmes essentiels de mon roman. Le premier tome en a été publié en 1965. Quelques années ont passé depuis. Mais je crois que certains problèmes évoqués par moi dans ces pages sont encore d'actualité.

– L'univers des Eygletière vous est-il familier? Sortez-vous beaucoup? Avez-vous une vie mondaine?

– Pas du tout! Je suis très sauvage. Et Guite l'est autant que moi. Le cercle de nos amis est des plus restreints. Notre joie, c'est de nous retrouver à la campagne. Il y a quelques années déjà, nous nous sommes séparés de « La Ravanelle », propriété lointaine, difficile à surveiller et à entretenir, pour acheter une maison dans un petit village oublié du Loiret. Une ancienne ferme, blottie à l'ombre d'un vieux clocher. Le hameau se trouve au sommet d'une modeste colline, surnommée pompeusement le Mont-Saint-Michel du Gâtinais. Autour, des champs à perte de vue. Le regard glisse sans s'arrêter sur ces labours, ces routes lointaines, ces boqueteaux vaporeux. Quand je contemple ce paysage, j'éprouve une impression de puissance calme, de fuyante mélancolie, comme devant l'étendue tranquille de la mer. Et quelles délicates nuances frémissent dans cet espace plat, au gré des saisons! Il y a l'époque des blés mûrs, et l'époque des betteraves, et l'époque du givre, et l'époque de la terre nue, et l'époque des brouillards pluvieux. Ces différents aspects d'un même horizon sont également chers à mon cœur. Lorsque nous avons découvert ce coin, il y avait là une petite maison, avec les bâtiments en ruine des communs disposés en fer à cheval devant elle. La petite maison réparée, nous nous y sommes installés et avons envisagé bravement la remise en état des autres bâtiments. Il fallait redresser les murs, percer des fenêtres, refaire la toiture, construire un escalier. Une masse de travaux en perspective. Une fois de plus, Guite se lança dans l'aventure. Elle traçait elle-même les plans et discutait avec les entrepreneurs locaux. Son énergie me confondait. Elle n'hésitait pas à courir de droite et de gauche, dans le pays, pour découvrir des tuiles anciennes, de vieux pavés, des pierres taillées pour le pas des portes et les rebords des fenêtres. Peu à peu, les communs se transformaient en demeure principale, la porcherie devenait mon bureau, la salle à manger s'établissait à la place de l'écurie, une cuisine paysanne resplendissait sur les lieux du poulailler et du clapier, une rampe d'escalier, provenant de l'hôpital d'Autun, s'élevait jusqu'au premier étage, tandis qu'une cheminée en bois sculpté du XVIIIe siècle s'implantait au fond du salon avec autorité. En piochant devant la grange, les ouvriers portugais mettaient au jour un squelette, enterré la face en bas. (Sans doute le cimetière de l'église s'étendait-il jusque-là dans un lointain passé.) Affolés de superstition, ils dispersaient les ossements. Guite les sermonnait pour les inciter à reprendre le travail. Ils acceptaient en maugréant. Mais il fallait aussi s'occuper du jardin. Et d'abord élargir la terrasse qui surplombait le verger. Des trains de camions apportèrent de la terre à betterave prise dans les sucreries de la région et la déversèrent en tas devant la façade. J'eux sous les yeux un horizon de montagnes qui d'abord m'épouvanta. N'était-ce pas trop? Mais non, Guite ne s'était pas trompée dans ses calculs. Aux camions succédèrent des pelleteuses. On se serait cru sur un chantier d'autoroute. Tapi dans mon bureau, qui venait d'être installé, je levais, de temps à autre, le nez de mes papiers pour regarder le va-et-vient grondant des engins mécaniques. Et l'impossible s'accomplit. Devant la porte, de plain-pied, s'étendait une belle terrasse horizontale. Restait à y planter des arbres. Nous allâmes en acheter chez un pépiniériste. Pour déterminer leur emplacement, je me promenai avec un pieu sur la plate-forme de terre meuble. Guite, clignant des yeux, jugeait de l'effet. Une fois l'endroit choisi, les ouvriers creusaient le trou. D'après nos prévisions, un tiers des sujets ne prendraient pas. Ils prirent tous. Et rapidement. « C'est une forêt! » soupirait Guite. Mais nous aurions jugé criminel de supprimer un seul arbre. Mon frère avait rapporté, d'un voyage en Russie, un minuscule bouleau double. Nous le plantâmes. Cet exilé s'accommoda très bien de la terre française. Il prospéra même plus vite que les autres bouleaux que nous avions achetés. L'ensemble forma bientôt un coin spécifiquement russe dans notre calme jardin d'Ile-de-France. D'un voyage que nous avions fait au Canada, Guite avait, de son côté, rapporté un petit érable. Lui aussi prit gaiement racine dans notre terre. Son tronc grossit, ses branches s'élancèrent, mais, à notre grand regret, son feuillage n'adopta jamais, à l'automne, le ton pourpre que nous avions admiré dans les forêts de son pays natal. Malgré l'importance des travaux, Guite avait pu sauver de la pioche des ouvriers une vieille vigne, au pied noueux, dont les rameaux s'étalaient sur la façade sud de la maison. Ses raisins font encore la joie des merles. Alors que partout, dans le pays, se dressent des épouvantails pour les éloigner, chez nous ils ont table ouverte. Guite se ruine en graines pour attirer les oiseaux. Il en niche dans tous les recoins de la bâtisse. Leurs pépiements et leurs sifflements nous éveillent à l'aube. Maintenant la maison est terminée. Elle est simple, élégante, confortable, un refuge tranquille, loin des grandes routes. Entre-temps, nos enfants, Jean-Daniel et Minouche, s'étaient mariés et étaient partis chacun de son côté. Minouche avait épousé un Américain et s'était établie avec lui à New York. Privée de sa fille, Guite souffrait de cet éloignement mais s'efforçait de n'en rien laisser paraître. De l'autre côté de l'Océan, Minouche s'habituait difficilement à l'existence américaine. Au bout de quatre ans, notre gendre obtint de la firme qui l'employait sa mutation dans une succursale française, et le jeune ménage revint à Paris. Du coup, notre maison du Loiret connut un regain de vie. Notre fille et notre gendre l'aiment autant que nous-mêmes. Nous y faisons de longs séjours en famille.

– *Et, pendant ces longs séjours, j'imagine que vous travaillez plus encore qu'à Paris. Votre production, à cette époque, me paraît considérable. Non content de mettre en route* Les Eygletière, *vous trouvez moyen, en 1965, de publier votre biographie de Tolstoï.*

– Oui, mais, en vérité, ce projet me taquinait depuis longtemps déjà. Je vous ai raconté comment, tout enfant, je lisai *La Guerre et la Paix* en russe, à haute voix, à mes parents. De ces années lointaines, date mon engouement pour Tolstoï. Cependant je repoussais toujours l'idée de lui consacrer un livre : l'énormité de la tâche m'effrayait. Enfin l'amicale insistance d'un éditeur eut raison de mon appréhension. Je me jetai dans le travail comme on entre en religion. Durant plus de deux ans, je vécus fasciné par cette figure de géant qui se précisait à mesure que j'avançais dans ma besogne. S'il existe des personnages dont il est malaisé d'évoquer la carrière par manque de renseignements (voyez Lermontov!), la difficulté, en ce qui concerne la biographie de Tolstoï, provient tout au contraire de l'abondance, du désordre et de la diversité des documents. Son œuvre et sa correspondance représentent à eux seuls quatre-vingt-dix forts volumes dans l'édition soviétique du Centenaire. Il a tenu son journal intime pendant plus de soixante ans. Sa femme, Sonia, a noté, elle aussi, au jour le jour, ses impressions. Ses filles en ont fait autant. Et ses amis. Et ses collaborateurs. Il n'y avait pas un visiteur du maître qui n'eût à cœur, l'ayant rencontré et écouté, de publier ses souvenirs sur leur entrevue. Cette gigantesque masse de pages imprimées se déployait comme un terrain mouvant sous mes pas. A chaque instant, pour chaque fait, je devais confronter plusieurs témoignages, corriger l'un par l'autre, choisir le plus probant. Cette quête têtue de la vérité me rapprochait tellement de mon modèle que, bientôt, je pus l'imaginer entrant dans une chambre, buvant du thé, parlant à ses disciples, comme si, réellement, je l'avais connu de son vivant. Les innombrables photographies que ses proches avaient prises de lui à tous les âges et dans toutes les circonstances (écrivant, fauchant, chevauchant, sciant du bois, apprenant à lire aux enfants) m'aidaient à le suivre dans sa démarche. Très vite, je compris que je ne devais pas chercher à résoudre les contradictions de ce caractère prodigieux, mais le montrer tel qu'il était, avec ses inconséquences, ses absurdités, sa générosité et sa mesquinerie. Ne m'avait-il pas donné l'exemple de la franchise en avouant ses faiblesses les plus horribles, ses compromissions les plus pitoyables dans son journal? Au lieu de le placer sur un piédestal et de camoufler ses défauts, je décidai par respect pour lui, par amour pour lui, de restituer au public son image authentique. Je ne pense pas que l'homme et l'écrivain soient sortis diminués de cette épreuve de vérité.

– *Qui est Tolstoï?*

– Comment répondre? Il n'y a pas un Tolstoï. Il y en a cent, cousus dans la même peau, affublés de la même barbe. Toujours une part de lui est en opposition avec une autre. Il voudrait être un ascète, mais un sang superbe, exigeant, lui interdit, jusqu'à un âge avancé, les délices spirituelles de l'abstinence. Il voudrait découvrir les bienfaits de la pauvreté, mais il n'ose dépouiller sa famille et, même lorsqu'il a renoncé théoriquement à gagner de l'argent, il continue, grâce aux siens, à jouir d'une belle aisance. Il voudrait que son domaine de Iasnaïa Poliana fût un désert, mais, plus il prêche la nécesité de la solitude, plus il augmente, autour de lui, le nombre de ses adorateurs. Il voudrait être excommunié, mais, quand l'Église le condamne, sa gloire grandit et s'étale jusqu'aux confins du monde civilisé. Il voudrait être jugé, exilé, comme plusieurs de ses adeptes, mais le tsar refuse de le rendre responsable des mouvements d'insubordination qu'il a inspirés par ses livres. Ainsi les tortures physiques, la misère, l'iniquité, la prison, le bagne, tout ce que Dostoïevski a connu sans l'avoir demandé, Tolstoï s'efforce de l'obtenir pour se transformer ostensiblement en martyr. Si le drame de certains criminels est de n'être pas châtiés, celui de Tolstoï est de ne pouvoir s'évader d'un bien-être qu'il réprouve. L'homme malheureux d'être heureux! N'est-ce pas un beau sujet de méditation pour notre époque tout entière tournée vers le progrès matériel? Tolstoï est grand, à mon avis, moins par la doctrine qu'il a laissée que par les souffrances qu'il a endurées pour la mettre en pratique, moins par ses vaticinations sur le monde futur que par sa peinture du monde contemporain, moins par ses élans vers le ciel que par sa connaissance merveilleuse de la terre. Stefan Zweig disait : « En lisant Tolstoï, on a l'impression de regarder, par une fenêtre, l'univers réel. » Et en effet, à chaque page, le lecteur est saisi par la précision symptomatique des détails. Ainsi est-on amené à penser que ce n'est pas un créateur ivre de sa toute-puissance qui a insufflé la vie à ses personnages, mais un observateur lucide et méticuleux de la nature qui n'a fait que relater sans effort ce qu'il voyait autour de lui. Cette magistrale simplicité, Tolstoï l'obtient par un travail ardu, dont ses manuscrits raturés apportent le témoignage. Il accumule les notations colorées et les dispose en mosaïque, avec un soin d'artisan. Une phrase inutile, une image trop marquée suffisent à le terrifier, au point qu'après avoir renvoyé les épreuves à l'imprimeur, à Moscou, il lui télégraphie d'arrêter le tirage et d'attendre ses instructions. Dépouillée de toute prétention artistique, cette prose se situe au delà des modes. Elle n'a pas d'âge, elle ne vieillit pas, elle ne bouge pas. En outre, elle n'est pas à proprement parler, *inspirée.* Tolstoï n'a rien du visionnaire. Ses personnages ne tremblent pas d'une fièvre mystique, comme ceux de Dostoïevski. Ses récits, contrairement à ceux de Dostoïevski, ne sont pas traversés de prophéties fulgurantes. Quand on lit Dostoïevski, on croit entendre l'auteur haleter, en proie à une passion insatiable. Quand on lit Tolstoï, on écoute le souffle régulier d'un marcheur qui avance, sans se presser, sur la grand-route, à la clarté du soleil de midi. Le graphique de Dostoïevski est une ligne brisée, celui de Tolstoï, une ligne droite. A aucun moment son investigation ne dépasse la frontière de ce qui est immédiatement perceptible au commun des mortels. Son champ d'expérience et de réflexion est le nôtre. Mais il subit plus intensément que l'homme normal les sollicitations des êtres et des choses. Sa sensibilité enregistre avec un égal bonheur les impressions d'un chien de chasse flairant le gibier ou celles d'une jeune fille à son premier bal. Qu'il s'agisse de la fenaison, de la blessure du prince André ou de l'écrasement d'Anna Karenine, ce sont mille observations, d'une netteté zoologique, qui suggèrent la psychologie des personnages. Ces personnages, en vérité, ne sont pas exceptionnels.

Mais le suprême mérite de Tolstoï n'est-il pas justement de fixer dans nos esprits, d'une manière inoubliable, des êtres qui n'auraient pas éveillé notre curiosité si nous les avions rencontrés dans la vie? Tolstoï a été tout, dans sa longue existence, amateur de tziganes et de vin, joueur, soldat, propriétaire foncier, mari, père de famille, fils de l'Église, négateur de la religion, prophète, ascète, fornicateur, pédagogue, mage, contempteur de l'art et écrivain de génie. Cette diversité fait sa force. L'humanité se reconnaît dans son œuvre parce qu'il fut, à lui seul, toute l'humanité.

– En 1971, vous complétez votre galerie des grands écrivains russes par une biographie de Gogol. Est-il, à votre avis, de la même taille que les colosses dont vous aviez déjà tracé le portrait?

– Aux yeux du lecteur occidental, les deux colosses de la littérature russe sont Dostoïevski et Tolstoï; aux yeux du lecteur russe, un petit homme au nez plongeant, au regard d'oiseau et au sourire sarcastique se tient à leur hauteur. Ce petit homme est peut-être le plus extraordinaire génie spontané que le monde ait jamais connu. Il surgit comme un phénomène parmi les écrivains de la première moitié du XIXe siècle, et, très vite, échappant à toutes les influences, entraîne le public dans un univers où le rire et l'angoisse se répondent. Ses premiers admirateurs, abusés par la minutie de ses descriptions, le prennent pour un réaliste, alors qu'il est un étonnant visionnaire. C'est Pouchkine qui lui donne, je vous l'ai dit, les sujets du *Revizor* et des *Ames mortes*. De ces anecdotes comiques, il fait des œuvres à la fois drôles et inquiétantes, des pantalonnades à travers lesquelles perce le museau du diable. Alors commence le véritable drame de cet homme, déchiré entre son talent et son ambition, entre le don qu'il a reçu de Dieu et le don qu'il voudrait faire à Dieu. Persuadé que l'œuvre d'art, portée à un certain degré de perfection, a un pouvoir moralisateur, il estime que son devoir est d'utiliser les ressources de son cerveau à régénérer ses semblables. Pour être digne de la tâche que Dieu lui a assignée à sa naissance, il faut, pense-t-il, qu'il rende la vertu aimable et le vice hideux. Mais, s'il est à son aise dans la peinture de la laideur physique et spirituelle, son génie le trahit dès qu'il essaie de créer une figure lumineuse. Passé maître dans l'art de capter les travers humains, de transformer les visages en mufles, de décomposer les gestes quotidiens en une gigue grotesque, il perd tous ses moyens lorsqu'il se mêle de montrer les hommes nouveaux, justes et courageux qui, soi-disant, sauveront la Russie. Sa main, faite pour le trait rude et gras de la caricature, se crispe maladroitement pour tenter d'esquisser des profils angéliques. Il voudrait être Raphaël et il est Jérôme Bosch. Ainsi, ayant admirablement réussi la première partie des *Ames mortes*, qui représente l'enfer du triptyque, rate-t-il totalement la deuxième partie qui annonce le purgatoire sur la terre russe. Quant au paradis, il n'ose en approcher. Un doute atroce le tenaille : au jour du Jugement dernier, Dieu ne lui reprochera-t-il pas d'avoir utilisé son talent à des fins condamnables? S'il ne peut parvenir à peindre des êtres supérieurs, c'est que, sans doute, il est encore indigne d'une si haute mission. Pour célébrer la pureté, il importe de commencer par vivre dans la pureté. Le voici qui met au point des recettes destinées à élever son âme, telles que l'obligation de lire, chaque matin, l'*Imitation de Jésus-Christ* aussitôt après avoir bu son café au lait. Il demande à ses amis de l'attaquer en lui désignant ses défauts. Mais, en même temps, il les réprimande avec aigreur en leur adressant des lettres pastorales. Depuis quelque temps, il a constaté qu'en dénonçant les tares de la société il combattait le régime tsariste dont il aurait dû chanter les louanges, puisque le tsar est le représentant de Dieu sur la terre. Immédiatement il se repent, il se rétracte, il publie les *Extraits de ma correspondance avec mes amis,* qui attirent sur lui la colère des milieux libéraux. Artiste révolutionnaire, il devient moraliste réactionnaire. Caricaturiste génial, il s'efforce de glorifier l'honnêteté, l'ordre, l'administration, la religion, l'armée, le servage. Sa vie n'est qu'une lutte acharnée pour résoudre les contradictions qui le rongent. Peu d'événements extérieurs et une véritable tempête intérieure. Il parle toujours de lui et, plus il en parle, moins ses proches le comprennent. Son visage disparaît sous l'épaisseur de dix masques superposés. Il n'est à l'aise que dans la fabulation, le faux-fuyant, la fourberie. On dirait qu'il a besoin d'une zone d'ombre pour préserver sa liberté. Il ment à longueur de journée et en toute occasion, à sa mère, à ses sœurs, à ses amis, à lui-même. Il se grise de mots comme d'autres se grisent de sentiments. Il se prend pour un apôtre, pour un messie. Et cela plus particulièrement lorsqu'il se trouve dans une société féminine. Frappé de déficience physique, il ne peut concevoir d'union charnelle avec personne. Mais il éprouve un trouble plaisir à morigéner les femmes de son entourage. Mythomane tourmenté par le désir d'être sincère, orgueilleux s'efforçant à l'humilité, impuissant entouré de femmes devant qui il joue au directeur de conscience, mystique attaché aux biens de ce monde, goinfre rêvant de frugalité, tel m'est apparu Gogol et tel j'ai essayé de le peindre. A la fin de sa vie, il brûle le manuscrit de la deuxième partie des *Ames mortes* et renonce à écrire pour obéir aux conseils d'un moine fanatique. Peu de temps après, il expire en poussant un grand cri : « L'échelle! Donnez-moi l'échelle! » Les médecins tentèrent d'expliquer sa mort en parlant de phtisie, d'anémie pernicieuse, de troubles circulatoires, de catarrhe de l'intestin, de gastro-entérite. Mais, bien vite, ils furent obligés de reconnaître que la maladie de leur client n'avait pas de nom dans les annales médicales. Gogol est mort d'un divorce tragique entre l'homme et l'artiste. L'homme, en lui, n'était pas satisfait de l'artiste, et l'artiste était incapable de se plier aux exigences de l'homme.

– *Pourquoi n'écrivez-vous que des biographies d'auteurs russes?*

– D'abord parce que je suis très attiré par la littérature de ce pays qui, dans le genre romanesque, est l'une des plus riches du monde. Ensuite parce que ma connaissance de la langue russe me permet d'accéder à un grand nombre de documents encore inconnus des chercheurs français. Mais je n'exclus nullement la possibilité pour moi d'écrire, dans l'avenir, la biographie de quelque écrivain français considérable.

– *Quelle est votre technique de biographe?*

– Elle est très simple. Je commence par lire toute l'œuvre de celui dont je veux évoquer la figure. Puis je prends connaissance des documents (journaux intimes, correspondance, mémoires d'époque, relations diverses) qui ont trait à son existence. Je complète cette information par le survol des biographies qui lui ont déjà été consacrées. Au cours de ce travail, je note les faits les plus intéressants, ceux qui m'éclairent le mieux sur la psychologie du personnage. Ce personnage, à force de me renseigner sur lui, je le sens, peu à peu, qui respire. A partir du moment où je l'entends parler dans ma tête, je sais que je peux aborder le récit de sa vie. Je vous ai dit que je m'imposais, au début, une sérieuse besogne de documentation. Mais, dans un premier temps, je ne descends pas jusqu'aux plus infimes détails. L'approfondissement, je me réserve de le faire en cours de rédaction, de chapitre en chapitre. Cette façon de procéder me laisse, au long de la rédaction, une possibilité de surprise, d'amusement. Je conserve l'illusion que tout ne m'est pas donné au départ. Je ménage une sorte de « suspense » littéraire à mon propre usage. En vérité, je ne puis écrire une biographie qu'en m'identifiant à mon modèle et en découvrant les événements de sa vie à travers lui, avec lui, en même temps que lui.

– *C'est une méthode de romancier appliquée à l'histoire. Êtes-vous plus à l'aise dans le roman ou dans la biographie?*

– Dans un roman, l'écrivain tire tout de sa tête, il peut, à chaque instant, modifier le caractère de son personnage, l'embarquer dans une aventure imprévue, le marier, l'expédier au-delà des frontières, le tuer à sa guise. Cette liberté absolue, chez le créateur, s'accompagne d'une constante angoisse. Il n'en finit pas de construire un château de cartes qu'un souffle risque de renverser. Jusqu'à la dernière page, l'erreur d'orientation est possible. En revanche, dans une biographie, quelle sécurité! L'auteur est sur des rails. Il est tenu, épaulé par des montagnes de documents. Toutes les étapes de son héros lui sont fournies. Rien ne dépend de sa volonté, de son inspiration. En outre, il n'est pas seul. Quand j'évoque Dostoïevski, Tolstoï, Pouchkine, Gogol, Lermontov dans un livre, ils sont à mes côtés, avec tout leur génie. Cela dit, lorsque j'arrive à la fin d'une biographie, je pousse toujours un soupir de soulagement, car, depuis longtemps déjà, je souffre d'être obligé de suivre, pas à pas, une intrigue que je n'ai pas inventée. Mon imagination s'impatiente. J'ai soif d'indépendance. Je rêve d'un roman dont ni le héros ni les péripéties ne me seront imposés par le respect de la vérité historique. Ainsi vais-je, ballotté entre la réalité et la fiction, entre les plaisirs sages de l'étude et ceux, dangereux, de la fantaisie.

– *Ces deux plaisirs sont assez intimement mêlés, me semble-t-il, dans les romans historiques que vous continuez à écrire. Les trois volumes des* Héritiers de l'avenir (Le Cahier, Cent un coups de canon, L'Éléphant blanc) *font suite, chronologiquement, aux cinq volumes de* La Lumière des justes. *Après avoir dépeint la révolte des « décembristes » et ses premières conséquences, vous abordez les problèmes de l'abolition du servage et de l'apparition du terrorisme en Russie.*

– Ce sont là, en effet, les thèmes majeurs de ma trilogie : *Les Héritiers de l'avenir.* La difficulté était de les incarner dans des personnages. Car, pour moi, il importe qu'un roman, même s'il évoque de grands événements réels, soit, avant tout, l'étude d'un conflit de caractères. Quelle que soit la dimension du fait historique, c'est le fait humain qui m'intéresse. Certes, je savais déjà que l'un de mes héros serait un serf. Je me glissais dans sa peau, je m'habituais à sa résignation, à son humilité, je faisais mien son désir d'obéissance, mais je ne voyais pas encore l'intrigue. Ce n'est pas avec un serf tout seul qu'on fait un livre. Quel maître lui donner? Soudain une illumination me frappa. Ce serf que, très vite, je décidai d'appeler

Klim, aurait grandi en même temps qu'un jeune seigneur, un « bartchouk », nommé Vissarion, à la campagne. Du même âge que le « bartchouk », Klim serait son compagnon de jeux, puis son souffre-douleur. Le « bartchouk » lui ferait endosser toutes ses fautes. Du heurt de ces deux personnages, naissait la fable dont j'avais besoin. Leurs souvenirs d'enfance les rapprochaient, mais la différence de leur condition sociale était telle qu'ils ne pouvaient être deux amis. Si Klim n'était heureux que dans la chaleur de son maître, s'il acceptait avec gratitude les avanies qui lui venaient d'en haut, s'il dépérissait hors de ce merveilleux climat d'injustice, Vissarion, de son côté, tout en rudoyant son domestique, se surprenait à quêter son approbation à l'heure des décisions essentielles. Ainsi l'un ne pouvait s'épanouir que dans la sécurité de l'esclavage et l'autre que dans l'ivresse de la domination. Le plaisir d'obéir allait au-devant du plaisir de commander. Peut-être Klim et Vissarion n'étaient-ils que le double aspect d'une même conscience? Je connaissais bien la société russe de ce temps-là pour l'avoir étudiée à l'occasion de certaines biographies. Je me retrempai dans mes documents; j'en recherchai d'autres, mémoires ou journaux d'anciens serfs, publiés à la fin du siècle dernier; je vivais en 1850, je savais le prix du beurre, du sel, de la vodka, le nom d'un dentiste qui, déjà, fixait des dents en or, je me dirigeais à l'aise dans Moscou. Quelle époque de rudesse et de raffinement, de barbarie et d'idéal! Songez simplement à ce qu'il a fallu de courage à Alexandre II pour abolir l'ordre établi!... Un homme sur trois était serf, en Russie, avant 1861. On distinguait les serfs attachés à la terre, qui ne pouvaient être vendus sans la terre, et les serfs attachés à la personne, qui étaient des domestiques et pouvaient être vendus isolément. Les prix variaient selon les aptitudes du sujet. Un cuisinier en renom valait autant qu'un cheval de course. Ces serfs, dont Klim faisait partie, étaient entièrement soumis à leur maître, qui pouvait les battre, les marier à sa guise ou les envoyer à l'armée, pour vingt-cinq ans, en cas de mauvaise conduite. Eh bien, malgré la rigueur de leur état, la plupart des serfs se sentaient comme inclus dans la famille du seigneur. Car le seigneur, le barine, qui les exploitait et les châtiait, leur procurait aussi la sécurité et la subsistance. Grâce à lui, ils étaient déchargés de toute responsabilité. L'horrible angoisse du choix leur était épargnée. Tout en souhaitant être émancipés, nombre d'entre eux reculaient, horrifiés, devant le gouffre de l'indépendance totale. Klim était de ceux-là. Je l'aime bien, ce Klim. Je l'aime tant que je n'ai pu résister à l'envie de lui faire tenir son journal! Ce procédé m'a permis de suivre, pas à pas, le déroulement de sa pensée. Vissarion, lui, est, à mes yeux, d'une tout autre étoffe. Il s'ennuie à la campagne, il n'aime pas les moujiks, il ne se sent pas proche d'eux. Mais, pour suivre la mode de la jeunesse intellectuelle de l'époque, il pose au libéral. Quand il est dans un cercle d'amis aux idées républicaines, il se découvre prêt à jeter bas les institutions monarchiques, et, quand il est dans un village, parmi ses paysans, il ne songe même pas à s'apitoyer sur leur sort. Pour comprendre la mentalité de la jeunesse dorée de 1850, il faut se rappeler exactement les mœurs, les traditions de ces années-là. Tous ces fils de barines étaient nés dans un monde où le servage était de règle. Tolstoï lui-même, qui a tant fait pour améliorer le sort des moujiks, trouvait, dans sa prime jeunesse, que le servage n'avait, en soi, rien de révoltant. C'étaient les abus de certains maîtres à l'égard de leurs serfs qui l'indignaient. Telle est bien l'attitude de Vissarion. L'époque est aux réunions clandestines, aux conversations à voix basse dans les couloirs de l'université, aux grands élans du cœur vers le peuple qui a toutes les vertus. On rêve d'effacer les traces de l'odieux passé, de ne rien devoir à la générosité des pères, d'être, comme dit l'un des personnages, « les héritiers de l'avenir ». Mais on n'agit pas. Comme si on espérait que le poids des paroles suffirait pour emporter la décision. A la fin du premier volume, Vissarion perd Klim au jeu. Ainsi Klim désespéré, change-t-il de maître. Dans le deuxième volume, j'abordai la période où une vague d'enthousiasme saluait, en Russie, le manifeste impérial de 1861, portant enfin abolition du servage. Au vrai, cette euphorie ne résista pas longtemps à l'épreuve de la pratique. Chacun, après s'être réjoui, se prétendit lésé : les propriétaires fonciers, dans leurs droits héréditaires, les moujiks, dans leurs espérances. Déjà, les libelles politiques se multipliaient, la répression policière s'organisait, les terroristes jetaient leurs premières bombes. D'un bout à l'autre du pays, c'était un remue-ménage insensé où les bonnes volontés et les égoïsmes s'affrontaient au grand jour, un marchandage à l'échelle nationale, une foire de paroles, d'encre et de sang. Dans ce tumulte, Klim, devenu citoyen libre, s'efforce en vain de découvrir les délices de sa nouvelle condition. Il croit, un moment, avoir retrouvé le bonheur en rejoignant son ancien maître, Vissarion, qui, maintenant, milite parmi les révolutionnaires actifs. Dans le cercle clandestin où Vissarion l'entraîne, Klim est chargé des basses besognes. Mais même là, dans l'ombre du « bartchouk », il est déchiré entre son respect de l'ordre établi et son besoin physique, originel, de servir aveuglément quiconque le commande. Il voudrait se dévouer tout entier et tout à la fois à la cause du tsar, qui est l'oint du Seigneur, et à la cause des ennemis du tsar, qui ne peuvent se tromper puisque le « bartchouk » est de leur bord. Ballotté par les événements, il finit par être arrêté avec son maître, jeté en prison, jugé et expédié en Sibérie. Dans le dernier volume, j'ai évoqué la vie de Klim, de Vissarion et d'un autre révolutionnaire, Stiopa, à la veille de la guerre de 1914. Tous trois, évadés de Sibérie, se sont retrouvés, comme tant de réfugiés politiques, dans un appartement misérable, à Paris. Leur dépaysement est tragique. Pour gagner leur pitance, ils confectionnent des parapluies. L'univers qui les entoure leur est tellement étranger qu'ils ne fréquentent presque personne. D'ailleurs les jeunes révolutionnaires russes ont changé. Le terrorisme romantique d'autrefois leur semble dépassé. Ils n'ont que dédain pour ces trois vieillards qui continuent à vaticiner comme à l'époque d'Alexandre II. Doublement exilés dans l'espace et dans le temps, Vissarion, Klim et Stiopa tournent sur eux-mêmes dans l'atmosphère confinée de leur logis, se heurtent, se déchirent, se réconcilient. Drames minuscules, tristes manies de la sénilité, nostalgie de la patrie perdue, folle poursuite d'un rêve inaccessible, tout cela constitue l'ordinaire du clan. Cependant, l'horizon politique s'assombrit, la guerre se rapproche, la révolution se prépare. La suite de l'aventure russe, je l'ai décrite dans *Tant que la terre durera*. Je ne puis penser aux *Héritiers de l'avenir* sans évoquer notre maison du Loiret. C'est en me promenant seul, à pied, dans la campagne d'alentour que j'ai eu la vision de Klim, écrivant son journal dans son réduit, sous l'escalier des maîtres. Mille autres détails du récit me sont venus pendant que je marchais, le nez au vent, dans les sentiers qui traversent les champs et s'enfoncent dans les taillis. Mais n'allez pas croire que ce refuge agreste soit pour moi une sorte de forcerie littéraire. L'amitié, le divertissement, le rire y ont leur large part. Guite et moi habitons la grande maison (autrefois les communs), la petite maison étant réservée à nos enfants. Nous nous recevons de l'une à l'autre pour déjeuner ou pour dîner, et la concurrence joue entre les deux cuisines. Chacune des maîtresses de maison veut étonner ses convives par quelque plat nouveau. Longtemps l'idée fixe de Guite fut de réussir des *bliny* d'après la recette qu'elle tenait de ma mère ou des crêpes de sarrasin d'après celle qu'elle avait pu extorquer à une vieille paysanne corrézienne. Mais invariablement les *bliny* avaient un goût de *pancake* américain et les crêpes de sarrasin une saveur de papier mâché. Sans doute, dans l'un et l'autre cas, les détentrices du secret avaient-elles omis quelque détail d'importance en livrant, à contrecœur, leur recette. Souvent, mon gendre, Don, m'entraîne dans de longues randonnées à bicyclette. Je vous ai dit qu'il est américain. Au début, je faisais un louable effort pour lui parler dans sa langue. C'était, me semblait-il, une excellente occasion de rafraîchir mes connaissances d'anglais, acquises au lycée. Pourtant la difficulté de trouver mes mots, jointe à la difficulté de pédaler, eut tôt fait de m'ôter mon courage. A présent, nous parlons français en roulant côte à côte, et c'est moi qui le reprends quand il se trompe. Dans nos discussions, son point de vue m'intéresse et me surprend, car, bien que vivant en France, il voit la France, en quelque sorte, de l'extérieur. D'autre part, je ne me lasse pas de l'interroger sur les États-Unis. A travers lui, j'essaie de pénétrer la psychologie de ce peuple immense, généreux et naïf, dont les moindres sautes d'humeur secouent la planète. Parfois des amis de nos enfants se joignent à nos amis personnels dans ces excursions. Alors une longue théorie de bicyclettes s'étire sur la route. Je m'efforce de ne pas rester en arrière. Je sue et je souffle. Il me paraît plus important de gravir correctement une côte que de réussir un chapitre. Autre performance : les tournois de ping-pong dans le jardin. Là, je me donne l'illusion d'avoir encore le regard juste et le geste prompt. Mais, à la fin de la partie, mes jambes tremblent. Décidément je ne tiens plus la forme. Les jeunes me dament le pion. Et j'en éprouve pour eux, inexplicablement, un regain de tendresse. Pourtant, je ne me retrouve pas toujours en eux. Mon fils, Jean-Daniel, par exemple, est, en toute chose, à l'opposé de moi. Aussi pragmatique dans la vie courante que je suis utopiste, aussi habile de ses mains que je suis gauche, aussi féru de mécanique et d'électricité que je le suis, moi, de littérature, aussi expansif que je suis renfermé, aussi optimiste que je suis inquiet. Élevé loin de moi, il n'en est pas moins très proche de notre famille. Curieusement, je constate qu'il ressemble à Guite par certains traits de son caractère, alors que Minouche a de nombreux points communs avec moi. De quoi démentir toutes les lois de l'hérédité! Il arrive que nos amis participent à nos travaux de jardinage. Michelle Maurois doit se souvenir encore d'un après-midi qu'elle passa à croupetons pour planter de la sagine entre les pavés. Quant au peintre André Braunecker, installé sur la terrasse, il fume cigarette sur cigarette, et, entouré d'un nuage de tabac, s'extasie sur la pureté de l'air à la campagne. J'apprécie à la fois la poésie de son pinceau et la vivacité de sa conversation. Grand amateur de films et de romans, il vit dans l'imaginaire avec autant d'intensité que moi-même. Avec lui aussi, je discute souvent de mes projets littéraires. Je me suis d'ailleurs inspiré de lui pour le personnage d'un de mes livres. Nous avons comme voisin un autre peintre, qui est un sage. Il ne quitte pas sa retraite. Qu'il parle des paysages du Loiret, de la préparation d'une toile, ou de son lointain passé d'étudiant, je goûte un égal plaisir à l'entendre. Il m'encourage à reprendre les pinceaux. Mais j'hésite encore. En revanche, je voudrais que Guite se mît plus sérieusement à la sculpture. N'ayant jamais fréquenté d'atelier, elle modèle d'instinct et trouve la ressemblance et la vie sans employer les artifices du métier. J'aime à suivre ses gestes légers et précis, quand, l'ébauchoir à la main, elle guide le jeu de la lumière sur un relief de terre glaise. La maison du peintre jouxte la nôtre. A l'époque des vacances scolaires, sa gouvernante prend des enfants en pension. Du jour au lendemain, dans le jardin d'à côté, c'est une fête de piaillements, de rires et de poursuites. Notre petit-fils, Edward, sept ans, ne tient alors plus en place. Il veut aller jouer avec les autres. Comment le retenir? Il reparaît vers le soir, surexcité, hirsute, et il faut toute la douce autorité de Minouche pour qu'il consente à se mettre au lit après le dîner. Fréquemment Minouche et Guite courent les routes à la recherche d'un vieux meuble ou d'un bibelot. Elles ont la même tendresse pour les objets qui, traversant les générations, ont retenu sur eux un peu de l'âme de leurs propriétaires successifs. Elles fouinent chez les brocanteurs et les antiquaires de la région et reviennent, triomphales, avec des acquisitions dont, parfois, l'utilité m'échappe. Mais leur satisfaction entraîne la mienne. Leur bonne entente m'est chère. Elles ont des conversations dont la durée et la diversité me stupéfient. Quand elles se parlent au téléphone, je sais que la ligne ne sera pas libre avant longtemps. Sur bien des questions, Minouche a un jugement sûr. Elle aussi lit mes livres en manuscrit et me donne son avis après quelque hésitation. Cet avis m'est précieux, car il est franc et dur comme la jeunesse même qui l'inspire. Pas de nuances. Un regard d'encre. Un ton péremptoire. C'est bon ou mauvais. Je discute. Guite intervient. Toute la famille s'en mêle. Voyez-vous, la joie d'une vie est faite de ces menus détails qui paraissent banals aux autres et dont cependant la juxtaposition nous aide à supporter les pires coups du sort. Je pense à Guite plantant ses tulipes, taillant ses rosiers, bavardant avec Minouche, chuchotant une histoire à Edward, modelant une figure dans la terre glaise ou débattant avec moi le caractère d'un personnage, et, parvenu à ce point de ma réflexion, il me semble que le vrai bonheur ne se raconte pas.

– *Dans* Une extrême amitié, *vous déplorez, par personnage interposé, que la côte provençale soit enlaidie de constructions anarchiques. N'en va-t-il pas de même dans votre village du Loiret?*

– Si, bien sûr! Quand nous sommes enfermés dans notre courette, avec, au-dessus de nos fronts, le clocher de l'église, nous pouvons croire qu'un village d'autrefois nous entoure. Mais, sitôt que nous mettons le nez dehors, quelle déception! On a coupé les rares arbres qui donnaient un peu de charme aux ruelles, on a remplacé les bas-côtés herbeux par des trottoirs de ciment, on a ravalé malencontreusement les façades des fermes, on a substitué, sur la plupart des toits, les tuiles mécaniques aux tuiles anciennes, on a construit un peu partout des hangars aux couvertures de tôle ondulée. Enfin, comble d'horreur, pour recueillir les eaux de la commune, la municipalité a fait creuser dans un champ, juste en face de notre terrasse, une immense excavation de forme oblongue, aux bords sablonneux. Cette mare hideuse tire l'œil comme une blessure du paysage. On ne voit plus qu'elle. Nous songeons à la masquer par un rideau de peupliers. Mais je doute que cet écran de feuillage soit suffisant pour rendre à l'horizon sa noblesse première. Malgré tout, je garde à ce coin de terre un attachement ému. Je m'y sens si loin de Paris! Perdu en pleine nature. Loin du bruit et du mouvement. Les retours vers la capitale – surtout lorsque nous sommes obligés de rentrer le dimanche soir ou le lundi matin – sont pénibles. Ce flot de voitures qui rampent sur la route, pare-chocs contre pare-chocs, ces arrêts soudains, ces encombrements interminables... Je regarde, par la vitre latérale, une auto collée à la nôtre avec, à l'intérieur, une famille parisienne harassée par quarante-huit heures de grand air. La grisaille de la semaine enveloppe déjà ces inconnus. Ils se parlent sans que j'entende leurs propos. Tout à coup, j'ai envie de m'asseoir parmi eux, de me mêler à leur existence. Sont-ce des personnes ou personnages?

– *Au fond, vous êtes toujours en quête de personnages nouveaux. Ils représentent pour vous le support principal du roman. Quand je considère l'échelonnement des individus imaginaires à travers votre œuvre, je suis frappé par la diversité de leurs caractères. L'un d'entre eux, dont nous n'avons pas encore parlé, mérite, à mon avis, une mention spéciale. Certains lecteurs vous ont même reproché, je crois, de l'avoir créé. C'est André, le héros de* La Pierre, la feuille et les ciseaux.

– Je me doutais, en créant la figure d'André, que

sa présence dans la galerie de mes personnages soulèverait, çà et là, des protestations. Mais, ce qui me guide dans le choix d'un sujet de roman, c'est l'intérêt que je porte, moi, à une histoire, à un caractère. Et l'histoire, le caractère d'André me passionnaient. Je vois en lui un homme profondément bon, profondément enfantin. Il est homosexuel, et c'est cela que quelques lecteurs ne lui pardonnent pas. Je le sais par les lettres que j'ai reçues à ce propos. A en croire certains, un homosexuel n'a pas droit de cité dans le domaine romanesque. Un auteur peut prendre un assassin, un parjure, un maniaque, un faussaire pour héros de son récit, mais pas un homosexuel! Donc, mon André est un homosexuel, et sa nature presque féminine, sa générosité éthérée, sa tendresse de cœur en font un être désarmé dans la vie courante. Il est peintre et décorateur. Il vit dans un petit appartement parisien, cultivant l'amitié et les arts, recueillant les chats perdus et les garçons errants. Soudain, au milieu de cette existence farfelue, surgissent deux personnages qui vont en modifier le cours. Un garçon, Aurelio, étrange, autoritaire, ambitieux, cynique, séduisant, et une fille, la charmante, la scintillante Sabine. André tombe amoureux d'Aurelio et éprouve pour Sabine une affection ambiguë. Elle représente toute la part de féminité qu'il est capable d'absorber. Une plus haute dose lui soulèverait le cœur. Sabine devient la maîtresse d'Aurelio. Et cette liaison orageuse enchante et attriste à la fois André qui en est le témoin. Il n'est heureux qu'auprès de ce couple qui s'aime et se déchire, et ce couple n'est heureux que si André est le spectateur de son combat. Ainsi, entre ces trois êtres que lient des sentiments troubles et sans cesse menacés, s'instaure un jeu tantôt cocasse, tantôt tragique, apparenté à ce très ancien jeu qu'on appelle « la pierre, la feuille et les ciseaux ». Successivement, chacun des trois joueurs croit marquer des points et assurer sa suprématie. Mais le coup suivant détruit cet avantage précaire. Et le vulnérable André, déchiré entre l'amitié et l'amour, perd doucement la notion de la réalité. En général, je n'aime pas les personnages d'un seul bloc. Ce qui m'intéresse, c'est la faille que je découvre dans un caractère entier, l'étincelle de générosité qui éclaire soudain l'égoïste, le frisson de peur qui secoue inopinément le courageux.

– *Un autre personnage est celui d'Anne Prédaille, l'héroïne du roman que vous publiez ensuite. Aviez-vous eu un modèle pour la peindre?*

– Non. Anne Prédaille est faite de traits volés à cinq ou six jeunes femmes de ma connaissance. Si j'avais eu une Anne Prédaille sous les yeux, j'aurais été incapable de la décrire avec précision. Je ne suis pas un portraitiste, je ne sais pas saisir la ressemblance. La plupart du temps, mon imagination intervient pour déformer la réalité. Un romancier est toujours, plus ou moins, pilleur d'épaves et marchand de masques. J'ai voulu, dans *Anne Prédaille,* illustrer l'incommunicabilité de pensée entre trois êtres habitant sous le même toit. Anne a-t-elle raison ou tort de prétendre sauver de la médiocrité les deux personnages faibles, vulnérables, désorientés qui meublent son existence : son père et son amant? A quel moment l'altruisme se transforme-t-il en tyrannie? N'est-ce pas se substituer à Dieu qu'imposer à ses proches une conduite à laquelle leur tempérament ne les a pas préparés? Selon mon habitude, je n'ai ni condamné ni absous aucun de mes héros. Je les ai laissés vivre, avec leurs qualités et leurs défauts, sous les regards du lecteur.

– *Ce souci de ne pas vous ériger en juge dans vos romans, l'avez-vous aussi dans la vie?*

– Oui. Je suis toujours tenté de découvrir des circonstances atténuantes aux actes les plus fous. Je me mets trop facilement à la place des autres. En vérité, si l'enfer existe et si je dois y être précipité un jour, le pire supplice que l'on pourrait m'infliger là-bas serait de juger éternellement mes semblables.

– *Aussitôt après* Anne Prédaille, *roman bref d'inspiration française, vous vous êtes lancé dans une « suite » franco-russe,* Le Moscovite (Le Moscovite, Les Désordres secrets, Les Feux du matin). *Dans la série de vos romans consacrés à la Russie,* Le Moscovite *se place chronologiquement juste avant* La Lumière des justes, *dont l'action commence en 1814. Est-ce pour compléter votre évocation du « voyage de l'idée de liberté entre la France et la Russie » que vous avez écrit cette trilogie.*

– Bien sûr! Mais aussi pour dépeindre les rapports mystérieux d'affectivité et de culture qui unissent ces deux nations si dissemblables. Je voulais mettre en lumière le cas de conscience d'un jeune émigré obligé de se prononcer entre son pays d'origine et son pays d'adoption. Ce thème, je l'avais déjà traité dans *Étrangers sur la terre.* Mais mon héros était alors un jeune émigré russe, débarquant à Paris après la révolution bolchevique et séduit, peu à peu, par la France. Cette fois-ci, mon héros devait être un jeune émigré français charmé par la Russie. Il ne pouvait donc s'agir, en l'occurence, que du fils d'un royaliste français, venu se fixer en Russie après la révolution de 89. L'époque m'était impérativement donnée par mon sujet même. Ainsi, Armand de Croué est un jeune émigré français de vingt et un ans, vivant à Moscou depuis son âge le plus tendre. Il y est arrivé en 1793, avec son père, fuyant la Terreur. L'homme et l'enfant ont été accueillis par une riche et noble famille russe, les Béreznikoff. Le petit Armand a été élevé par eux dans l'amour de la Russie, des traditions russes, du folklore russe. Mais il est également imprégné de fine culture française. Français par ses lectures, russe par ses amitiés, il éprouve un véritable déchirement lorsque les troupes de Napoléon envahissent sa patrie d'élection. Alors que les Béreznikoff, pris de panique, fuient Moscou pour se réfugier sur leurs terres, il doit rester auprès de son père mourant. Dans la cité aux neuf dixièmes déserte, il attend avec angoisse l'arrivée d'un ennemi qui est de son sang et qui parle sa langue. Et c'est le pillage, le désordre, le fol incendie. Faux Russe, Armand défend un pays qui ne veut pas de lui, faux Français, il est attiré malgré lui dans le sillage de l'épopée napoléonienne. Ce personnage léger, instable, fougueux, divisé, constamment en porte à faux, m'a passionné dès le départ. Un pied dans chaque camp, traversé par une frontière, il est un anti-héros, un citoyen de l'univers, un adolescent moderne sous l'habit de 1812. Je l'ai retrouvé avec joie dans l'immense tohu-bohu de la retraite de Russie *(Les Désordres secrets);* puis à Paris, où il s'est réfugié avec Nathalie Ivanovna Béreznikoff et sa fille Catherine après la chute de Napoléon *(Les Feux du matin).* Là, il fait l'apprentissage de sa patrie d'origine. Encore affaiblie par la saignée de la guerre, la France commence à respirer, à espérer. Louis XVIII règne, la vieille noblesse a repris le haut du pavé, les restes de Louis XVI et de Marie-Antoinette sont solennellement transportés à Saint-Denis. Néanmoins, certains beaux esprits trouvent Louis XVIII insuffisamment libéral. Lorsque Napoléon débarque à Golfe-Juan, l'agitation politique renaît de plus belle. C'est la grande époque des retournements de veste. On se couche royaliste, on se réveille bonapartiste. De même qu'Armand est écartelé entre la Russie et la France, de même les Français sont écartelés entre la royauté et l'Empire. Pourtant ce problème politique n'est pas celui qui tourmente le plus mon héros. Accablé par la mort de la jeune fille qu'il aime, il assiste en spectateur au retour de Napoléon. Après avoir été suspect, en Russie, pour ses sympathies françaises, il est suspect, en France, pour ses sympathies russes. Emprisonné, accusé dans un camp comme il le fut dans l'autre, et pour des raisons opposées, il ne sait plus où se trouve son centre de gravité. Au chaos qui règne dans sa tête, répond le chaos qui règne dans le pays. Waterloo! Armand est libéré. Louis XVIII revient. Et, avec lui, les troupes alliées victorieuses. C'est-à-dire les Prussiens, les Autrichiens, les Anglais et, bien entendu, les Russes. Paris occupé par les Russes, cette vision est aussi insupportable à Armand que celle, naguère, de Moscou occupé par les Français. Sa fin brutale, sur les bords de la Seine, assommé par un cosaque maraudeur, est la conclusion logique de cette démarche zigzagante entre deux parties.

– *C'est donc le problème de l'appartenance à deux parties qui constitue le nœud de ce roman!*

– Oui. Qu'il le veuille ou non, Armand est le lieu de rencontre de deux cultures, l'éternel exilé, l'homme de nulle part, le traducteur malgré lui. Au fond, *Le Moscovite* est un roman d'amour entre un jeune émigré et les deux pays qui se partagent son cœur. Mais il y a d'autres thèmes qui s'entrelacent autour de celui-là : le thème de la « collaboration » et des cas de conscience qu'elle pose quand elle ne procède pas simplement d'un esprit de lucre ou de vengeance; le thème des fluctuations de la fidélité idéologique en temps de crise; le thème des erreurs sentimentales tardivement constatées... Toute ma trilogie baigne dans une atmosphère de faux-semblants, de virevoltes politiques et amoureuses. Rien n'est sûr dans cet univers changeant. Les routes les mieux tracées ne mènent nulle part. Un destin implacable s'amuse à déjouer les calculs des hommes.

Dans une entreprise de ce genre, l'historien doit être, à mon avis, au service du romancier. Ainsi, ce n'est pas pour le vain plaisir de peindre l'incendie de Moscou, ou le passage de la Berezina, ou le flottement des Parisiens pendant les Cent-Jours, que j'ai situé l'action du *Moscovite* entre 1812 et 1815. Non, cette période s'est imposée à moi parce qu'elle était celle qui me permettait le mieux d'éclairer les problèmes de mon héros. La chronologie, en matière de roman, n'a de valeur que si elle enrichit la psychologie. Dans cette affaire, c'est Armand de Croué qui m'intéresse, non Napoléon. Cependant, de toute évidence, je me suis informé avec soin. Les ouvrages relatifs à l'Empire et à la Restauration – mémoires, lettres, études diverses – sont si nombreux que leur abondance même représente un danger pour le romancier. Le piège de l'érudition le guette. C'est là, je crois, qu'il faut s'arc-bouter, résister. Avoir le courage de renoncer à dire tout ce que l'on a appris sur les mœurs d'autrefois. Gommer les traits inutiles, même s'ils sont le résultat de recherches passionnantes dans les bibliothèques. Faire en sorte que la documentation imprègne le livre sans l'alourdir. Vivre les événements non comme un écrivain détaché, lucide, omniscient, qui les examine et les commente de l'extérieur, mais comme un personnage de ce temps-là, enfoncé jusqu'au cou dans l'actualité quotidienne, bousculé, roulé, aveuglé par des péripéties qui le dépassent et dont il ne peut mesurer immédiatement les conséquences. A cette condition seulement, le romancier échappera à la terrible critique de Diderot : « Vous gâtez l'histoire par la fiction et vous gâtez la fiction par l'histoire. » Du reste, bien souvent, certaines informations précises, dont le romancier a eu connaissance et qu'il n'utilise pas dans son récit, servent à renforcer sa conviction de narrateur. Admettons, par exemple, que je sache le prix d'un cheval de louage, pour trente verstes, en Russie. Ce renseignement, même si je n'en fais pas éclat dans mon texte, m'aidera à expédier mon héros en voyage. Son aventure deviendra, pour moi, plus plausible. Mon mensonge prendra, à mes yeux, les couleurs de la vérité. Cela dit, tout au long de mon travail sur *Le Moscovite,* j'ai relevé des interférences étranges entre l'enseignement du passé et celui du présent. Les angoisses et les espoirs des hommes de peu de poids dont les annales ne garderont pas la mémoire et qu'emporte le torrent de la politique, la bêtise sanglante des guerres, l'absurdité du fanatisme dans tous les domaines, la fragilité du bonheur individuel à l'heure des grandes mutations historiques. A chaque instant, des analogies me frappaient, là où je croyais trouver des différences. De subtiles harmoniques se répondaient par-dessus le gouffre des générations. J'avais l'impression de cheminer à la fois sur les routes d'hier et sur celles d'aujourd'hui.

– Avez-vous eu la même sensation en écrivant votre dernier roman, Grimbosq?

– Les problèmes que j'ai traités dans *Grimbosq* sont, eux aussi, de tous les temps. Le heurt des aspirations personnelles et des contraintes gouvernementales, les excès du pouvoir autocratique, la folie de l'artiste détruisant sa vie pour mieux construire son œuvre... Cette fois, l'action se déroule entre 1721 et 1725, à l'époque de Pierre le Grand. Mon roman prend donc place chronologiquement avant *Le Moscovite.* D'ailleurs, à mon sens, tous mes « romans russes », pour employer cette expression commode, forment une seule et même histoire, celle des rapports franco-russes sous des règnes différents. A la limite, je pourrais dire qu'ils constituent une œuvre d'ensemble, dont les parties s'échelonnent dans la durée de *Grimbosq* à *Étrangers sur la terre.* Dans *Grimbosq,* il m'a semblé passionnant d'évoquer la vie d'un architecte français au milieu d'un Saint-Pétersbourg en construction. Des chantiers partout, les intrigues entre les différents artistes employés par Pierre le Grand, le sort misérable des ouvriers, les courbettes des courtisans, les processions burlesques, les feux d'artifice et les exécutions capitales. Sur ce fond de luxe et de barbarie, j'ai imaginé mon Grimbosq, arrivant avec sa femme et sa fille, âgée de six ans, pour bâtir le palais du chambellan Romachkine. Venant de Paris, son dépaysement est total. Édifiée sur un marécage, sans fondations solides, la ville nouvelle est une création autoritaire de Pierre le Grand. Rompant avec la tradition de ses pères, le tsar a arraché la cour à Moscou, l'ancienne capitale, et l'a transportée à Saint-Pétersbourg, obligeant chacun à y élever sa maison, selon les plans établis par l'administration, et à participer, sous peine d'amende, à des fêtes extravagantes. Curieux de tout, veillant à tout, présent partout, il offre un inquiétant mélange d'aberration et de grandeur. Perdu dans ce monde étrange, Grimbosq ne s'en acquitte pas moins de sa tâche avec honnêteté. Satisfait de sa réalisation, le tsar lui propose une entreprise plus importante : bâtir une église. Et voici Grimbosq ébloui, subjugué : le rêve d'un chef-d'œuvre, un audacieux édifice, à la limite du possible, alliant l'architecture européenne à l'imagerie byzantine. A partir de cet instant, tout bascule autour de lui. Il déteste l'existence de bassesse et d'éclat qui lui est imposée par le souverain, il a conscience des menaces que la présence de Romachkine fait peser sur son foyer, il sent sa raison se dissoudre dans les brouillards de la capitale, mais une idée fixe le guide : désincarné, obnubilé, il est prêt à tout sacrifier pour l'excellence de son œuvre. Sans doute est-il mystérieusement nécessaire qu'il détruise sa vie en même temps qu'il pose pierre sur pierre? Une entreprise surhumaine ne peut s'élever que sur les souffrances humaines. Le cauchemar s'achèvera, pense-t-il, en apothéose. Au vrai, il s'achève par la folie. Toute cette aventure, j'ai voulu l'envelopper dans une atmosphère à la fois brumeuse et fantastique. En outre, alors que, dans les précédents romans, je n'avais jamais mis en scène un personnage historique de première importance, ici, je me suis senti en quelque sorte obligé de donner la parole à Pierre le Grand. Je dis bien : obligé! En effet, primitivement, Pierre le Grand restait à l'arrière plan du récit, dans une sorte de nuée olympienne. Son autorité despotique était, dans mon esprit, représentée par le chambellan Romachkine. Celui-ci devait non seulement transmettre à Grimbosq les ordres d'en haut, mais incarner, à ses yeux, le pouvoir suprême. C'était mal connaître la vraie nature de Pierre le Grand. A mesure que je me familiarisais avec sa biographie, je comprenais mieux qu'il ne se fût jamais satisfait d'un intermédiaire pour diriger son architecte. La lecture des annales du temps me prouvait qu'en toute circonstance cet étrange potentat recherchait le contact humain avec les subalternes. Bref, j'aurais commis une erreur historique en m'opposant à de fréquentes rencontres entre lui et mon héros. Ainsi, par la seule force de son caractère, le tsar se glissait dans mon récit. Tout à coup, le roman de Grimbosq devenait le roman de Grimbosq et de Pierre le Grand. Au lieu d'un personnage central, j'en avais deux. L'un bâtissait une église et l'autre un empire. Mais l'un comme l'autre étaient en proie à la folie créatrice. Les traits violents de Pierre le Grand accusaient la faiblesse de Grimbosq. Ils s'éclairaient et s'expliquaient mutuellement. Je ne savais plus les dissocier. Et, malgré tout ce que j'avais appris du tsar sanguinaire, je ne pouvais m'empêcher d'être, comme Grimbosq, subjugué, envoûté par le feu de son regard et la brusquerie de ses décisions.

– *Et maintenant, qu'allez-vous écrire?*

– Je me le demande. Plusieurs sujets de roman me tentent, mais aucun, jusqu'à présent, n'a emporté mon adhésion. Je voudrais revenir en France, à l'époque actuelle. Pour changer. Mais le passé de la Russie continue à hanter mes rêves.

– *Vos parents vous ont-ils aidé de leurs conseils, comme d'habitude, pour vos derniers livres ayant trait à la Russie?*

– Non, ces derniers livres ont été publiés loin d'eux, et je le regrette amèrement aujourd'hui encore. Ma mère est morte en 1963. Mon père lui survécut quatre ans, mais une mélancolie inexorable le retranchait du monde. Bientôt, lui aussi tomba malade. Il avait quatre-vingt-treize ans et nous recevait dans son lit, amaigri, fatigué, l'esprit ailleurs. Ce que nous lui racontions de nous-mêmes ou des autres ne l'intéressait plus. Parfois il s'animait en évoquant quelque lointain souvenir de Russie. Mais, la plupart du temps, il demeurait prostré, l'œil fixé sur les pendulettes et les montres qu'il avait fait disposer autour de lui. Il lui paraissait très important qu'elles fussent à l'heure. Visiblement, il attendait le moment de partir. Il s'impatientait. La vie lui était à charge. Deux vieilles gardes-malades russes – une de jour, une de nuit – veillaient sur son repos et se disputaient quand elles se rencontraient à l'office. En venant voir mon père, je plongeais dans de misérables intrigues d'infirmerie. Il me suppliait de ne pas sermonner ces deux femmes dont les criailleries lui cassaient la tête. Tombé en leur pouvoir par sa maladie, il ne désirait qu'une chose : s'en aller en paix. Il s'éteignit doucement.

C'en était fait, pour Guite et pour moi, de ces chaudes et bruyantes réunions autour de la table familiale. Au mur de la salle à manger pendait un tableau banal représentant une maison de campagne, en Russie, sous la neige, au moment du dégel. Un pâle rayon de soleil éclairait la façade rose. Cette toile se trouve maintenant chez mon frère. Je ne puis la revoir sans un serrement de cœur. Il me sembla, en perdant mon père, que mes liens avec la Russie d'autrefois se relâchaient d'un seul coup. Je n'avais plus de racines. Je partais à la dérive. Le froid m'entourait. Et puis cette sensation étrange d'être soudain en première ligne. Je pense souvent à mes parents, à leur vie brisée par la révolution, à leur douloureux apprentissage de l'exil...

– *Ils ont quand même eu la consolation d'assister à la réussite de leur fils. Vous-même, vous êtes-vous senti conforté par telle ou telle consécration officielle?*

– Oui, bien sûr, à un certain point de vue. Mais cela ne m'a pas renseigné pour autant sur mon vrai mérite! Le nombre des lecteurs ne signifie rien dans l'absolu. Évidemment, il m'est très agréable de constater que mes livres ont une certaine audience. Je suis heureux à l'idée que des personnages nés de mon cerveau rencontrent des amis loin de moi, que leur aventure a de l'intérêt pour d'autres que moi-même, bref, que je n'ai pas parlé dans un désert. Mais l'adhésion du public ne peut suffire à rassurer un écrivain sur la qualité de son œuvre. Ce n'est pas parce qu'un bouquin se vend bien que son auteur doit se décerner un brevet d'excellence. Peut-être son ouvrage ne résistera-t-il pas à l'épreuve du temps, peut-être même sombrera-t-il très vite dans l'oubli, alors que d'autres ouvrages, auxquels nul n'aura d'abord prêté attention, représenteront notre époque aux yeux de la postérité. Certes, il ne faut pas non plus conclure qu'un gros tirage est invariablement le signe d'une piètre valeur littéraire. De Tolstoï à Dickens, de Balzac à Hugo, de Dostoïevski à Zola, l'histoire abonde en exemples de grands romanciers qui ont connu, de leur vivant, la faveur des foules. Ce que je veux dire, c'est que cette faveur des foules ne doit être ni une condamnation ni une consécration sur le plan artistique. Elle ne peut en rien ébranler la modestie d'un homme de lettres, conscient de la fragilité de ses moyens. Elle s'ajoute à sa vie de créateur, elle n'en constitue pas l'essentiel. Pour ma part, je ne pense jamais aux lecteurs lorsque j'écris un livre. Si je pensais à eux, je serais, me semble-t-il, paralysé dans mon élan, comme si quelqu'un lisait mes gribouillages par-dessus mon épaule. Ce qui me détermine dans mon travail, ce n'est pas l'exigence du public, mais celle des personnages que je porte en moi. Ils pèsent dans ma tête, ils demandent à sortir, à vivre. C'est la période heureuse de la préparation. Des détails accourent, des traits de caractère se précisent, l'atmosphère s'alourdit, j'invente une maison pour loger mon petit monde imaginaire, des meubles, des habitudes, des manies, je noue et je dénoue les fils de l'intrigue. A ce stade-là, tout paraît possible. L'enthousiasme est quotidien. Mon histoire m'enchante.

Je ne cesse d'y réfléchir, dans mon bureau, en promenade, le jour, la nuit, toujours, partout... Cela dit, en temps normal, je n'ai pas du tout l'esprit d'observation. Je ne remarque rien de ce qui m'entoure. Je traverse l'existence dans un état énorme de distraction. Mais, dès que je pense à un livre, mon attitude change. Je fais mon miel de tout ce qui me tombe sous la main. Je capte, je note, j'engrange, je me sers de ma vie pour donner vie à mes personnages. A partir d'un certain degré d'activité, l'homme est dévoré par son métier. Il est convenu d'appeler cela, péjorativement, de la déformation professionnelle. Or, sans déformation professionnelle, rien de grand ne se bâtirait dans le monde. Il faut choisir : ou être un amateur ou être un monstre. Le monstre est aussi bien le champion de tennis dont le bras droit a une musculature hypertrophiée par rapport au bras gauche, que l'écrivain qui vit intensément en fonction de son œuvre.

– *Vous ne pourriez pas vous passer d'écrire?*

– Non. Je crois que, pour moi, ce serait impossible. Même si je ne devais plus publier, je continuerais à écrire. Sinon pour être lu, du moins pour me libérer de mes fantasmes. Et pourtant, si la préparation dont je vous ai parlé est pour moi une joie toujours neuve, l'exécution est une torture dont des années de travail n'ont pas atténué les méfaits. On se bat contre le vocabulaire, contre la syntaxe, contre les répétitions d'effets, on change, on rature, on revient en arrière...

Les mots sont si pâles! Ils trahissent la pensée. Décrits par eux, les personnages se déforment et partent à vau-l'eau. Existe-t-il un romancier qui, comparant ce qu'il a imaginé à ce qu'il a fait, puisse préférer le résultat au rêve? Bien sûr, il arrive, par moments, qu'une phrase bien venue traduise exactement ce que j'ai voulu dire. Du coup, je m'en réjouis d'une manière exagérée et puérile. Je suis content de ma journée, comme si l'épithète que j'ai trouvée pour peindre une nuance de sentiment ou la couleur d'un ciel allait sauver tout le livre de la médiocrité. J'oublie l'ensemble de l'œuvre pour ne penser qu'au détail. Il est difficile de prendre du recul quand on est en pleine bataille d'écriture.

Je n'ai pas le ridicule de penser à la postérité en écrivant. Mais j'éprouve la notion profonde de la fuite du temps. Lorsque j'écris, je me donne l'illusion d'arrêter la course des heures, de matérialiser, en quelque sorte, l'instant qui passe, de faire un objet avec une impression évanescente.

– *Quels sont vos rapports avec vos éditeurs?*

– J'en ai approché un bon nombre depuis mes débuts, en 1935, et n'ai eu de problèmes graves avec aucun d'entre eux. Certains même, comme Henri Flammarion, sont devenus pour moi des amis. Lorsque j'ai connu Henri Flammarion, il était encore nouveau dans la maison et travaillait à l'ombre de son père. J'ai assisté à la montée de sa compétence et de son autorité. J'admire son enthousiasme de fonceur, sa vitalité joyeuse. Qu'il s'agisse de littérature ou de cuisine, de vin ou de politique, de voyage ou de peinture, il est disposé aux surprises de la découverte. Je me souviens du temps où Henri et Pierrette Flammarion nous recevaient à Sèvres, dans cette maison qu'ils ont quittée depuis quelques années pour s'installer à Paris. Après le déjeuner, j'aimais à me promener avec Henri dans le grand jardin qui s'étendait devant le perron. Nous parlions à perdre haleine de nos projets respectifs. Avais-je des doutes sur mon travail? en le quittant, j'étais remonté. Derrière lui, se profilaient ses trois fils. Des enfants encore tournés vers leurs études. Aujourd'hui, ils sont tous trois dans la maison d'édition où ils entourent leur père. Cette entreprise familiale me donne un agréable sentiment de pérennité moderne, de tradition renouvelée par la jeunesse.

– *Et vos lecteurs? Avez-vous quelque contact avec eux?*

– Je reçois des lettres, beaucoup de lettres, comme la plupart de mes confrères. Dans la majorité des cas, elles témoignent d'une touchante sympathie pour l'auteur et ses créatures. Il y a évidemment les lecteurs ou les lectrices qui se reconnaissent dans tel ou tel personnage imaginaire. (« C'est exactement mon aventure! Comment avez-vous pu deviner si bien mes sentiments? ») Et ceux qui regrettent la fin malheureuse d'une intrigue et suggèrent une autre issue plus conforme à leurs goûts. (« Vous n'auriez pas dû le faire mourir! ») Et ceux qui vous proposent leur propre vie comme thème de roman. (« Si je savais écrire, je raconterais mes épreuves. Je vous les offre! ») Et ceux qui déplorent les libertés prises par l'écrivain avec les règles de la morale bourgeoise. (« Vous n'aviez pas le droit de traiter un sujet aussi indécent! ») Un lecteur m'a même renvoyé son livre accompagné d'une lettre vengeresse. Indigné par la description de certaines scènes « scabreuses », il refusait de garder le volume dans sa bibliothèque. Il arrive aussi qu'un lecteur me reproche d'avoir donné son nom à un de mes héros. Ces coïncidences sont toujours le fait du hasard. Il est pratiquement impossible de choisir un patronyme dont il n'existe aucun exemple dans la réalité. Je reçus, il y a quelques années, une lettre signée « Amélie Mazalaigue ». Le prénom et le nom exacts de mon héroïne, dans *Les Semailles et les Moissons*. Ce nom, je croyais l'avoir inventé, ce prénom, j'étais sûr de l'avoir adopté par hasard, après en avoir essayé vingt autres. Et il se trouvait qu'une Amélie Mazalaigue vivait pour de bon, quelque part, en Corrèze. La lettre de ma correspondante était d'une spontanéité émouvante. Elle ne se formalisait nullement de cette similitude de nom entre elle et mon personnage et m'annonçait l'envoi d'un petit cadeau. Un cadre contenant un décor de fleurs séchées. Ce qu'il y a de plus précieux, à mon sens, dans cet objet, c'est la signature, au bas à droite : « Amélie Mazalaigue ». Elle est pour moi le témoignage d'une rencontre entre la fiction et la vie. Aujourd'hui, ce sous-verre est accroché au mur de mon bureau. A ce propos, je tiens à noter que mon courrier avec les lecteurs a considérablement augmenté depuis la publication de mes romans en livres de poche. Le prix modique de ces ouvrages les a mis à la portée d'un public toujours plus vaste, plus jeune et plus varié. Quel meilleur encouragement pour un écrivain que la conscience d'être lu par des gens appartenant à tous les milieux, à tous les âges? Perdre contact avec la jeunesse est le risque majeur pour un homme qui se veut conteur d'histoires et créateur de mythes.

– *J'imagine que vos livres sont abondamment traduits. Êtes-vous satisfait du résultat?*

– Il m'est difficile d'apprécier la qualité des traductions en tchécoslovaque, en japonais ou en suédois. Mais, pour ce qui est des traductions en anglais, par exemple, je les crois très correctes. Certains de mes romans, de mes récits ont été traduits en russe et publiés en U.R.S.S. J'ai éprouvé, en les lisant dans ma langue maternelle, une impression de contentement irraisonné, de mystérieux accord avec quelque chose de profondément enfoui en moi. Comme si, tout en restant un écrivain français, je me révélais à moi-même comme un écrivain russe. Comme si c'était moi et non le traducteur qui avais tracé directement ces phrases en russe sur le papier. Évidemment, parfois quelque impropriété de terme ou quelque maladresse d'expression me hérisse. Ainsi, je me rappelle que, dans une de mes nouvelles, je parle d'un petit garçon lisant avec passion *Tintin*. Ignorant ce qu'était *Tintin* et enclin à imaginer que la jeunesse bourgeoise de France était naturellement dépravée, le traducteur soviétique écrivit que mon potache, enfoncé dans son fauteuil, lisait « un journal de cinéma plein de photographies d'actrices à demi dénudées ». Je m'empresse d'ajouter que ce genre d'interprétation est rare.

– *Avez-vous des heures de travail régulières?*

– En général, oui. J'écris le matin, de dix heures à une heure, l'après-midi jusqu'à sept heures et demie, jamais après dîner. Mais, malgré cet horaire strict, le résultat est très variable. Un jour, je tourne en rond dans mon bureau sans parvenir à tracer dix lignes convenables, et, le lendemain, ma plume court sur le papier. Cette discipline est nécessaire à mon équilibre. Je dois creuser mon sillon, coûte que coûte, en dépit des obstacles qui ralentissent ma marche. Si je n'écrivais que sous le fouet de l'inspiration, je ne mènerais jamais un livre jusqu'au bout. Je travaille toujours debout, devant un pupitre. J'ai pris cette habitude il y a longtemps, et je m'en trouve bien. Ainsi je peux, quand je le veux, m'écarter de mon manuscrit et faire quelques pas dans la pièce sans avoir à repousser une chaise. J'ai un peu l'impression d'être un peintre qui s'approche et s'éloigne tour à tour de son tableau pour mieux le juger. Contrairement à certains de mes confrères, je n'écris jamais à la machine. J'ai besoin du contact de ma main avec le papier. Je griffonne, je rature, je déchire page après page. Je ne fais pas de plan précis. Ou plutôt je dresse un plan pour me rassurer, en sachant parfaitement qu'il se modifiera en cours de route. Quand mes personnages prennent réellement corps, résistent à mes décisions, s'engagent dans une voie différente de celle que j'avais initialement choisie pour eux, je sais que mon roman cesse d'être une simple construction de l'esprit pour commencer à vivre de sa propre vie. Cela, voyez-vous, c'est toujours un bon signe. Il faut se méfier, à mon avis, des romans sur rails. Tous les romanciers vous diront qu'un héros qui leur échappe est un héros sauvé. C'est même dans la mesure où il leur échappe qu'il a une chance de survivre.

– *Êtes-vous bien organisé dans votre travail?*

– Absolument pas. Voyez le désordre de mon bureau. Je suis submergé de livres; chaque jour, il en arrive de nouveaux; et je ne puis me résoudre à les trier, à les classer. Alors, c'est l'avalanche. Il y en a partout. Et des papiers épars sur toutes les tables. Je me demande comment je m'y retrouve dans ce chaos grandissant. Je travaille sans méthode. Je refuse d'avoir une secrétaire. Et je ne veux pas que Guite range mes dossiers. Autrefois, c'était ma cousine, Nina, qui dactylographiait mes manuscrits. A ce propos, j'ai un souvenir qui, chaque fois que je l'évoque, me donne le frisson. Je venais d'achever un roman (je crois bien que c'était *Les Semailles et les Moissons*). Comme d'habitude, Nina vint le chercher pour le taper à la machine, chez elle. Quelques heures après son départ, on sonne à la porte. La domestique m'annonce qu'un monsieur désire me parler d'urgence. Elle me tend une carte de visite. Le nom du quidam ne m'apprend rien. Je lui fais dire que je ne puis le recevoir. Il insiste. Il a, prétend-il, un manuscrit à me remettre. Sans doute s'agit-il d'un écrivain débutant en quête d'un appui. Je finis par accepter de le voir. Un homme jeune, à l'air timide, entre dans mon bureau. Avec stupeur, je vois qu'il tient à la main la serviette en cuir noir de Nina. La voix étranglée, je demande une explication. Mon visiteur me raconte qu'il a trouvé cette serviette gisant dans le métro, à côté d'un siège vide, qu'il l'a ouverte et qu'il y a découvert un manuscrit portant mon nom, mais sans indication d'adresse. Aussitôt, l'idée lui est venue de téléphoner à un éditeur – n'importe lequel – pour savoir où j'habitais. Ayant eu le renseignement, il est venu en hâte me rapporter mon bien. Le danger couru me coupe rétrospectivement les jambes. Évidemment je n'avais pas un double de mon manuscrit. Que faire pour remercier mon sauveur? Pour toute récompense, il demande un livre dédicacé. Resté seul, je songe avec effroi à ce qui se serait passé si un homme moins honnête et moins avisé avait trouvé la serviette oubliée dans le métro. Peut-être eût-il décidé de garder la pochette de cuir en jetant à la poubelle le paquet de paperasses qu'elle contenait. Jamais je n'aurais eu le courage de récrire mon roman! Quitte pour la peur, je téléphone à Nina qui doit s'être, entre-temps, aperçue de la perte. Elle n'est pas chez elle, m'apprend sa mère, elle court tout

Paris, affolée, éplorée, pour tâcher de remettre la main sur le manuscrit. C'est tard dans la soirée seulement que je parviens à la joindre et à la rassurer. Depuis, je tremble toujours lorsque je confie un texte à la dactylographie. Un écrivain plus sérieux, plus ordonné n'aurait pas été à la merci d'une telle mésaventure. Un artisan de la plume, voilà ce que je suis!

– *Mais un artisan satisfait de son sort!*

– Comment ne le serais-je pas, puisque j'ai la chance – si rare! – de gagner ma vie en faisant un travail qui me passionne?

– *Avez-vous d'autres activités littéraires en dehors de votre travail sur vos livres? Tenez-vous un journal?*

– J'en ai tenu un dans ma prime jeunesse. Mais j'ai abandonné depuis très longtemps. Je le regrette d'ailleurs, à certains égards, car j'ai peu de mémoire et, si j'avais noté régulièrement tous les événements de ma vie, je pourrais rafraîchir mes souvenirs en feuilletant un vieux cahier. Seulement, d'un autre côté, je sais trop qu'en tenant un journal j'en serais devenu l'esclave. Je me serais laissé dévorer par lui. Je n'aurais plus vécu pour mes personnages mais pour mon personnage.

– *Faites-vous des conférences?*

– J'en ai fait quelques-unes autrefois. Mais j'y ai vite renoncé. L'éloquence n'a jamais été mon fort. La seule vue du public me paralyse. Je ne trouve mes mots que lorsque je suis seul devant ma feuille de papier.

– *Et les articles?*

– J'en écris très rarement. Pour écrire des articles, il faut être à l'aise dans le maniement des idées abstraites. Or, moi, je ne suis à l'aise que dans la représentation concrète de la vie. Dans mes romans, les idées abstraites s'incarnent en des personnages et prennent la température de leur caractère. Autrement dit, ce sont mes personnages qui pensent à des problèmes d'ordre général, pas moi. Je n'aimerais pas analyser, dans une chronique grave, les chances d'avenir de la jeunesse française ou le rôle de la femme moderne, prise entre son ambition professionnelle et sa vocation maternelle, mais je pourrais parfaitement donner ce genre de soucis à des créatures imaginaires. Je crois, du reste, que c'est la meilleure façon d'introduire une nuance philosophique dans un roman. Plus je vais, plus je répugne à laisser envahir le domaine romanesque par l'intelligence spéculative. Si un enseignement se dégage de mon récit, il faut que ce soit, en quelque sorte, à mon insu. Toute autre façon de procéder transformerait l'histoire en démonstration, les personnages en arguments vivants.

Sur ce point, je reviens à ce que je vous disais naguère : les principales qualités d'un romancier sont la naïveté, la sensibilité, l'ouverture de cœur. Il doit être capable de tout comprendre, de tout sentir, et ne pas se hâter de tout expliquer. En cédant à l'ivresse de la recherche abstraite, il courrait le risque de tomber dans la littérature didactique. Un roman est grand non par les réponses qu'il apporte mais par les questions qu'il pose.

– *Quel est, pour vous, le moment le plus angoissant de la création littéraire?*

– Le moment où je donne le bon à tirer sur des épreuves vingt fois relues et corrigées. Le paquet est réexpédié à l'imprimeur. Vous ne pouvez plus rien pour votre livre. Bon ou mauvais, il ne vous appartient plus. Il fera son chemin sans vous, avec toutes ses erreurs, toutes ses coquilles que vous n'avez pas su rectifier.

– *Et la critique?*

– Je vous ai déjà répondu sur ce point. Étant naturellement enclin à douter de moi-même, je suis plus sensible aux attaques qu'aux louanges. D'emblée, je prends le parti de ceux qui m'accablent. Je ne vois plus dans mon livre que les imperfections qu'ils dénoncent. Puis, peu à peu, j'oublie leurs griefs et mon désenchantement, et envisage d'écrire un ouvrage qui, par ses qualités, effacera les défauts du précédent. A cet égard, ce qui me surprend le plus, ce sont les quelques thèses qui, chaque année, de-ci de-là, en France et à l'étranger, sont consacrées par des étudiants à tel ou tel aspect de mes livres. Il s'agit de travaux si sérieux, si fouillés, si documentés qu'en les lisant j'ai l'impression de me regarder dans un miroir grossissant. Sous la plume de ces exégètes, des romans que j'ai rédigés avec élan, sans autre préoccupation que la vie de mes personnages, se transforment en graphiques, en courbes, en schémas. Décortiqués avec un soin impitoyable, mes héros révèlent des motivations que je n'ai pas soupçonnées; mon style, passé au crible, me paraît appartenir à un autre. Sans doute les auteurs de ces études ont-ils raison contre moi qui suis trop engagé dans mes bouquins pour en discerner le sens véritable. Mais, si j'avais leur lucidité à l'égard de moi-même, de mes intentions, de mes moyens, pourrais-je encore tracer un mot devant l'autre?

– *Nous avons parlé de votre travail; parlons de vos vacances. Est-ce dans votre maison de campagne du Loiret que vous passez les mois d'été?*

– Non. Nous avons un bateau à moteur. L'été, nous faisons de petites croisières pour échapper à la foule des plages. Ce bateau, je l'ai baptisé le *Rizeye,* du nom du navire charbonnier sur lequel nous avions fui la Crimée au moment de la révolution russe. Pendant la construction du *Rizeye,* dans un chantier italien, à Viareggio, nous avons fait à plusieurs reprises le voyage pour constater l'avancement des travaux. La première fois que je pénétrai dans le vaste hangar où s'affairaient des équipes d'ouvriers, j'éprouvai un sentiment de panique devant l'énorme coque, aux bordages apparents, qui se dressait sur un berceau de charpente, à une grande hauteur au-dessus du sol. Sur les plans que nous avions consultés avant de passer la commande, le bateau paraissait de taille raisonnable. Or, je me trouvais devant le *France*. Nous grimpâmes à bord par une échelle raide. Pris dans son échafaudage, le bâtiment était livré à l'activité fourmillante des charpentiers, des mécaniciens, des électriciens. J'assistais à la naissance d'un extraordinaire jouet pour grandes personnes. De tous côtés, on sciait, on rabotait, on ajustait, on clouait. L'air sentait les copeaux de bois et le vernis marin. Les cabines n'étaient encore que de profonds casiers aux membrures visibles où passaient des tuyaux, où traînaient des fils, mais Guite, l'œil émerillonné, songeait déjà à la décoration intérieure.

– *Aviez-vous des connaissances en matière de navigation?*

– Très sommaires. Scrupuleusement, nous avions suivi des cours sur une péniche, au bord de la Seine. Plusieurs fois par semaine, assis côté à côte sur un banc, comme à l'école, parmi d'autres élèves attentifs, Guite et moi apprenions les rudiments de la conduite des navires de plaisance en mer. Nous manipulions prudemment la règle Cras et le compas. Nos cahiers se couvraient d'une avalanche de chiffres et de graphiques. Le soir, nous repassions nos leçons, l'un en face de l'autre, et, pour nous préparer à l'examen, nous nous posions des colles mutuellement. Au vrai, je m'embrouillais toujours dans mes calculs lorsqu'il s'agissait de faire le point sur la carte et confondais les innombrables signaux en usage dans la marine. Nous obtînmes néanmoins notre permis des mains d'un examinateur bienveillant. Mais, par prudence, nous engageâmes un marin de profession. Nous avions décidé que notre première croisière se ferait à Pâques, au départ de Naples. Le *Rizeye* devait nous attendre là. Nous prîmes l'avion, avec Minouche, Don et notre ami André Braunecker, pour rejoindre le bateau. Quand je franchis la passerelle du *Rizeye,* une déception me saisit. Comment avais-je pu le juger trop grand, dans le hangar de Viareggio? Maintenant qu'il s'agissait de vivre à bord, je constatais avec humeur que je pouvais à peine me tourner dans la cabine, que le cabinet de toilette était tout juste bon pour un nain, que je devais me déboîter l'épaule pour accéder au fond de l'étroit placard réservé aux vêtements. Guite et Minouche, en revanche, se trouvaient parfaitement à l'aise dans ce logis flottant où tout était à leurs dimensions. Elles découvraient un nouveau genre d'existence et leur enthousiasme était si communicatif que, peu à peu, je me départais de ma réserve. Il me fallut néanmoins un certain temps pour m'habituer à cette exiguïté nécessaire. A présent enfin, il me semble avoir mes coudées franches à bord. La navigation en pleine mer apporte un tel sentiment d'indépendance, d'espace, d'aventure! Les liens avec le quotidien paraissent rompus à jamais. La découverte d'une crique déserte en Sardaigne ou aux Baléares nous transforme en explorateurs délirants. Chacun de nous, à tour de rôle, tient la barre. Je me baigne avec ivresse dans une eau limpide aux reflets de turquoise. Edward barbote à mes côtés, Don plonge du haut du *flying bridge,* remonte, replonge infatigablement, tandis que Minouche, en équilibre sur un rocher, fait la cueillette des oursins et que Guite, qui ne veut pas nager, surveille son monde à la jumelle. Oui, ce sont d'heureuses vacances! Et, croyez-moi, sur le *Rizeye,* je n'ai même pas la tentation d'écrire. Cependant, je rêvasse, je caresse des perspectives romanesques, je jongle avec des personnages dans ma tête. Parfois, des amis viennent nous rejoindre pour partager nos plaisirs de marins novices. La première fois que Claude Mauriac vit le bateau, il me dit en clignant de l'œil : « Un joli brin de plume! » Et c'est vrai qu'il est joli, notre *Rizeye*! Mais, à côté de toutes ces satisfactions, il y a les déboires. Dans le domaine de la navigation de plaisance, le temps compromet, une fois sur deux, les projets les plus modestes. Ainsi nous nous faisions une joie de vivre une journée en mer, au large de Majorque, avec Michelle Maurois et son mari, Robert Naquet, qui passaient leurs vacances dans un village espagnol, non loin de notre port d'attache. Rendez-vous fut pris pour le surlendemain, par téléphone. Un ciel d'une pureté radieuse, une mer d'huile, une brise douce. La nature entière conspirait, semblait-il, à la réussite de notre prochaine rencontre.

Hélas! au jour dit, le vent se leva, l'horizon se couvrit, les vagues déferlèrent. Quand Michelle et Robert Naquet se présentèrent au port, nous étions en pleine tempête. Il ne pouvait être question de prendre la mer. Mais quelle humiliation de rester à quai! Ayant tenu conseil, nous décidâmes d'aller mouiller dans la rade, à quelques encablures de notre poste d'amarrage. Même là, le bateau roulait et tanguait. Nous déjeunâmes hâtivement en retenant nos assiettes qui glissaient, nous nous baignâmes dans une eau glauque et furieuse, nous nous séchâmes dans un ouragan, et, la houle se renforçant, nous levâmes l'ancre piteusement pour regagner notre place, derrière la jetée. Et comment ne pas parler des ennuis mécaniques? Je me refuse à faire le compte des pannes qui surviennent à bord. La pompe à eaux usées, le générateur, les injecteurs, les filtres, les grilles des soufflantes, que sais-je? Il paraît que ce sont là des avaries normales et que nous sommes même des privilégiés par rapport à la plupart des plaisanciers. N'étant pas mécanicien, je subis ces incidents sans les comprendre et m'en remets aux spécialistes pour les réparations. Heureusement, notre marin est bricoleur. Guite aussi, d'ailleurs, est bricoleuse. Moi, qui ne sais pas planter un clou sans m'écraser les doigts, j'admire qu'elle soit capable de réparer une lampe, de détecter un court-circuit, ou de retendre les cordons coulissants d'un rideau. Je me dis parfois que, sans Guite, je n'aurais jamais eu l'idée d'acheter un bateau. Elle apporte dans mon existence régulière l'imprévu, la fantaisie. Elle est le moteur de mes jours. Un moteur à explosion. Menue, gracieuse, les traits fins et le regard noir, elle semble née pour inventer la vie comme moi pour inventer des romans. Ses initiatives me surprennent, me dérangent, m'inquiètent, je proteste, puis je me laisse convaincre et savoure le rare plaisir de m'aventurer, pour un temps, hors de mes chemins habituels.

– *Aimez-vous les bêtes?*

– Beaucoup. Chiens et chattes ont défilé dans notre existence. De toutes tailles et de toutes races. L'une de ces chattes, véritable phénomène de longévité, nous a charmés pendant vingt-trois ans. Nous avons encore aujourd'hui un chien et une chatte qui vivent en parfaite intelligence. Elle est une chatte abandonnée, que nous avons trouvée chez un ferrailleur, une chatte de gouttière, gris fumée, si fine, si élégante, si indolente que chacune de ses poses semble dessinée par Foujita. Lui est un petit griffon bruxellois hirsute, la barbe en éventail, la truffe aplatie, le museau humain. Quand il fixe sur moi le regard de ses gros yeux ronds, tranquilles et confiants, j'ai l'impression d'entrer en contact avec un autre monde. Il est tendre, vif, joueur et si comique dans ses expressions! Il ressemble à un moujik en miniature. Il a une adoration pour Guite et vit dans son ombre. Bien entendu, nous emmenons chien et chatte dans tous nos voyages. Ils sont des habitués de la voiture, du train, du bateau, de l'avion...

– *A Paris, vous avez déménagé plusieurs fois*

avant de vous fixer sur la rive gauche. Qu'est-ce qui vous a attiré dans les parages de Saint-Germain-des-Prés?

– C'est, à mon avis, l'un des coins les plus vivants, les plus remuants et les plus baroques de Paris. Toutes les classes sociales et tous les âges se coudoient dans la rue. Territoire des bourgeois sages et des clochards exhibitionnistes, des intellectuels fumeux et des marchands cossus, des étudiants contestataires et des retraités honteux, des vieilles pierres et des pensées jeunes. Il suffit de faire quelques pas sur le trottoir pour être pris dans le flot d'une humanité disparate. Et que de magasins amusants, que de galeries d'art audacieuses! Chaque rez-de-chaussée est une vitrine où éclatent les signes du talent, de l'esbrouffe, ou des deux à la fois. Pour aller acheter son journal, on ne traverse pas un quartier mais un musée. Un musée grouillant de monde, où hier et aujourd'hui s'interpénètrent.

– *Et puis vous êtes à deux pas de l'Institut. Allez-vous régulièrement aux séances de l'Académie française?*

– Régulièrement, non. Mais chaque fois que je me trouve, le jeudi, parmi mes confrères, j'éprouve une impression agréable de courtoisie, d'intelligence et de dignité. Autrefois, du vivant de François Mauriac et d'André Maurois, je me sentais un invité dans ce cercle. Comme mes deux « parrains » m'avaient connu à mes débuts, je ne pouvais me départir, en leur présence, d'une sorte de déférence juvénile. Malgré mon âge mûr, j'étais encore, devant eux, le garçon timide qui, jadis, recueillait leurs conseils. Il est extraordinaire de constater à quel point le noyau de l'âme résiste, en nous, alors que le visage change. L'enfance de l'homme ne finit qu'avec sa mort. François Mauriac et André Maurois disparus, il n'y eut plus, à l'Académie française, aucun témoin de mon départ dans la vie des lettres. Je n'en ai pas moins de nombreux amis parmi mes confrères. Les séances du Dictionnaire me passionnent. J'aime cette promenade, à pas lents, à travers les taillis du vocabulaire. Mes voisins de table, dans la salle de réunion, sont toujours les mêmes. Pierre Gaxotte me chuchote à l'oreille des histoires scandaleuses, Joseph Kessel me glisse deux mots en russe et grimace de souffrance parce qu'il est interdit de fumer, René Clair plaisante à voix basse, Maurice Druon me fait un signe amical de loin, des rires fusent, Jean Mistler, notre nouveau secrétaire perpétuel, nous rappelle à l'ordre doucement, comme si nous étions des élèves indisciplinés, au fond d'une classe trop nombreuses, et, l'instant d'après, nous intervenons à tour de rôle, avec flamme, dans le débat soulevé par la définition d'un mot. Différents par leurs origines sociales, leurs opinions politiques, leur tempérament, leur âge, leurs goûts, ces hommes, venus des quatre coins de la France, forment un ensemble remarquable, dont le caractère principal est une parfaite indépendance d'esprit. Chaque trimestre, l'Académie française désigne l'un de ses membres pour être le directeur de la Compagnie. Il m'arriva naguère d'assumer cette redoutable fonction. Séparé de mes complices habituels, je dus prendre place sur l'estrade, derrière la chaire surélevée, entre le secrétaire perpétuel, qui était alors Maurice Genevoix, et le chancelier en exercice. Finis pour moi les conciliabules de cancres, à voix basse. C'était à mon tour de conduire la discussion générale et de veiller à la discipline de l'assemblée. Heureusement, Maurice Genevoix m'aidait allègrement dans cette tâche. Vigilant et souriant, blagueur et diplomate, il me faisait songer à un petit garçon grimé en homme d'âge, avec de fausses rides et une moustache grise en crin. Sa gouaille et son entrain donnaient du fouet à la discussion. Sous son autorité débonnaire, le travail du Dictionnaire allait bon train. Parfois surgissait une controverse byzantine autour de l'acception d'un mot. Fallait-il admettre le sens moderne, populaire, ou le repousser? La plupart du temps, le vote de l'Académie consacrait l'usage. Nous luttions tous pour un français à la fois correct et vivant. Le seul événement notable qui marqua mon directorat fut la visite, à Paris, de l'Académie des sciences d'U.R.S.S. L'Institut de France ayant offert un dîner aux académiciens soviétiques, je participai, bien entendu, en tant que directeur, à ces agapes. Des discours chaleureux furent prononcés de part et d'autre. Mais l'interprète engagé du côté français n'avait manifestement qu'une piètre connaissance de la langue russe. Devant son échec, je fus prié par mes confrères de le remplacer au pied levé. Je le fis de mon mieux et les invités parurent satisfaits de mon intervention. Tout en traduisant en français l'allocution d'un académicien russe, je me surpris à songer que, si mes parents n'avaient pas fui la Russie, en 1920, si j'étais demeuré là-bas, si j'y avait fait une carrière d'écrivain, je serais peut-être, aujourd'hui, de l'autre côté de la table. A l'Académie française, j'ai appris, tout ensemble, le plaisir d'une aimable société et la mélancolie d'un inéluctable vieillissement. Avec quelle émotion je surprends, chaque fois, les marques de la fatigue sur le visage d'un ami! Le cheveu qui blanchit, le regard qui se voile, l'essoufflement dans l'escalier, qu'hier encore il gravissait sans effort. Et les deuils se succèdent, les nouveaux venus arrivent. Une génération chasse l'autre. Pourtant il me semble qu'entre tous ces vivants rôdent des ombres chères. Marcel Pagnol est encore là. Il me raconte une anecdote de sa voix chaude à l'accent chantant et se penche sur un carnet pour y noter des équations vertigineuses. Et voici Marcel Achard, tout sourire, entre ses grosses lunettes rondes et sa cravate épanouie. Et André Maurois, gris perle, élégant, gentil, rapide, l'intelligence faite homme. Et François Mauriac, en personnage du Greco, à la fois tragique et sarcastique. Et Henry de Montherlant, le masque romain et le regard vague. Et Georges Duhamel, rond, doux et rêveur. Et Jules Romains, l'œil bleu myosotis et le maintien réservé. Et tant d'autres!... Dans l'annuaire de l'Institut, où les académiciens français sont classés par ordre d'élection, je vois, d'année en année, mon nom gagner quelques rangs pour se rapprocher du doyen. On se croirait dans une pièce de théâtre ou l'accélération du temps est suggéré par un metteur en scène d'avant-garde. Tout va très vite. La fragilité du bonheur terrestre saute aux yeux. Et la vanité de la gloire aussi. En rentrant chez moi, après une séance à l'Académie française, j'ai toujours quelque difficulté à me remettre au travail. Une tendre mélancolie me vient à la pensée de tous ces grands esprits, aujourd'hui si vivants, et qui, demain, ne seront plus qu'un précieux souvenir. Dans les couloirs, on a parlé d'une prochaine élection. Les mérites des candidats ont été discutés avec ardeur, par petits groupes. Jamais je n'ai senti à quel point ma propre situation était précaire. Je ne suis que le locataire de ma vie. Qui me remplacera dans mon fauteuil?

– *Songez-vous souvent à la mort?*

– Très souvent.

– *Avec crainte?*

– Ma seule crainte est la maladie, la souffrance dont s'accompagne, la plupart du temps, le passage de ce monde dans l'autre. Je me préoccupe aussi, évidemment, de ceux que je laisserai derrière moi. Mais le fait de mourir ne m'émeut guère. J'y vois un phénomène rassurant dans la mesure où il est inévitable. Je m'explique : quand je compare la foule immense de ceux qui ont disparu depuis la création du monde avec la poignée de vivants qui grouillent aujourd'hui sur notre planète, je suis obligé d'admettre que la règle générale c'est la mort et l'exception la vie, que notre destin véritable ne se situe pas sur la terre mais au-delà, et qu'il ne faut pas avoir peur de se retrouver un jour du côté du grand nombre. C'est le retour à l'ordre des choses.

– *Croyez-vous en Dieu?*

– Oui, mais en dehors de toute religion. J'ai l'impression qu'en essayant d'approcher Dieu par des moyens humains, d'expliquer Dieu, de raconter Dieu, les croyants le ramènent à leurs pauvres dimensions. Cela dit, j'envie ceux à qui la religion apporte, en toute circonstance, une réponse certaine. Pour moi, Dieu échappe aux entreprises de l'intelligence. J'ai la sensation physique de sa présence, contre tout raisonnement. Puisque nous pouvons imaginer la nécessité d'une force supérieure nommée Dieu, c'est que cette force supérieure existe.

– *Le besoin, en quelque sorte, créerait son objet. Il y a là une espèce d'appel au secours et comme une inversion, également pathétique, du cri de Clara Malraux : « Ce n'est pas parce que j'ai besoin de vous, Seigneur, que vous existez! »*

– Oui, oui, mon attitude est exactement opposée à celle-là. De même qu'il est impossible d'inventer une couleur qui ne serait pas dans l'arc-en-ciel, de même, à mon sens, il serait impossible d'inventer Dieu s'il n'avait déposé en nous son évidence. Cette évidence se manifeste pour moi de manière intermittente et

Achevé d'imprimer le 9 mars 1977
par Maury-Imprimeur S.A.
45330 Malesherbes

Dépôt légal : 1er trimestre 1977
N° d'édition : 2838 – N° d'impression : A77/3831

ISBN : 2-245-00600-3